我的駙馬很腹黑 上

文創風 408

柳色 著

目錄

序

柳色

我相信顧樂飛是一個很不一樣的男主角。

他看起來不美貌不優雅也不強大，不具備言情小說男主角必備的任何一樣素質，他胖乎乎圓滾滾，白白軟軟又人畜無害，表面上無憂無慮，所以沒有人相信他內心有著掩藏很深的寂寥和痛苦，司馬妧的出現是顧樂飛的幸運，她是他在找不到方向的路途中唯一亮起的那盞燈。

至於司馬妧，她是我最喜歡的那一類女主角，執著堅韌，赤子之心，不依靠男人，自身強大無匹，能夠掌握自己的命運。不過，這樣傳奇的女子也該沾染些人間煙火氣才夠真實，所以司馬妧會有孩子氣的一面，她把顧樂飛當作抱枕一樣依賴和喜愛，就像所有女孩子小時候喜歡可愛的娃娃和小動物一樣。

如果把故事總結得高端洋氣一點，這是兩個不同尋常的男女，互相需要、彼此支撐，最後攜手打敗大反派，雙雙走上人生巔峰的故事。或者再精鍊點，就是人肉團子減肥記，看多了胖女瘦身追夫，看看胖男減肥追妻也不錯。

不過，我寫這篇文的初衷其實很簡單，從小我就特別喜歡捏那種臉蛋圓鼓鼓嫩滑滑的小朋友。讀書多年以來，凡是符合要求的同學都已經遭我毒手，寫這篇文的時候，發現很多讀者也超級喜歡捏人臉蛋，不由得有種找到同好的暗喜，伏案寫文之時，常常想仰天得意大笑三聲。

所以這個故事不是在重申「不要以貌取人，要看心靈美」之類的老話，司馬妧一眼看中顧樂飛就是因為他的「貌」，只不過她的要求是胖萌，不是玉樹臨風而已。然而，世上胖子千千萬，司馬妧獨獨相中顧樂飛一個，不只是因為他胖，還因為感覺對了。

如司馬妧那樣從戰爭的血與火中走出來的女子，能夠對一個男子有發自內心的、無條件的喜愛和信任，何其難得、何其可貴。這當然不可能僅僅是因為顧樂飛的外表，他們兩個人是真正的氣場相合、感覺對了。

我喜歡的，就是這種說不清、道不明卻好得很的感覺。

第一章

靖，昭元十年。

暮春時節，牡丹花開。今日清晨下過一場殘雨，如今碧空如洗，柳絮輕揚，城南的皇家御苑中，諸多名門貴婦簇擁著皇后小樓氏吃茶談笑。

御苑之中還有幾群幼童嬉戲打鬧，樓皇后含笑望著這些活潑可愛的孩子，撫摸著膝上薄毯，側頭對身邊的婦人說：「崔氏，早聞妳家二郎三歲能詩，今日看來，以後必是一表人才。」

崔氏笑著接話。「娘娘可別誇他，這小子最是調皮搗蛋，前天還把他父親的一本孤本畫得亂七八糟，可把我夫君給氣壞了，追著他滿院打呢！」

此話一出，眾人紛紛掩帕偷笑，連樓皇后也忍不住笑意。崔氏乃太子太傅顧延澤之妻，在場貴婦大都見過不苟言笑的顧太傅，光是想想這位太傅大人氣急敗壞又無可奈何的樣子，女人們就覺得好笑至極。

崔氏的打趣讓氣氛活絡起來，樓皇后的笑容也變得愉快許多，雖然她微黃的臉色並未因此變得紅潤。

在互相打趣笑鬧的女人堆裡，唯有坐在樓皇后身邊的女童無動於衷。樓皇后低頭摸了摸女童的小丫髻，柔聲問：「阿甜，想不想和他們一起玩？」

女童仰起小臉，琉璃似的眼珠注視著自己的母親，認真道：「如果母后希望，我會去的。」女童圓嘟嘟的臉肉乎乎的，偏要學大人一樣板著臉，看得人真想逗她。

不過想歸想，在場的貴婦沒有誰敢真的捏她的臉，因為這個小名「阿甜」的女童是樓皇后膝下唯一的孩子，大靖最尊貴的嫡出公主，司馬妧。

樓氏三代為大靖駐守西北邊關，皇室歷來有娶樓氏女為妃為后的不成文規定，一是恩寵，二是牽制。

樓皇后私下被人稱為小樓氏，她的姊姊大樓氏在皇帝登基後不到兩年就因病去世，只餘一子，此子後被封為太子，養在昭元帝續娶的小樓氏膝下。太子年紀已大，過兩年就可以自立東宮，而小樓氏除了生下一個公主，六、七年再未有孕。

據說多看看孩子沾氣運，於懷孕有幫助，故而這麼多貴婦不約而同地帶了家中幼童前來，為的就是討皇后歡喜。

「高夫人的一雙兒女聰明靈秀，生得極好呢。」樓皇后又讚道。她所指乃是光祿大夫高延的長子高崢和長女高嫻君。

高夫人誠惶誠恐地站起來。「娘娘高看，兩個小娃娃哪裡擔得起。」

樓皇后淡淡一笑，不再說話，目光移到不遠處玩鬧的孩子身上。在跑跑跳跳的孩子堆裡，她一眼就能認出她的阿甜。她手中拿著一大盤糕點，安然站在邊緣，並不故意湊近，有貪吃的孩子圍上來，她就爽快分給他們吃，順便捏捏他們鼓鼓軟軟的臉蛋，然後一副心滿意足的樣子。

心滿意足？是的，她彷彿是在逗孩子玩，可是她自己才不過五歲啊……樓皇后忍俊不禁，又哭笑不得，這就是她總擔心的事情，愛女太早熟也太安靜。慧極必傷，不是好事。

走神的樓皇后沒有再和高夫人說什麼，不過高夫人坐下後，嘴角依然帶著掩飾不住的笑。見狀，在場不少貴婦撇撇嘴，又是不屑又是嫉妒。

崔氏就算了，人家出身擺在那裡，夫君更是鼎鼎有名的大學問家，但是庶民出身的高家，憑什麼得到皇后青眼？

氣氛的熱度一瞬間降了下來。

「啊！」就在這時，一聲尖利的童音猝然響起。

「落水啦！」

「高家大郎落水啦！」

孩童的驚呼聲四起，剛剛還笑容滿面的高夫人臉色慘白地站起來，身形搖搖欲墜，下一秒，突然朝御苑中的大湖狂奔而去。

「攔住她！」樓皇后驀地站起，厲聲下令。「高夫人不通泅水，跳下去就是一條人命！」

因為這是貴婦們的宴會，侍衛離此處有些距離，樓皇后急急對在場的宮女道：「爾等誰能救下高家大郎，賞金百兩！」

宮女之中有人心動，正想站出來，卻有一個男童的聲音突然插入。「把妳們的帔帛給我！」

這男童正是顧家二郎，他衝進來，二話不說將貴婦搭在手臂間的帔子一條條搶過去，同時氣喘吁吁地報告。「殿下跳下去救人了！」然後掉頭就往湖邊跑。

殿下？目前整個御苑，除了虛歲還不到六歲的嫡長公主司馬妧，還有誰能稱為「殿下」？

這下不只是高夫人，連樓皇后的臉色也變了。「快去看看！」

眾貴婦追隨皇后的腳步急匆匆奔向湖邊。高夫人面色慘白，既擔心自家兒子的命，又唯恐害死一個公主。

誰知道等到了湖邊，她只看見一個小孩浮在湖面上，一手拉著長長的帔帛，一手將高家大郎托舉出水面！

那是公主殿下，公主殿下救到她兒子了！

等等，一個五歲女童居然能把比自己高一個頭的男孩單手托起？

在場所有人，包括樓皇后都瞬間呆住。

「一、二、三，一、二、三……」喊口號的孩子把愣神的女人們拉回現實，顧家二郎帶著四、五個男孩拉住帔帛另一端，想要將公主和高崢兩人往岸邊拉。

可惜這群小不點沒有公主殿下的天生神力，使了吃奶的勁也沒啥效果，而且帔帛畢竟不是繩索，說不準什麼時候會撕裂。

樓皇后反應最快，她親自拉起這條救人的「繩」，高夫人緊隨其後，陸續反應過來的夫人們也上前幫忙。

高夫人把自己兒子抱上岸後，只看了一眼，渾身打了一個哆嗦。高家大郎雙眼緊閉、嘴唇泛紫，臉色發青，身上冰涼冰涼的，高夫人顫著手一探鼻息——

沒有！她的眼淚嘩嘩流下來。「大、大郎……」

「弟弟怎麼樣了？」高嫻君焦急地在旁邊問。

「把他放下來。」小公主全身濕透，髮絲黏著臉頰，嘴唇發白，披著樓皇后蓋腿用的薄毯，站在眾人中央，目光堅定。

「放下來，他還有救。他只是嗆水暈了過去。」她把高崢身體放平，清理口鼻異物，按壓胸膛，對著他的嘴大口吹氣。這些是曾經的她從老漁民那裡學到的招數，沒想到今天派上用場。

她嘴對嘴吹氣的時候，在場的貴婦人再次驚呆了。

這是什麼辦法？兩個小孩子貼著嘴巴？難道吹口皇族的氣，可以救人？

就在這時，高崢吐出一口水，隨即劇烈咳嗽起來。

「活了！活了！」高夫人喜極而泣，當下就拉著年幼的女兒一起跪在地上行大拜之禮。「謝公主救命之恩！」

人救活了，但到底是誰把高家大郎推下水的？又為何要推他下水？

孩子們七嘴八舌、你一言我一語，事實慢慢浮出水面。

起因在顧二郎得來的一件稀奇玩意兒，那是一個可以轉動的銀筒，眼睛能從銀筒的小洞看見筒中不斷變換的漂亮圖案。他拿著它和高嫻君分享，高崢也想要玩，顧二郎不給，兩個人爭執起來，導致高崢失足落水。

崔氏面如寒霜，擰著兒子的耳朵喝斥。「跪下！給高夫人和高家大郎道歉！」

高夫人卻關心另一件事。「大郎，你是自己掉下去的？」言下之意，有沒有可能是顧二郎故意推的？

高崢冷得直往公主殿下身邊縮，搖頭回答。「記不清了。」他滿腦子都是沒頂的冰冷湖水，忘了之前的爭執。

高夫人側頭問身邊的女兒。「大郎是自己掉下去的？」

饒是顧二郎年紀小小也聽出了弦外之音，他憤怒大吼。「誰推他誰是小狗！嫻君，妳看見了，妳說，是不是我推的！」

高嫻君五官精緻的小臉擰成一團，咬著櫻桃小嘴，囁嚅道：「我隔著一丈遠呢，沒注意，沒看清……」

顧二郎跪在那裡，背脊挺得筆直，倔強道：「我沒推他！」

崔氏沈聲道：「高夫人，我家二郎雖然頑皮，但從來不說謊，這件事如果真的是——」

「人沒事，何必再計較？」驟然插進來打斷崔氏說話的，不是別人，又是小小的公主殿下。

雖然她剛從水裡上來，正狼狽又可憐地和高家大郎共著一張薄毯曬太陽，不過她的身分和這個年齡不該有的氣勢，竟讓崔氏和高夫人雙雙住了口。

「多虧顧家郎君有急智，借來帔帛，不然我也很難救回高大郎。」她此言是誇讚也是調停。

眼下她不想聽兩個女人嘰嘰喳喳爭吵，因為樓皇后的臉上已有明顯倦色。

「母后，我想您陪我去換衣服。」公主殿下一句話，明是撒嬌，實則是藉機讓樓皇后休息。在場的夫人們眼尖，除了關心則亂的高夫人和崔氏，都看出樓皇后的疲乏。

這麼一小會兒工夫，居然就累了？看來小樓氏的身體……貴婦們在心底計較起來。

樓皇后帶著唯一心愛的女兒入了內室。不用面對那麼多女人，她的精神稍微好了些。先是責備一番愛女的莽撞行動，緊接著問她。「阿甜，妳覺得高家大郎如何？」

「什麼如何？」

「若是讓他將來做妳的夫君，妳樂不樂意？」

「我誰都不要。」

聽見女兒毫不猶豫的拒絕，樓皇后用帕子為女兒擦拭濕漉漉的頭髮，面有憂色，輕輕嘆息。「我身體不好，若有一日……妳和陛下、太子又不親，無依無靠，唉，我怎麼放心得下。」如今早早定下親家，也省得她百年之後，唯一愛女被推去和親或是草率嫁人。

她看中高家，是因為高家門第不顯，但高延為人能幹，頗得帝寵。今日本意只是相看，誰知道出了意外，讓阿甜救下高延兒子的命，還有了肌膚之親。

可惜樓皇后的苦心卻不被愛女理解，公主殿下嘴一抿、頭一仰。「那還不如把我送到外祖父那兒去。」

「胡鬧！堂堂公主，自當在宮中錦衣玉食、嬌養長大，怎麼總想著去邊關？那地方是好玩的嗎？」

司馬妧的外祖父便是樓皇后的父親，驃騎大將軍樓重。樓重鎮守嘉峪關三十餘年，戰功赫赫，北狄數次侵擾河西走廊，均未能從他手上討到半分便宜，更別說越過嘉峪關一步。

樓皇后深深為自己的父親驕傲，但是她怎麼能讓大靖的嫡公主去邊關和武夫混在一起呢？

這不是女兒第一次向自己提出這個要求，樓皇后蹙眉不解，女兒為何放著最富貴優渥的生活不想要，偏偏喜歡隨時可能打仗的邊關？

「北狄人凶殘蠻橫，他們的馬像風一樣快，燒殺搶奪，無惡不作，被抓到的孩子會被他們烹吃！」樓皇后輕輕撫摸女兒柔順的頭髮，告誡她。「阿甜，不要再想著離開鎬京，阿母會為妳謀劃一切，無人能傷害妳。」

司馬妧乖順地低下頭，卻在心底無奈嘆了口氣。

果然還是不行嗎？

她想去邊關是有原因的，只是不能說。

她明明記得自己死於三百年後的一次敵軍突襲，睜開眼，卻發現自己又變回嬰兒。本來以為是沒喝孟婆湯就投胎轉世，留意之下才發現居然成了前朝公主。

她竟然回到過去，回到了史書中記載的大靖。

那個在百年之後被迫向夷狄稱臣、納供、嫁公主，最終還是被滅的屈辱王朝。

她的史書讀得不仔細，但對大靖的戰史卻記得極牢。她記得大靖稱臣之前，數次關鍵的對夷之戰，大靖均慘敗於河西走廊，輸盡精銳，恢弘的鎬京城被人拿馬刀架在脖子上威脅了一次又一次，也由此造就一大批奴顏婢膝的佞臣。

司馬妧迫切地想在這些血淋淋的史實發生之前做點什麼，哪怕不能力挽乾坤，也絕不坐以待斃。

而且這具身體……司馬妧手上一用力，一支象牙筷，折了。

天賦異稟。

可是如今她才五歲，而樓皇后顯然把自己的話當成孩童戲語，不僅如此，自那次賞花宴後，高家尚主的事被逐步計劃起來。

「阿甜，妳在看什麼？」

苦惱的司馬妧正蹲在一簇花叢前發呆，忽然響起一道清清脆脆的小童音。抬頭，面前是一張粉雕玉琢的小臉，忽閃忽閃的黑眼珠天真無邪地望著她。

見司馬妧朝自己看來，男孩害羞地把背在後頭的那隻手伸出來，攤開手掌，掌心赫然躺著一支小巧精緻的銀製萬花筒。

「送我？」

「嗯！」高家大郎連連點頭。「這、這不是顧二郎的，是我央父親從胡商那裡買來的，妳喜歡嗎？」獻了寶的高崢似乎很開心，朝她燦爛一笑，露出缺了的一顆門牙。

好可愛。司馬妧順勢捏了一把高崢肉肉的小臉，卻並不接過他的禮物。自那次落水被救後，高崢似乎很喜歡黏著她。樓皇后有意培養二人感情，故而雖然皇帝沒有下旨賜婚，但是高崢常常可以入宮找她玩。

「呿，沒新意，就知道跟著我學。」不屑的語氣和嘲諷的表情，來自那次事件後立志與高崢結仇一萬年的顧二郎。他牽著高嫻君的手，輕笑著炫耀。「我送給嫻君的東西更好玩，不過……我不告訴你！」

若說高崢自由出入宮闈是樓皇后默許，那麼顧樂飛則是沾了父親是太子老師的光，至於高嫻君……

司馬妧瞥了一眼女孩精緻的五官，記起前幾天在去泰華宮的路上，偶遇太子兄長牽著高嫻君的手哄她的場景。司馬妧和這位同父異母的兄長不熟，因為太子已到娶妻的年紀，而她才五歲。

高嫻君只比她大兩歲，也是個孩子，卻是個極漂亮的美人胚子。她的年紀不能成婚，訂親卻可以。

司馬妧站起來理理裙襬，好心提醒顧二郎。「以後沒事，不要帶著她在宮裡亂晃。」

「為什麼？」高嫻君露出一副茫然的表情，輕輕咬唇。「公主殿下不喜歡嫻君？」

「嗯，妳太漂亮了。」

太漂亮了所以嫉妒嗎？高嫻君和高崢均不知道司馬妧說這句話的真正意思，唯有顧樂飛臉色一變，緊張道：「莫非宮中有誰看中了嫻君？」

好早熟的小男孩。

司馬妧看了一眼粉粉嫩嫩的顧樂飛。「不要多心，僅是提個醒。」說完便掙脫高崢拽著自己的手，獨自往樓皇后的宮中去了。

高崢呆望著她的背影，掌中的銀筒被他捏出了汗，卻不知道自己該不該跟上去。

小高崢並不知道，自己再也沒有機會將這個小銀筒送給她了。

昭元十一年八月，樓皇后病重，與世長辭。

年幼的司馬妧披重孝為母守陵百日，僅食米粥，不沾葷腥。出陵之時，整個人消瘦得不成人形。

「兒在孝中日日夢見母后，她望兒能代她於外祖膝下承歡。」小公主跪在昭元帝面前，淚流滿面地懇請父皇讓她離宮。

面對一個主動懇請去邊關的嫡公主，文武百官不由感嘆此女孝心可嘉，當為表率。可無論百官如何稱頌，昭元帝都未曾表明過態度。直到昭元十二年正月，驃騎大將軍樓重親自上書請求，昭元帝才應允將小樓氏之女司馬妧養在樓重膝下。

這年，司馬妧虛歲剛滿七。

清冷的早晨，薄霧濛濛，帝都仍在沈睡之中。

昭元帝和太子兄長都沒有來送她，只有遠遊的十二皇叔司馬無易託人給她帶來幾箱金帛錢財。

外祖父派來接她的俱是人高馬大的邊將，看起來殺氣騰騰，不過司馬妧卻不覺害怕。她裹著厚厚的襖子努力踏上馬鐙，領頭的邊將姜朔祖在一旁看得心驚膽戰，伸出手來，笨拙而小心地把她扶上馬。

司馬妧回頭望了一眼北風呼嘯中的鎬京城。

上元節將至，家家戶戶過年時掛上的紅燈籠還在，其中以皇城的大紅宮燈最為奪目，琉璃瓦上薄薄的一層積雪更顯銀裝素裹的美麗。

然而司馬妧的臉上並無多少留戀。她轉頭對來接自己的邊將道：「姜騎尉。」

「臣在。」

「啟程吧。」

第二章

齊整威嚴的大將軍府習武場上，喊聲震天。

「好！打得好！」

「殿下，再加把勁啊！」

「哈哈！朔祖要贏了！哎喲，朔祖小心腳下！」

一群士兵正圍著場中比武的二人吶喊助威，其中一名男子猿臂蜂腰、蓄著鬍鬚、年近而立，而另一人則身形高眺纖細，動作靈活，就地一滾躲過男子的攻擊，順勢從背後往男子膝關節踩下。

最終被制住要害的男子爽快抱拳。「末將認輸。」

人群中驟然響起一陣歡呼，一批人興高采烈地拽住愁眉苦臉的同僚大笑。「好啦，殿下贏了！給錢給錢！」

在一旁公然賭博的人興奮不已，贏的人反倒並不高興。「姜騎尉，你沒盡全力，下不為例。」頓了頓，又補充道：「我不怕受傷。」

「公主畢竟是千金之軀……」男子本想反駁，說了一半的話卻又吞了回去。輸了的男子正是當年奉命帶司馬妧離京的騎尉姜朔祖，樓家的家將之一，而比武贏過他的，正是少女司馬妧。

知曉這位家將最是穩重可靠，可也最是古板，司馬妧的面上有幾分無奈。「你毋須總記得身分有別。你瞧瞧他們，誰把我當公主看？」因為長期隨士兵操練喊口號，她的聲音缺乏少女的清脆，而是有些沙啞。

她纖指一點，指向一個正在樂呵呵數錢、虎背熊腰的莽漢。「你看田大雷，他和我動手都是拚命的架勢。」

被點名的莽漢立即在自己頸上做了一個割脖的動作，嘻嘻笑。「沒辦法，老子不拚命，殿下會要我的命啊！」他本是瓜州一個屠夫，比劃起抹脖子的動作，還帶著殺豬的氣勢。

司馬妧朗聲一笑，手指又往站在旁邊的一名瘦削男子點去。「還有周奇，上次他打折我的胳膊，如今我不也照樣沒事？」

周奇抱臂靠在樹幹上養神，聽得司馬妧提到他，睜開眼睛，兩道刀疤的臉上沒什麼表情，冷冷吐出七個字。「是殿下功夫太差。」

司馬妧無奈攤手，卻不介意他的無禮之言。周奇本是發配邊城的殺人犯，被司馬妧看中，私下招募，而像周奇和田大雷這樣隱於市井又身懷絕技之人，在這座將軍府裡還有不少。他們名義上是樓老將軍的部下，卻只對司馬妧一人負責。

這些士兵稱呼她，也是叫「殿下」而非「公主」，心照不宣地故意模糊性別。

姜朔祖知道自己說再多也無用，她身為女子，卻是真的有帶兵打仗的天賦。還記得帶她出京的時候，那個裹在華貴狐裘中瘦弱嬌小的女娃，百日守陵對成人都不易，何況是一個丁點大的小娃兒，看得他一個糙漢子都心疼。

因此他錯解了她那雙和嬌弱身體不相符的明亮眸子，以為皇后死去令這位小公主的宮中生涯變得十分艱難，不得不獨立堅強，想辦法謀求外祖父的庇佑。

後來，他發現自己大錯特錯。

這位大靖的嫡長公主，並非身嬌體弱，而是力大無窮，她也不是走投無路才來尋求樓將軍保護，而是生來就不喜皇城。

「司、馬、妧！」

突然間，中氣十足的一聲河東獅吼，讓習武場上氣氛驟然一變，司馬妧聞聲，撒腿就跑。

「還敢跑！今日的女紅可做了?!」司馬妧的外祖母，樓老夫人的枴杖往地磚上狠狠一敲，人未至，氣勢先到。剛剛還和司馬妧打鬧的士兵迅速排成幾列開始演練，唯恐被老夫人遷怒。

司馬妧狼狽逃竄，跑過迴廊一角，見前方有人，急急停步，長揖行禮。「妧兒見過外祖、舅舅。」

來人一老一少，老者銀髮白鬚、精神矍鑠，正是驃騎大將軍樓重。他一開口，聲如洪鐘。「跑得這麼急，又躲妳外祖母？」

樓老將軍很清楚夫人想把外孫女教得賢良淑德的願望。他知道寶貝外孫女在軍事上的天賦遠超琴棋書畫，不過畢竟是個女娃，又是堂堂公主，樓重不認為她有機會帶兵打仗，要知道邊境已許久未經戰事，她多學點女兒家的事情方為正經。

故而樓重對妻子日日上演的「奪命追擊」睜一隻眼閉一隻眼。

相比之下，司馬妧的舅舅樓定遠因為自家兒子樓寧重文輕武，卻是把畢生所學盡數教給了這個姪女，姪女聰慧，一點就通，樓定遠喜愛不已，常常帶她出去巡視邊關。

不過今天似乎不是什麼黃道吉日，無論樓重還是樓定遠，都同聲批評司馬妧。「堂堂公主，在府邸之中四處亂跑，毫無形象禮儀可言，成何體統！」

司馬妧愣住。今天外祖和舅舅這是怎麼了？

「妧妧，妳得好好學習禮儀了。」樓重從袖中拿出一封加急信件。「我收到消息，太子即將代陛下前來嘉峪關巡視，也會順便將妳接回鎬京行及笄禮。」

「我不回去！」

「妧妧，太子此次必有天子授意，由不得妳。」樓重嘆了口氣。他也很捨不得可愛的外孫女，更擔心她行過及笄禮之後會立即被天子隨便許給一個男人。

當樓重為司馬妧的將來憂心忡忡時，鎬京城中的朱雀門前，一隊儀仗光鮮華麗、隨從均著明光鎧的威儀隊伍整裝待發，為首者正是意氣風發的太子司馬博。

為他送行的隊伍一直送到三里外的灞河橋上，五皇弟司馬誠雙手奉上一條質地上好的馬鞭送給太子司馬博。「此去三千里地，望皇兄萬事順遂，早日回京。」

「聽聞河西草原天氣多變，殿下當心身體。」嬌柔清脆如黃鸝鳥的女音，來自司馬博的側室，昔年的鎬京第一美人高嫻君。

太子微笑著攬住她。「愛妃如此捨不得，不如與本宮同去？」

送別的眾人面帶微笑望著太子與側妃的濃情密意，其中又以司馬誠的笑容最為真誠。沒有人懷疑為何太子妃沒來，畢竟如今太子最寵的人就是這位高側妃了。

而在鎬京城中，高府的槐樹下，長身玉立的少年望著天空出神，喃喃自語。「太子會把阿甜接回來，那、那……多年不見，不知道她長成什麼模樣了。」少年似是想起往事，臉色微紅，玉面桃腮、貌若潘安，看得路過的婢女們個個全紅了臉。

而雕樑畫棟的勾欄院中，有人正抱著細腰豐臀的花魁吃酒作樂。

「妳是說，陛下近年身體不適，不理朝政，由太子代陛下出巡邊關一事，是高延私下向太子提出的？」

說話的是一名少年，長髮披散，斜眉入鬢，俊美的五官本來凌厲深刻，無奈主人意態慵懶，沒精打采。

少年一手百無聊賴地轉著酒杯，一手擁著花魁紫月。「不管妳是從哪位大人枕邊聽來的小道消息，何必告訴我？它與我何干？」

紫月微愕。「我以為和高家有關的事情，二郎會格外的——」

少年大笑著打斷她。「她高嫻君已經嫁人，我難道還要念念不忘？與其關心天邊月，不如惜取眼前人……」

他將杯中酒一飲而盡，抱住身邊花魁，笑容灑脫，看似毫不在意，誰也不知道他已從花魁的短短訊息中推演出日後的京中局勢。

陛下病著，太子一走，皇城的權力必定出現真空。

當然，高嫻君也會暫時「空」著，而昭元帝對這位皇媳的「欣賞」之意早已不止一天、兩天，高嫻君的父親高延近年來升得很快，表面對太子恭敬順從，暗地裡卻和五皇子司馬誠勾勾搭搭。

少年隱隱預測，太子此次前去，凶險非常，恐難善了。

他對太子沒有任何憐憫，只是擔憂自己的父親、一心要做純臣的太子太傅顧延澤日後如何脫身。這個花魁紫月，十有八九是司馬誠那邊派來試探他的，或是想借助他對高嫻君的昔日情意拉攏顧延澤，又或許想看他是不是真的並非太子黨中人？

總而言之，這勾欄之地，以後是不能再來了——

可惜太子司馬博沒有將這個少年收入麾下，不然必定不會如此享受這次巡視的威風。

太子將自己的行轅設在河西走廊最富庶的張掖城。

張掖，以「張國臂掖，以通西域」而得名，祁連山的雪水匯集而成的黑水河養育出這片富饒之地，可謂是靖朝的糧倉，從西域遠道而來的胡商在張掖兜售香料、銀器、毛皮，天竺來的佛教在此處傳道，張掖城裡城外香火鼎盛。

論繁華，這裡固然比不過鎬京，但是太子卻被張掖的異國情調給迷住，連街上隨便走過一個高鼻深目的胡姬都有不同於中原女子的魅惑風情。

此地距離嘉峪關還有五百里，前往陽關和玉門關的路程則更長，太子不願去那黃沙漫天的邊關，便以張掖為主要行轅，挑了一個好日子，帶一千將士敷衍地去了一趟離嘉峪關較近的瓜州城，帶去昭元帝賜給他素未謀面的外祖父樓重和伯父樓定遠的賞賜，且在城中設宴犒賞軍隊，特准軍民同樂三天。

是夜，瓜州城中燈火通明，歌聲樂聲四處飄蕩，空氣中混雜著烤肉和葡萄酒的香氣。城中最寬闊的東西大街上，喧鬧的人群中獨獨有三個安靜的人，默默牽著三匹馬走過長街，格外顯眼。

為首者是個少年的模樣，瓜子臉偏女氣，琉璃眼珠，眼窩較深，嘴唇微抿，顯出凌厲又冰冷的氣質。

這麼多人都在歡樂，她卻不開心。

默默跟在後頭的田大雷在腹誹，不知道自己發什麼瘋，這個時辰，太子正在大宴賓客，殿下居然獨自跑出來；而他卻放著飲酒作樂不去，非要陪著殿下跑一趟嘉峪關。

嘉峪關那幾個土堆，有啥好瞅的？

但他還是跟來了。大概是因為他很清楚殿下的心思，她想在走之前，多看看她待了近十年的這片土地。

「城下何人？」

飲酒狂歡的瓜州城內，除了司馬妧和她的兩名隨從外，可能唯有守城的幾個士兵還是清醒的。

「是我。」司馬妧露出斗篷下的臉孔，晃了晃手中腰牌。「開門。」

腰牌是多此一舉，她的臉在這裡比腰牌管用。一旦看清來人是公主殿下，士兵二話不說打開城門。

晚風沙沙拂過胡楊林，深藍的夜空繁星璀璨，南側是祁連山脈，北側是龍首山、合黎山、馬鬃山等高山，高山之間自然形成的狹長平原，便是河西走廊。

而位於狹長通道口上的嘉峪關，最高達八百丈的城牆，一層層用黃土厚厚夯實，城牆綿延穿越沙漠與戈壁，向北向南連接長城。

「一夫當關，萬夫莫開」，嘉峪關本身，就是此句的最好例證。

如此雄關，怎麼可能會有被攻陷的一天？史書上所記載的那些事情，真的發生過？

夜晚的風很冷，吹得司馬妧臉頰生疼。登上城樓，她眼前是與天相接的茫茫大戈壁，耳邊是士兵們沒什麼調子的吼歌，城下是一堆堆篝火和美酒烤肉。

一切都是那麼平靜、祥和、快樂。

「殿下，此處風大，不如下去喝杯酒暖和暖和吧。」陪著她一同上城樓的都尉好心開口勸道。

明日，她真的只能離開這裡了嗎？好不甘心啊！

司馬妧握緊拳頭，懷著無盡憤懣轉身欲走，就在這時——

「殿下！」一直沈默不語的周奇突然出聲，細長雙眸驟然睜大，精光四射。他轉頭，死死盯住遠方模糊的地平線，道：「殿下可聽到了？」

「什麼？」都尉和田大雷迷惑不解，異口同聲地問。

「馬蹄聲。」周奇重複道：「無數的馬蹄聲！」

司馬妧猛地回頭。

她聽見了。夜色之中，無數紛繁嘈雜的馬蹄聲噠噠響起，越來越近。終於，在那茫茫的地平線上，出現了長長一隊看不清顏色的身影，他們舉著大刀，如同狼群，朝嘉峪關疾馳而來。

「有敵情！」

「預警！預警！」

反應過來的都尉首先跑去樓上敲鐘。

若是往日，鐘聲一響，即便是夜晚，訓練有素的士兵也會即刻穿起甲冑、拿上武器，隨時準備迎敵。可是今天，烽火臺上的狼煙已起，嘉峪關的上萬士兵仍然東倒西歪，甚至有人乾脆在城牆下呼呼大睡起來。

怎麼會這樣！

司馬妧揪住都尉的衣領。「曹都尉，他們到底喝了多少的酒！」

「守邊的將士都是、都是海量啊！」面對這種情況，都尉幾乎傻眼了，而且喝了幾杯的他也開始覺得腦袋暈暈的。「酒……酒一定有問題！」

都尉被司馬妧一把扔在地上，馬蹄聲越來越近，震得整個大地都在轟鳴。

還能怎麼辦？

一個字——打！

司馬妧將紫檀木雕的腰牌扔給周奇，冷聲囑咐。「帶著我的信物立刻回去告訴外祖和舅舅——北狄來犯！」

「得令！」

接過腰牌的周奇飛馳而去，司馬妧則咬咬牙，扒下都尉的盔甲披上，一腳跨上戰馬，以風一樣的速度穿過東倒西歪的人群，將還清醒著的士兵迅速收攏。

她策馬在寬闊的城牆上奔跑著，重整殘餘士兵。「弓箭手準備迎敵！」

那略微沙啞的少女嗓音在嘉峪關寂寥的夜空回蕩，如此特別的聲音在戰場上從未有過，連越來越近的馬蹄聲也無法掩蓋。

「今夜我司馬妧，以大靖嫡長公主的身分帶領爾等迎擊北狄！服氣的，給我死命殺敵，不服氣的，也給我死命殺敵，聽到沒有！」

「是！」

「吾等誓死追隨殿下！」

「追隨殿下殺盡蠻夷！死守嘉峪！」

殺氣騰騰的聲音響徹西北蒼茫的夜空，令人一陣熱血沸騰。第一波的弓弩手已準備就緒，只等司馬妧一聲令下，萬箭齊發。

田大雷呆呆跟在她身後，她拿兵器，他也拿，她騎馬，他也騎，不過腦子卻木木的，一貫有點小聰明的他不大明白現在的狀況。

他傻乎乎地問：「殿下想幹什麼？」

肅殺的晚風吹起司馬妧的頭髮，她背對著他，冷聲問：「大雷，你還記得如何殺豬嗎？」

「當然記得啊，那是俺老本行。」

「我要你把這些攻來的胡虜都當成你的豬，難不難？」

殺豬有什麼難的？田大雷的腦子忽然前所未有的清楚。「不難！」

北狄的馬蹄聲已經越來越近了。

彼時，太子正在瓜州城中醉臥美人膝。

張掖城中，涼州刺史正奮筆疾書，欲將一封密信寄往鎬京之後立即打包金銀細軟，隨時準備逃離此地。

在帝都鎬京的皇城，大靖第一美人高嫻君剛剛沐浴完畢，在紅燈籠的指引下，身段婀娜地步入昭元帝的寢殿。

在第一美人的娘家高府，高崢正面對父親要求他遴選的美人冊發愁。他猶豫不決，在潔白的宣紙上寫下一個又一個「妧」字。

在不忌宵禁的鎬京夜市之內，千金賭坊人聲鼎沸，最近轉移愛好的太子太傅家公子顧二郎，不愛美人愛錢財，正攏過一堆剛贏來的白花花銀子，似乎有點變得圓滾滾的臉上笑逐顏開。

歷史將在這裡拐一個彎。

只是當歷史發生之時，身處其中的人誰也沒有察覺。

第三章

嘉峪關城頭的血戰從天黑到天亮，烽火臺上的滾滾狼煙已從嘉峪關一直傳到硤口關、黑山關、會寧關、金城關、馬關……很快，遠在千里之外的鎬京也會看到升起的狼煙。

然而援軍遲遲沒有來。

司馬妧的臉上和身上是血、汗、泥混雜。甕城已陷，靖兵的人數在一點點減少，死亡的氣息逐漸擴張。

她帶領著殘餘的士兵憑藉嘉峪關的高城深溝，苦苦支撐了三個時辰，天邊已經泛起魚肚白，為何瓜州的援軍遲遲不到？周奇莫非已經遭遇不測？

疲憊蔓延，靖兵的人數不斷下降，北狄卻彷彿越打越多。更糟糕的是，在嘉峪關的南門，從瓜州的方向有另一隊人馬滾滾而來，他們衣著色雜，揮舞馬刀，叫嚷胡語。

領兵的是個極高壯的中年人，粗眉闊唇、相貌英偉，臉上有尚未抹去的血跡。

「是昆邪王呼延博！」有老兵認出此人。

彷彿有感應一般，呼延博的目光堪堪對上注視著自己的司馬妧，如鷹隼般凌厲，如豺狼般狠毒。那是歷經多少殺戮才能淬鍊出來的眼神，年稚的司馬妧生生打了一個寒戰。

昆邪王似乎是從瓜州方向而來，瓜州是否已經淪陷？時機把握如此之準，還有能令人全身無力的酒水，都不像北狄人獨自能謀劃出來的計策，難道有內奸？

在她愣神的短短剎那，呼延博鑲著紅寶石的馬刀寒光一閃，正指向她。

呼延博仰天大笑。「那就是大靖最尊貴的公主，兒郎們，拿下嘉峪關，把她搶回去做女奴！」

「喝！喝！做女奴、女奴！」

無數的馬刀在發白的天空下泛著寒光，北狄人餓狼一樣的目光齊唰唰釘在司馬妧身上。他們在樓重和樓定遠手下吃過不少敗仗，如果能在大靖的公主身上報復回來，那滋味……嘖嘖，一定很爽。

司馬妧不為所動。她微微抿唇，高喝道：「那就要看昆邪王有沒有這個本事了！」這極具侮辱性的言辭沒有讓她惱火，卻令城牆上的靖兵們異常憤怒。田大雷揮舞著大刀又砍下一個爬牆胡虜的人頭，帶頭叫喊。「誓死保護殿下！」

「誓死保護殿下！」

呼延博哈哈大笑。「給我上！殺！殺！殺！」

他剛剛奇襲過瓜州，如今正處於熱血沸騰的狀態。他已按照約定，趁眾人酒軟無力之際殺死大靖太子，不過在瓜州搶奪而來的財富無法滿足他。大靖人真蠢啊！男人那麼弱，還要玩自相殘殺的伎倆，只會讓他們北狄人得利，哈哈哈！

奪下嘉峪關，自張掖往北的地盤——三分之一的河西走廊就是他呼延博的了！

呼延博在腦中極盡幻想之時，司馬妧冷靜地拉開長弓，搭上利箭，小臂蓄力，朝殺氣騰騰的隊伍中一箭射去，三角形的箭簇刺穿一個敵人的脖子，他無聲無息滾落下馬。

她沒有雜念。

嘉峪關絕不能丟，否則北狄騎兵將在河西走廊平坦的地勢上無所阻礙，商路被阻，山丹草場的軍馬被北狄搶掠一空，大靖很快將再無可與北狄抗衡的騎兵。

這是司馬妧心中唯一的信念。

她不知道，這場嘉峪關陷落的變故就是歷史上著名的「申酉驚變」，是大靖由盛轉衰的重要轉捩點。她也不知道，此刻的瓜州城中全是北狄人踐踏過的痕跡，許多人還在酒的藥效下無法起身。

突然殺出來的呼延博令所有人都措手不及，樓重年事已高，又喝了過多的酒，此刻癱軟無力，只能望著太子身首異處的屍身老淚縱痕。

樓定遠正在調集可用兵力，簡單包紮的左胳膊仍能透出血跡，那是他為了讓自己強行清醒而刺。若不是帶著司馬妧信物的周奇及時趕到，樓定遠此刻也已死於呼延博刀下。

大本營的軍隊全著了這酒的道，從更遠的硤口關調集大批軍隊還需要時間，不過樓定遠已不打算再等，他命副將留守以待後援，自己先行領兵趕往嘉峪關。

司馬妧在那裡，即便他死，也必須把她救出來。

望著湛藍天空中不斷升起的不祥黑煙，騎在馬上的樓定遠高高舉起了陌刀。「全軍出發！」

鎬京城中，因為賭錢一夜未睡的顧家二郎揣著兜裡的銀票，從千金賭坊踉踉蹌蹌地走出來。他無意識地抬頭，望見天空中飄來的幾縷黑煙，因為熬夜而充血泛紅的雙眼微微眯起。

「那是……狼煙？」

西北方向的狼煙，真是好久都沒有看到過了啊……

同一時間，在京郊佛光寺的一座寶塔中，有人對著遠處青山烽火臺上的黑煙露出了笑容。

他負手而立，靜靜等待信鴿從西北的方向飛來。

「元良，事情可會有變數？」

發話的人是如今正在佛光寺潛心「修身養性」的五皇子司馬誠。他口中所稱的「元良」，則是高嫻君的父親，光祿寺卿高延的字。

「即便有變數，埋伏下的刺客也會趁亂執行任務。」高延雙手攏在袖中，老神在在。

「這個我知道。」司馬誠淡淡道：「但是呼延博野心勃勃，必定不甘於只搶掠一番，如果他覬覦的土地過大……」

高延撚鬚微笑。「嘉峪關恐怕是保不住的。不過我們的人早就混進他的隊伍，如果他得到張掖後，還想再往硤口關邁進，我們就不得不毀約了。」

聽到這裡，司馬誠的臉上露出舒心的笑容。「事情若成，把硤口關以北的地方讓給他也沒什麼。河西走廊那麼大，分三分之一出來換回的好處，可是無窮無盡啊。」

高延揖禮道：「殿下英明。」

「唉，我何來英明一說，全仗元良輔佐。」司馬誠回身扶起高延，正色道：「吾若成功，必不忘君如今嘔心瀝血之勞苦。還有嫻君，雖委屈她暫待父皇身邊，他日吾必以后位相待，吾若有違誓言，天打雷劈！」

高延大驚失色，慌忙跪下。「殿下豈可發此毒誓！老臣一片丹心，只願輔佐我朝最賢明的君主創千秋功業，其餘別無所求！嫻君也是心甘情願為殿下的啊！」

司馬誠聞言，感動得涕泗橫流，亦在對面跪了下來。這一老一少，一個皇子一個臣下，一個拍馬屁一個許諾言，好不真實。

一番作戲下來，司馬誠突然想起支持自己的高家裡還有一個不定數，便狀似隨意地問道：「元良的長子姿容甚美，鎬京城中女兒家無不為之動心，但吾聽說他曾有婚約，對方是樓皇后之女？」

這一次和北狄裡應外合的好戲，不只是為了殺掉太子，還是為了搓掉樓家氣勢，滅掉樓家的兵，最好乘機奪了他們的兵權。

五皇子的這一問，讓高延頓了兩秒，故作無奈地回答。「唉，哪裡有什麼婚約，都是年幼時幾個小孩子說著玩的，而且我家崢兒已經準備娶親了。」

戰場無情，北狄凶蠻，那個司馬妧，估計是沒命活著回來了。當然，她不回來最好。

額上繫著白布條的司馬妧，提刀踏上被火燒得漆黑的張掖城頭，數日前那場嘉峪關血戰的血腥氣彷彿還未散去。

她從混亂中被舅舅拚命救回，卻不知道那是最後一次看見舅舅，更不知道鎬京城中有人不希望自己回去。

只見殘破不堪的中央長街上仍燃燒的房屋和焦黑的屍體，還有無數百姓把家當打包放上板車，自動組成一條遷徙長隊，往南而去。

數日前，嘉峪關陷落，樓定遠戰死。戰爭是如此殘酷，額上緊緊纏著的白布條在不斷地提醒司馬妧，那個細心教自己馬術和兵法、領她一寸寸踏過河西肥沃土地的舅舅已經不在了……

不甘心啊！她努力了這麼久，怎麼甘心看著史書的記載重演而無力回天？她怎麼能不為那個最親最疼她的舅舅報仇？

司馬妧目光決絕地走下城樓，往帥帳行營走去。

在臨時成為帥帳的張掖刺史府中，幾員副將圍繞著地形圖愁眉不展，新近喪父的樓寧沈默地持劍站在外祖父身邊。白髮蒼蒼的樓重額上同樣纏著白條，他抬起頭來，看向剛進門的司馬妧。十幾天的時間，他整個人瘦了兩圈，眼有血絲，聲音沙啞。「回來啦，城裡的情況怎麼樣？」

「稟大將軍，呼延博有目的地重點攻擊城中防禦設施，且讓刺史府完好無損，可能有日後作為自己行轅的打算。」

「我認為他的胃口很大，張掖他想要，如果可以，整個河西走廊他都想要。」

樓重滿意地點了點頭，將一份檔遞過去給她。「斥候最新傳來的消息。」

斥候回報，呼延博正在張掖以北整頓兵馬，似乎打算將麾下兩萬騎兵分成兩路進發。司馬妧皺眉，難道他想繞過張掖，先行攻陷其他府縣，再回頭把張掖包圍？好狂妄的作戰方式。

「將軍，我有個想法，或許能把他的主力再次吸引過來。」司馬妧沈吟片刻。「太子兄長的服飾是否尚在？」

正如司馬妧所料，最近春風得意的呼延博正美滋滋地規劃著日後的行軍路線，有意徹底占領整個河西走廊。

直到他聽見探子報來消息——大靖太子還活著，而且就在張掖。

怎麼可能！呼延博大驚失色，從椅子上高高跳起，毫無形象地抓著探子怒吼。「再探！」

再探，結果還是一樣。大靖太子的衣服一眼就能認出，靖朝的服色配飾有嚴格等級規制，尤其是皇族，就算樓重吃了雄心豹子膽，也不敢讓人穿太子的衣服，而且張掖日夜修築工事，不斷增兵，估計就是為了保護太子。

那麼，自己在瓜州殺的那個人是誰？呼延博的臉色陰晴不定。他曾經聽聞中原的皇帝太子都喜歡搞各種替身，以防備有人暗殺，而他只見過太子畫像，無法辨認真偽。

如果太子真的沒死，日後當了大靖皇帝，會如何狠狠報復北狄？

呼延博眉頭一皺。「傳令下去，備好糧草，明日突襲張掖！」

不就是小小一個張掖城嗎？他能打第一次，就能打第二次！不管這太子有幾個替身，他全都殺了！

得知北狄決定明天打張掖的消息，司馬妧摸了一下身上穿的太子衣服，微微鬆了口氣。

本來只是不抱多少希望地試一下這個法子，居然奏效了。

她回來後，得知呼延博在打下瓜州後直奔太子所在，一劍斬下太子頭顱，便懷疑呼延博或許是和某些人達成了交易，如今看來果然如此，卻不知道背後那可惡的賣國賊是何人？

如今也沒有時間給她查這些事情，因為外祖父已經應允給她一千輕騎兵，趁夜色繞道扁都口，奇襲呼延博。

扁都口是祁連山上貫通南北的一條古道，地勢險要，由此道可直達張掖。大靖騎兵一向以穩重扎實的重騎兵聞名，自負的呼延博絕對不會想到有人膽敢用短小精悍的輕騎兵抄小路奇襲他的人馬。

司馬妧的任務，便是在半天之內從原有的騎兵隊伍中挑選出身手靈活的一千士兵。

「殿下真的想好了？不回京？如今反悔，還有轉機。」輕聲在司馬妧耳邊要她打退堂鼓的人，便是和她商量計策的陳先生。此人一身淡青色的文士袍，五官秀美、白面微鬚、乾淨儒雅，只是他攏在袖袍中的左手微微蜷曲，是天生的肌肉萎縮。在相貌和文采同樣重要的大靖，這樣的人注定永遠無法出仕。

有相才卻只能做教書先生的男子叫陳庭，是司馬妧偶然在一處鄉間私塾遇見，後來除了樓定遠，陳庭便是她的第二個老師。

嘉峪關破後，司馬妧建議陳庭隨百姓一起去金城避難，他卻執意留下。

對此，陳庭只解釋了一句。「我也是個男人。」

「殿下清楚，此次奇襲若不成功，呼延博很可能聯合他的另一路軍隊將我們在平原上圍殺。」陳庭望著一個個從隊伍中走出，臉上還帶著茫然、不知道自己將執行何種任務的士兵們，輕聲在司馬妧的耳邊再次提醒。

「先生為何不說它如果成功，我們有機會活捉呼延博呢？」司馬妧面無表情地側頭看他，眼中閃過一抹嗜血的興奮。

陳庭望著她堅定的面容，無聲地笑了。

「那麼，陳某在此預祝殿下，馬到功成。」

第四章

嘉峪關破，太子殞命。

當風塵僕僕的驛差揣著八百里加急的軍報縱馬踏入皇城，引起三省六部大小官員一陣雞飛狗跳，太子之死令無數人捶胸頓足，為何當初站錯了隊。

當朝中文武官員激烈爭論嘉峪關被破後該怎麼辦時，司馬妧已經選好她的一千輕騎兵，準備突襲。

符揚是這一千名被挑中的騎兵中的一員。他祖上有胡人的血統，不過到了他這一代已經很稀薄，他有幸被選入騎兵，可是由於身材瘦弱，資歷又淺，比起重騎兵部隊中的魁梧大漢來就像一顆豆芽，所以常常被嘲笑。

樓將軍戰死後，軍中的士氣一度低沈，直到昨日公主殿下來選人，大家突然都興奮起來，私底下傳言公主要挑選隨她一起回鎬京的私人衛隊。

鎬京，那可是帝都啊！而且是公主的衛士！這位公主愛護士兵是出了名的，以後他們能見到多少以前作夢想都不敢想的達官貴人?!

雖然選拔條件頗為苛刻，要在做過遊俠的周奇或力大無窮的田大雷手下扛過一盞茶時間，不過許多人還是趨之若鶩。

符揚卻不想去。他的父母兄弟姊妹都在這裡，他想要保護他們。

可是伍長說這是軍令，不去也得去。

符揚知道自己的反應很靈活，卻沒想到自己能在田大雷手下扛過一盞茶，而且神奇的是公主殿下挑中了他，反而淘汰那些力氣很大、想要去鎬京的人。

為什麼呢？符揚不明白。

今天，他突然收到新的命令，要他和被挑中的同伴僅著軟甲，牽著馬去規定地點集合，公主正在那裡等他們。

她身著同樣的輕薄軟甲，腰挎長刀，英姿颯爽，表情冷肅，鄭重地向符揚等人宣佈了突襲決定。

原來不是要回帝都，而是要上戰場，殺胡虜。

夜色寂寥，符揚望了望天上掛著的一輪明月。他背負陌刀、牽著馬韁，悄無聲息地緊跟住前面的騎兵。偶爾，他會下意識地摸摸腰間的一個錦囊以確認它還在，裡面放著兩枚以備不時之需的解藥。

所有士兵的腰間短刀全淬了毒。

聽說這是公主的先生陳庭的建議，他認為胡虜既然敢在酒水中給大靖士兵下藥，他們須得以牙還牙。

那位陳先生還會算天象，他說今夜子時和丑時月亮極好，寅時將有烏雲蔽月，天色漆黑一片，此時為突擊的最佳時機。

不知道走了多遠，符揚終於看見胡虜的大帳和篝火。從高地往下俯瞰，能見到有人巡邏，而大多數人仍在沈睡。

公主輕輕抬手，示意他們靜靜在原地等待，不要出聲。

符揚摸了摸馬兒的鬃毛以示安撫。

一千騎兵，所有人都無聲的、靜默地等待公主的下一道命令，如同一千座雕塑，和他們胯下的馬兒融為一體。

這時候突然起風，天邊飄來大朵大朵的烏雲，竟然真的遮蔽了月亮。

符揚似乎看見公主嘴角掛起一抹微笑，她高高舉起陌刀，一同亮起的還有一支火把。她的刀在夜空中發出幽藍的寒光，連閃五下，讓所有士兵都看見這個進攻的信號。

緊接著，那不像少女的沙啞嗓音在寂靜中響起。「殺！」

「殺！」

無數的回應在這條古道上響起。符揚馬鞭一揚，高舉著陌刀，和同伴一起向山下的北狄營盤狂奔。

黑暗無光的夜晚，這群殺氣騰騰的騎士承載著張掖乃至整個河西走廊的希望，他們彷彿從地獄而來的鬼兵，猝不及防地出現，並且所向披靡。

而此時，呼延博正在明日攻陷張掖的美夢中酣睡，渾然不知外面已然血流成河。

突襲的最初就是一場單方面屠殺。司馬妧挑選的每一個騎兵，都擁有強悍的臂力和靈活的反應，這一千人均是在這片土地上長大的，為了保衛家國故土，拚上性命也在所不惜。

火光，嘶吼，刀光，哭號，混亂，反擊……在這連月亮也不敢露臉的血色長夜，司馬妧率隊衝殺。

這就是戰爭。她彷彿又回到三百年後滿目瘡痍的亂世，當她的父伯叔兄接連戰死沙場，連女眷也不得不走上戰場帶兵殺敵之時，那種悲涼絕望的情緒，曾深深刻在她的心頭。

不過這一次，絕對不一樣！

「殺！」這一聲同時響起的嘶吼，來自司馬妧和剛剛清醒的呼延博。

望著被大靖人追砍又因找不到馬而慌亂的北狄士兵，呼延博目眥欲裂，仰天大喝。「司馬妧！」話音剛落，他忽然聽見遠處有隆隆聲響起，似乎整個大地都震動起來。

呼延博循著聲音的方向回頭望去，只見茫茫的平原之上，滿載著士兵的戰車如潮水般湧來，彷彿頃刻間便可以碾壓自己。每一列戰車部隊的首車，都豎著一面金色的旗幟，上面飄揚著一個字——「樓」。

呼延博一向如狼般凶狠銳利的目光中，第一次出現了恐懼。

以輕騎兵先行突襲，戰車載步兵迅速抵達戰場後協助殺敵，輕騎兵則反覆衝擊敵軍側翼以打亂敵軍部隊陣型，令其群龍無首，分而誅之，這就是司馬妧的戰術。

當樓重親率的大批步兵加入戰場後，這場戰鬥的勝負已定。

簡單地清掃戰場後，司馬妧打了一個響亮的呼哨，將散亂的騎兵重新召集成隊。她胯下的馬兒一聲長嘶，前腿高高抬起，所有的騎兵跟隨著一起調轉馬頭，朝東南方向而去。

姜朔祖疑惑。「殿下要幹什麼？」

樓重望著消失在茫茫黑夜中的騎兵部隊，意味深長道：「那裡還有一萬睡夢中的北狄人。」

河西走廊大捷！

還沈浸在失去太子和嘉峪關的悲痛與混亂中的鎬京，百姓們才按照皇帝的要求為太子服喪，策馬直奔皇城的驛差卻一路激動地大叫，迅速將大捷的戰報傳遍整個鎬京。

昭元二十一年十月初八，司馬妧領一千騎兵繞道扁都口，奇襲北狄昆邪王呼延博主力部隊，樓重親率七萬步兵協同作戰，剿殺呼延博於焉支山下。

而另一支深入河西走廊腹地的北狄主力，也在同一晚遭到司馬妧突襲，殺敵六千，俘虜三百，令其餘北狄殘軍聞風喪膽、潰不成軍。

十月初十，司馬妧率軍重收嘉峪關。

說來也巧，這一天正好是司馬妧的及笄之日。

司馬妧，太子親妹，小樓氏唯一的女兒，樓重的外孫女，一個被大靖群臣，可能還包括皇帝自己遺忘了十年的名字，忽然在這一刻，神奇地綻放出奪目的光輝。

一個女流之輩如何奇蹟般地力挽狂瀾，僅用一千騎兵打得兩萬北狄蠻夷丟盔棄甲？這個被人遺忘了很久的名字，彷彿突然產生某種神秘的魔力，令靖人百姓好奇、疑惑、敬仰也懷疑。

皇子府中，得知大捷的主人失神打翻茶杯。

「司馬妧！萬萬想不到居然是司馬妧！」一貫溫文爾雅的五皇子，此刻臉上的表情有些扭曲得可怕。

高延勸道：「殿下息怒，我們的目的已經達到了，呼延博已戰死，死無對證。如今又能重新奪回嘉峪關，對大靖來說是好事一樁。」

「這個我當然清楚，但是你知道司馬妧是什麼身分？太子的親妹妹！她的外家又是樓家！」無怪乎司馬誠對一個女人如此忌憚，比起他不過是一個妃子所出的身分，司馬妧的出身要貴重許多也有價值許多。

本朝女子的地位不低，而前朝還出過一名在位長達三十餘年的昭陽女皇，這位女皇，最初也就是一個公主而已。

誰能保證司馬妧不會複製昭陽女皇的路？要知道那位女皇登基還是靠著內廷宦官的幫助，而司馬妧的手裡卻是實打實的兵權。

難道費心費力幹掉太子，最後只能為他人做嫁衣？

「殿下莫急，莫慌。」高延撫著美鬚，瞇著眼睛道：「既然這位公主如此能征善戰，何不讓她繼續在河西走廊為陛下分憂？」

是啊！司馬誠眼前一亮。

在自己正式登基之前，這位天縱英才的公主還是老老實實在西北守關，不要歸京了吧！

司馬妧並不知道她的五皇兄對自己恨得咬牙切齒，大戰告捷的她領到了昭元帝出乎意料的豐厚賞賜——

帝姬司馬妧抗擊北狄有功，特冊封為「傾城公主」，儀服同藩王；並封「威遠大將軍」，領兵駐守嘉峪關，食邑萬戶，封地太原。

此次破敵的騎兵，昭元帝都有所賞賜，包括周奇的犯人身分也得到赦免。不過這道聖旨翻來覆去地看，司馬妧總覺得處處奇怪。

首先是「傾城」這個封號。字面上看去，是「可使城傾倒」之意。好吧，她已經帶兵收回好多座城池了，勉強能夠得上這個意思。

不過通常來說，「傾城」不是用來形容女人漂亮的嗎？

「我漂亮嗎？」拿著聖旨琢磨的司馬妧，抬頭順口問身邊的副將。

旁邊站著的是周奇。少言寡語的周奇現在算是個武官了，對於司馬妧的問話，他抿了抿唇，默默側頭看向站在他旁邊的田大雷。

「漂亮，殿下最漂亮！」田大雷爽快又響亮地回答。

司馬妧無視他明晃晃的拍馬屁，跳過這一條，接著往下看。

聖旨中第二個奇怪的就是她的封地。明明昭元帝讓她繼續駐守河西走廊，為什麼把她的封地設在千里之外的太原？

剛步入前廳的陳庭把司馬妧的神色看在眼裡，微微一笑。「殿下無須糾結，依陳某看來，當務之急是寫一封謝賞書信，順便以威遠大將軍的名義，向陛下再討幾樣東西。」

「父皇不會覺得我貪心？」

陳庭笑道：「現在殿下聲名鵲起，軍功赫赫，不趁熱打鐵多要點賞賜，以後恐怕難有機會。」

新冊封的公主殿下從善如流。「那我應該要什麼？」

「瓜州、張掖、沙洲、武威四州賦稅。」陳庭唇角微勾，笑容狡黠。

「河西四州賦稅全數納入囊中，又有兵權在手，嘖嘖，河西走廊還不是她司馬妧一家天下？唉，我也好想這麼英武帥氣啊！」

鎬京饕餮閣中，錦衣華服的少年托著腮仰天長嘆。他的額角上有一塊顯眼的瘀青，嘴角傷痕也還未癒合，一看便知近日和人打過架。

此人是新近被徵調回京的睿成侯第三個兒子，齊熠。他在千金賭坊發現莊家出老千，結果反被賭坊的人追著要打，那日正巧他的好友顧樂飛在場，可惜顧樂飛非但沒能幫他解圍，反而和他一起被人轟出了千金賭坊。

顧樂飛躺著也中槍，氣得從此不再踏足賭坊，而是轉戰饕餮閣，一心一意品嚐起天下美食。

齊熠對河西走廊權力變化的感慨並未換來顧樂飛的應聲相和，他把澆了濃汁的酥脆鍋巴放入口中，一臉滿足。

齊熠對把鍋巴當美食的做法表示鄙夷，躍躍欲試地慫恿顧樂飛。「今日無事，不如帶我去千金賭坊找回場子？」

那日，他和顧樂飛兩個人狼狽逃竄進入英國公府避難，誰知英國公府東南方忽然砰地巨響，英國公的大公子做學問時竟炸了兩間廂房，嚇得外頭的賭坊打手一溜煙全跑了。這件事本來就該這麼算了，齊三公子卻不死心，還想憑著顧樂飛的高超賭技，狠狠刷一下千金賭坊的臉。

「不去，我戒賭了。」顧家二郎將湯杓伸向如牛乳般潔白的杏仁銀肺湯。

齊熠憤憤不平。「你甘心？」

顧樂飛呵呵一笑，遞上一塊餡餅，頗有安撫的意味。「鎬京最近不太平，沒事別亂跑。」

雖然河西走廊現在已經太平，不過太子的「意外」身亡卻令風雲詭譎的京城暗流洶湧。顧樂飛的父親身為太子太傅，是無條件的太子黨。如今太子沒了，顧家的地位頓時變得尷尬無比，顧太傅一夜又愁白幾十根頭髮。

樹倒猢猻散，以前那些狐朋狗友都紛紛遠離顧樂飛，只有神經大條的齊熠還會傻乎乎地找他玩。

顧樂飛繼續過著遊手好閒的日子，對於太傅大人的夜不能寐，他只提出一個建議。「從今以後，父親安心賦閒在家著書立說，莫問政事。」

專心學問，做個閒臣，如此一來，對那位忙著剷除異己的五皇子來說，本就沒什麼權力的父親才是可以放過的小魚小蝦。這似乎是極懦弱的舉動，不過對於根基很淺的顧家而言，本來也沒什麼可以博弈的資本。

顧樂飛覺得鎬京裡明爭暗鬥的結果都可以預測得到，實在是無趣又無聊，唯有關於河西走廊上那位新封的傾城長公主，倒是令他頗感興趣。
本以為這一次大靖的河西走廊是丟定了，卻沒想到她一介女流竟能力挽狂瀾。顧樂飛依稀記得那是個力氣大得驚人的小女孩，一隻手就能把高崢舉起來，如今居然真的成了將軍，倒也不辜負她的天生神力。
但願她能安然留在河西走廊做個土霸王。
昭元二十七年，昭元帝讚五子司馬誠品行端方、禮賢下士、忠孝仁義，宜為儲君，封為太子，以告太廟。
豔極的七幅石榴裙迤邐過皇宮軒廊光潔的地面，單絲羅紅地銀泥帔子環繞於臂間，如此錦衣華服，非但不會掩蓋女子的美麗，反而更襯她高雅華貴，恍若天仙。
宮人見之，無不紛紛行禮，莫敢抬頭視之。
「娘娘萬福。」
一路上不斷有宮女內侍福身行禮，高嫻君目不斜視、下巴微揚，一路朝昭元帝的寢殿而去。
近來昭元帝的身體每況愈下，脾氣也越發陰晴不定，只有她能誘哄得住。
當她轉過迴廊的一個角落，忽然有人從黑暗裡伸手，將她拉進某殿中一間昏暗無人的小室。高嫻君還未來得及驚呼一聲，已被那人以唇封緘，整個身子頓時癱軟下去。
而跟隨在她身後的宮人，本想呼救，卻在見到從小室內走出的兩個衛士後，俱都低下頭，不敢多言一字。

昏暗的殿間，衣衫翻飛，大汗淋漓，嬌喘微微。

一陣雲雨過後，高嫻君柔順地伏在懷中人的胸膛前，忽而嚶嚶掩面哭泣起來。

「怎麼了？」新近被封為儲君的司馬誠意氣風發，唇角含笑撫摸她的烏髮，問道：「是誰讓妳不高興了，我為妳出氣？」

高嫻君猛地坐起，一把推開司馬誠，轉身賭氣道：「便是你讓我不高興！總是如此偷偷摸摸，嚇得我心驚膽戰，何時才是個頭?!」

「莫急、莫急，很快了。」司馬誠的吻細細密密落在高嫻君的背上，他幾乎是迷醉而虔誠地奉上自己的吻，將她輕輕扳正，柔聲安慰。「待那老傢伙賓天，妳我雙宿雙棲，我為龍，妳為鳳。」

你為龍，我為鳳！好一句甜言蜜語。

高嫻君輕輕一聲嘆息，幽幽道：「望殿下記著自己的話，來日莫相負。」

第五章

距離河西走廊的那次大捷已然過去六年有餘，被封威遠大將軍的傾城長公主司馬妧也未曾回京一次。

她在收復嘉峪關後沒有止步，乘勝追擊，趁北狄王族為繼承權內訌之時推波助瀾，將統一不過十幾年的北狄重新分裂成大大小小十幾個部落，率騎兵分而誅之，只有極少數的北狄人活著逃到漠北。

司馬妧將倖存的北狄王族送至鎬京，意在軟禁漢化，如此一來，強悍的北狄只能成為昨日歷史。

昭元二十八年春，河西走廊又傳來了好消息，西域十六國將聯合派遣使者前來鎬京謁見昭元帝，他們將帶來大批的奇珍異物表達交好之意。

這是一次盛大至極的慶典，連身體欠佳的昭元帝也紅光滿面，彷彿自己真的成了萬國來朝的天下共主一般。

盛典之下，大靖的臣民們都很清楚，如果沒有那位長公主在軍事和經濟上的多年努力，西域十六國的進京根本不會實現。

她到底是一個怎樣的人？

伴隨著司馬妧在河西走廊待的時間越長，所做的事情越多，她的傳說也越來越多。那些從西域來的胡商，以及經由河西走廊去西域做生意的中原人，有的曾見過司馬妧，紛紛讚揚這位長公主的氣度非凡，不似平凡女兒家，將她描繪成一個勇武過人的傳奇女將。

可是到了大靖的某些士人耳中，自動將「不似平凡女兒家」理解成「長得像男人」，將「勇武過人的女將」解釋為「殺戮成性的母夜叉」。

並且隨著司馬妧的始終不歸京，這種說法的流傳越來越廣，許多士人以為司馬妧不敢隨軍隊進京面聖，就是因為長相奇醜，唯恐丟臉。

就在西域十六國進京的這年冬天，暨昭元二十八年冬，昭元帝病重，著令太子暫代國事。

昭元二十九年春，昭元帝駕崩，舉國大喪，昭元帝第五子、太子司馬誠登基，年號天啟，昭元二十九年，亦為天啟元年。

司馬誠登基，大赦天下，封其母德妃為皇太后，封高延為尚書令，領尚書省，是為宰相之首，高延之女高嫻君則被司馬誠封為端貴妃。本來，司馬誠要許她以皇后之位，無奈以英國公單雲和御史大夫趙源為首的一幫老骨頭上書，此女先後侍父子三人，品行有污，當不得母儀天下之位。

據說英國公單雲在上朝時以頭觸柱，血濺當場，無奈之下，天啟帝只好收回成命，封她為貴妃。

當朝堂上的這幕鬧劇傳到司馬妧耳中時，已經是天啟二年。

時隔如此久，一來是三千里的距離過遠，二來是她對鎬京的事情並不關心，打探這些情報的還是陳庭安排的人。
「殿下怎麼看？」陳庭問司馬妧，哈哈大笑完畢的司馬妧一頭霧水。「什麼怎麼看？高嫻君幼時便生得極好，司馬誠為她癡迷著魔也無可厚非，不過她竟然能侍奉父子三人而遊刃有餘，不得不說手段卓絕。」
陳庭扶額輕嘆，女兒家談論這種事情卻一點不避諱，自她成為河西實際上的土霸王後，連樓老夫人也不再關心她的德容言功，令她越發肆無忌憚了。
「陳某所指不是這個。」
「那是什麼？」司馬妧偏了偏頭，百思不得其解。「恕吾愚鈍，還請先生賜教。」
「高嫻君父親高延為首的一黨扶持司馬誠上位，而以英國公單雲為首的老臣則對新帝存有疑慮，高嫻君做皇后還是做貴妃，無非是二黨博弈的一個由頭。司馬誠新登基不久，不得不妥協，但是他不會善罷甘休。」
司馬妧支著腦袋，聽得昏昏欲睡。「那又如何？」聽起來好複雜。
陳庭不由得又嘆了口氣。這位長公主什麼都好，就是對政治毫無興趣。
「若要大權獨攬，得把要職都換上自己人。殿下以為，什麼是要職呢？」
司馬妧倏地清醒過來。「先生是指司馬誠想要我的兵權？」因為多年前呼延博入侵一事，她對最終得利者司馬誠存疑，並不避諱直呼新帝姓名。「先生覺得他會如何剝奪我的兵權？」
陳庭道：「聽聞公主幼時曾與高延之子有過婚約？」

司馬妧一愣，想了又想，終於從記憶裡找出一個白白淨淨的小男孩面容，還有他怯生生亮出來的銀製萬花筒。

「好像是有過這麼一回事。」

「殿下可知他如今已經娶妻生子？」

「喔？那又如何，二十多歲的男子，娶妻生子不是十分正常？」

「可是殿下依然雲英未嫁。」

司馬妧沒有接話，隱約意識到陳庭想要說什麼了。

果然，陳庭嘆道：「新帝想要殿下的兵權，只需一道賜婚旨意即可。現在的問題是，他會將殿下嫁給誰？」

她可能被嫁給誰？這個問題的選項其實並不多。

距離司馬妧離開鎬京已經過去十多年，她二十四歲了，二十四歲的寡婦有，二十四歲的黃花閨女卻是稀罕，更何況是身分如此尊貴而且功勛卓著的「老姑娘」，即便司馬誠想要將她嫁出去，也不得不考慮她的影響力和功績，為了顯得他心胸寬廣仁厚，絕不能隨便找個男人娶她。

所以，候選者的第一個條件，應當是大齡未婚，最好無通房無子嗣，方能配得上同樣大齡未嫁的司馬妧。

而第二個條件，則是身分不能太差，最好系出名門，才能配得上這位被先皇冊封為威遠大將軍的公主殿下。

至於第三個條件，便是司馬誠的私心了。這個人選最好隸屬於支持自己的那一派，如果不是，必須沒有任何勢力，毫無威脅。

如此苛刻的三個條件往前一擺，別說放眼鎬京，放眼整個大靖能完全滿足其要求者，幾乎沒有。

說到第一個條件，司馬誠簡直要捶胸頓足，後悔自己當年示意高延要向他表忠心，暗示他兒子必須與司馬妧劃清界線，最後勒令高崢早娶，不然等到如今一紙賜婚，不僅順理成章，還能收穫一個青梅竹馬的佳話，何樂而不為？

可惜木已成舟，高崢已娶妻，即便他妻子早死，但以司馬妧的地位，絕對不可能下嫁做人繼室。

「新皇的選擇範圍其實非常窄。」遠在張掖城中的陳庭微笑，將皇城中撓禿了頭髮的皇帝心思一點點解剖，毫無遺漏地分析出來。

他侃侃而談。「他的選擇有三：第一，英國公單雲的嫡長孫單奕清，此人長年沈迷機括丹藥等奇門異術，傳聞他所居之處危險重重，別說娶妻，根本沒有姑娘敢靠近他。」

「喔？鎬京居然有這種怪才？」司馬妧眼睛一亮，頓時來了興致。「這倒是個很有意思的人。」

「不過，」陳庭話鋒一轉。「英國公與尚書令高延不對盤，時常在朝堂上反駁新帝政策，如果有妳支持，恐怕英國公更是如虎添翼，新帝不會冒這個險。」

司馬妧略感失望。「那第二人呢？」

「第二個人選，乃是睿成侯第三子齊熠，此人愛好打抱不平，得罪不少權臣子弟，在鎬京的風評和人緣均不算太好。」

「沒關係。」司馬妧一笑。「他再能打，還能打得過我？」

「但是，」陳庭又是話鋒一轉。「齊熠乃是睿成侯的通房侍妾所出，雖然記在嫡母名下，但若深究，身分仍然配不上殿下。」

到了這裡，司馬妧終於聽出味道來了。「先生何必吊我胃口？其實第三個人是司馬誠唯一的選擇吧？」

陳庭微笑不語。

司馬妧瞇眼。「先生，我的耐心可是有限得很。」

「並非賣關子，只是陳某好奇，殿下竟對新帝的賜婚毫無牴觸？殿下近二十年的青春和心血全部耗費在河西走廊上，如今新帝說收回便收回，安排給殿下的丈夫人選也是瑕疵頗多，殿下難道不心生怨憤？」

司馬妧搖了搖頭。「我之所願，唯有這片土地永享太平。若我因為一人之喜惡觸犯新帝逆鱗，引得帝怒，最後以致兵戎相見、血流成河，那便是大大違背我之初衷了。」

陳庭一愣，望著司馬妧平靜通透的眸子，忽然覺得心疼。

他總是被面前這位殿下尊稱為「先生」，而他最自信的便是自己幾近冷血的冷靜，令他無論在何時何地都能做出最有利的謀劃。可是此時此刻，他的心裡竟然有了憤怒。他是為公主感到不值。

沙場刀劍無眼，一介女流，戎馬十年，為大靖奉獻出她全部的青春，可大靖的皇帝卻是怎麼回報她的？

「先生？先生？」司馬妧喚回陳庭的思緒，問道：「先生還未告訴我，第三個人是誰？」

陳庭閉了閉眼，平復心情後方才緩緩道：「第三個人乃前太子太傅顧延澤之子，顧樂飛。顧延澤學識淵博，在儒林名聲鼎盛，自前太子死後他一心著書立說，不再為官。」

司馬妧點了點頭。「名氣雖大，歸根結柢只是個無任何實權的文人，沒有威脅。那他的兒子呢？也是做學問的？」顧樂飛，這個名字聽起來似乎有些耳熟呢？

「非也。」陳庭搖頭，繼續道：「顧延澤長子幼年因天花夭折，膝下只餘一子顧樂飛，又不願娶妾，其妻為他又誕下一女顧晚詞後，再未有孕。故而顧樂飛乃是一脈單傳，寶貝非常。」

「他家人口倒是簡單，我喜歡。」司馬妧一笑。「先生還未說，這個顧樂飛……到底是做什麼的呢？」

「他什麼也不做，」陳庭面無表情道。「他喜歡吃，是個胖子。」

十年前的顧家公子尚是翩翩少年郎，那麼如今……到底是有多胖？

這個問題，端貴妃高嫻君最有感觸。

鎬京第一美人，曾經是太子側妃，如今後宮一枝獨秀的端貴妃高嫻君，入宮之年不過才十四，她記憶中的顧二郎一直是那個才智卓絕、皎皎如玉的美少年，是她的青梅竹馬，永遠無條件對她好的那個人。

天啟二年正月，司馬誠為了顯示帝恩，也為了加深君臣了解，特在宮中設宴，大宴群臣，允許臣子們攜家眷出席。

高嫻君作為後宮實際上的主人，自然會陪同司馬誠出席。當高嫻君一身華服珠飾站在來自西域的水晶穿衣鏡前，望著光彩照人的自己時，她忽然想起自己還是少女的時候，以及她年少時曾經差點想嫁的那個少年。

可惜，顧樂飛和太子比起來實在是微不足道。

高嫻君被太子納入宮中時是毫不猶豫的，她從來都很懂得取捨，懂得謀劃。她知道自己畢生想要的就是對女人而言至高至尊的那個位置。

可是，就在這個熱鬧光鮮的夜晚，高嫻君看著鏡中美麗不可方物的自己，忽然感到無限的寂寞和孤獨。從來都是向前看的她，在這一刻突然想起了桃花樹下那個對她放聲大笑的少年。

今夜的大宴，陛下為彰顯其胸懷，似乎連曾經的顧太傅家也邀請了呢。

高嫻君突然有些期待再次見到顧樂飛的場景，聽說他終日無所事事，成了一個吃喝嫖賭樣樣俱全的紈袴子弟，實在令她痛心。

如果今夜有機會，她該勸勸這位昔日舊友重走正道。

抱著這樣的心思，高嫻君攏了攏頭上的金步搖，忽然覺得不夠漂亮，又喚來司寶司的宮女拿來首飾盒重新挑選。

如此折騰一番，終於到了宴會。

高嫻君隨司馬誠高坐臺上，放眼望去，盡收眼底，可是左右看去，皆不見顧樂飛的身影。

莫非顧家竟敢不來？高嫻君覺得奇怪，也微感失望，索性不再尋找，轉而與其他貴婦應酬去了。

無意的一側頭，卻有一人突然吸引了她的目光。

那是一個獨坐於案桌旁大吃大喝的男人。他的面前擺滿瓜果、烤肉、羹湯、麵點等諸多食物，亦有好酒，此人自斟自飲，神情愉快，無心猜燈謎看煙火，反而自得其樂。

他吃東西的速度極快，不過吃相優雅、禮儀得體，倒也讓人挑不出錯來。

若是身形修長容貌俊秀，說不定還當得上名士風流，可惜此人長相非但不符合以上任何一點，反而胖得出奇。

他拿起一碗珍珠玉露羹，露出的手因為胖而顯得粗短，指上的肉旋格外明顯。他一人坐在那裡，便讓人感覺那處空間逼仄，直擔心黃花梨的案桌會不會因為他的手臂支撐而崩塌。

隨著他的動作，包裹在衣服內的層層脂肪如湖水般輕盈地抖動起來，因為營養過剩而白裡透紅的胖臉徹底撐開了眉眼，使得他的五官顯得尤其無辜。

這是誰？

圍繞在高嫻君身邊的女眷順著她的目光看去，均掩袖輕笑起來。「多日不見顧家二郎，似乎又『豐滿』了不少呢。」

高嫻君悚然一驚。「妳們剛才說……他是誰？」

「貴妃娘娘不知道？」女眷們互相交換一個驚訝不已的眼神。「這人便是前太子太傅顧延澤的公子，顧樂飛顧二郎呢。」

顧樂飛？怎麼可能！他怎麼會是這個樣子，怎麼會這麼、這麼的胖……

高嫻君長年浸淫在大靖的權力中心，練就喜怒不形於色，可是此時此刻，她流露在面上的震驚絕非作假。

不遠處正和臣子說話的司馬誠，將高嫻君的驚訝盡收眼底，面上的笑容變得更加真誠。看吧，嫻君，那就是妳曾經的青梅竹馬，如今在帝都可是無人不曉啊……

顧樂飛似乎並未發覺來自皇帝和貴妃的關注，依然埋頭享受皇宮御廚的美食。無人妨礙的他正自得其樂，英國公家的長孫單奕清倒嗅著食物的香味來了。不過，他剛在顧樂飛身邊坐下沒有一會兒，睿成侯的三子齊熠便來拉人了，似乎是發現了什麼新鮮玩意兒，非得拉著兩人去看看。

顧樂飛滿臉不情願地站起身來，被兩頰肉團給擠成一條線的眼睛瞇起。他理了理被撐得幾乎成了球的衣袍，邁著慢吞吞的步子跟在二人身後。

他胖得已經沒了脖子，彷彿是一個大元宵頂著一個小元宵，大元宵上伸出四根短短的小棍左右揮動，稱得上憨態可掬。

高嫻君不由得掩袖，像圍繞在她身邊的女眷們一樣，勾起唇角輕笑起來，同時也沒了與君交談、勸君奮進的心思。

當司馬妧從陳庭口中聽完對顧家公子的描述時，放在膝上的十指忍不住動了動。胖等於圓，胖等於又白又大，胖等於軟乎乎滑溜溜，胖等於……

司馬妧的十根指頭都禁不住癢了起來。

捏起來的手感，一定非常棒吧……她情不自禁地在心底暢想著。

陳庭正在和司馬妧詳細說明顧樂飛的經歷。比起前面兩個人選，他覺得這個人更加難以捉摸，不過也更加有趣，可是長公主殿下似乎根本沒有在聽，她的唇角勾起奇異的淺笑，目光發直，正在出神。

如果小樓氏還活著，或許能猜測出來愛女的心思——司馬妧小時候最愛的一件事情便是趁小孩子不注意，乘機伸手捏他們軟嫩香滑的臉蛋，百玩不厭。

自小樓氏去世，司馬妧來到外祖父身邊，一心想著把握光陰、好好努力，而且圍繞在她身邊的都是沙場征戰的將領士兵，少有女眷孩童，想要重拾舊時愛好也沒有機會。

「吾覺得，若是此人為駙馬，倒是很不錯呢。」司馬妧將發癢的十指交握，一臉夢幻的表情，驚得儒雅持重的陳庭差點從椅子上摔下來。

原來，長公主殿下對軍中無數男子的隱晦示愛視而不見，乃是因為她的偏好與常人迥異？

第六章

天啟二年秋，帝司馬誠下旨，特封司馬妧為定國長公主，食邑一萬六千戶，令前太子太傅之子顧樂飛尚長公主，並封其為關內侯，視六百石。

驃騎大將軍樓重年歲甚高，特賜帝都太白園一座，令大將軍攜妻兒在此安度晚年。

聖旨抵達三千里外的驃騎將軍府時，已是天啟二年的寒冬，臘月將至，正是要過年的時候。

此外，隨著聖旨一起來的還有數道調令，包括將寧遠將軍田大雷調往河北道，輕車都尉姜朔祖調往江南道，游擊將軍周奇調往劍南道等等。

不出陳庭所料，新皇蓄謀已久的意圖，隨著這些送來表面光鮮亮麗、實則暗藏殺機的聖旨和調令，表露無遺。

樓重唯一的兒子樓定遠早就戰死沙場，僅餘的一個外孫樓寧去年已中科舉，前往鎬京任職翰林。以姜朔祖為代表的樓系將領被調往全國各地，司馬妧的嫡系武官也遭遇同樣命運，故而隨著司馬妧回京嫁人，樓家的勢力將全面退出河西走廊。

如此大規模的人事調動，簡直就是在向天下宣佈，司馬誠對西北邊關勢在必得。他不放心樓家人，連自己的皇妹也不放心，必須親手接管。

天啟三年的正月新年，是這些邊關守將們過得最寒心的一個新年。

他們不是在為自己的命運寒心，而是皇帝對於長公主的態度。

一個「長公主」再加一個「定國」的名號，俱是虛銜，哪怕在原有基礎上增加六千戶食邑，如此就想輕易奪走司馬妧擁有的一切，還想把她隨便下嫁？

每年正月的時候，將軍府的大宴均是熱鬧非凡，哪怕樓老將軍一把年紀，也會被屬下拉下臺跳胡旋舞。

不過今年，宴會的氣氛異常沈悶，哪怕好酒好肉，這些血氣方剛的男人們居然看都不看一眼，只顧不要命似地往嘴裡灌酒。

坐在首席的樓重不由長嘆一聲，親自遞了一杯酒給身側的外孫女。「妧妧，妳若不想嫁，外祖拚了這把老骨頭，也要請陛下收回聖旨。」

此言一出，在場的數十個將領紛紛抬頭，雙眼放光看著座上的司馬妧，只等她點頭說「不嫁」二字，便舉刀摔盞，發誓丟了這官職也要阻止公主下嫁給那不學無術的胖子。

可是，司馬妧竟然搖了搖頭。

她沒有接過那杯酒，反而拿起案桌上的夜光琉璃壺，親自走下臺來，為每一個人的酒杯裡倒滿泛著琥珀光澤的葡萄酒。

「敬諸位將軍，我們來日有緣再見。」

她舉起酒杯，唇邊帶著淺淺的笑意，對滿座的武將敬酒示意。

四下皆靜，沒有人能喝得下這杯酒。這些斷胳膊斷腿眉頭也不皺一下的漢子們，此時此刻俱都眼圈發紅，握杯的雙手竟然微微顫抖起來。

所有人都清楚，皇令大如天，他們最敬佩的殿下也無法違抗皇命。她別無選擇，必須放下引以為傲的一切，嫁給一個鎬京中庸碌不堪、醜陋肥胖的紈袴子弟。

而此去一別，或許永不相見。

天啟三年春，河西走廊上的水草肥美，從西域歸來的商隊駝鈴又頻繁響起，前羽林軍最高將領驃騎都尉哥舒那其手捧聖旨，從司馬妧手中正式接過調兵遣將的半塊虎符。

交接過後，司馬妧帶著自己的七十衛兵，攜樓重和樓夫人一道，在遠道而來的尚書右丞鄭青陽和帝都一千騎兵的保護下，正式踏上歸京的旅途。

臨走之前，司馬妧深深地看了一眼哥舒那其。

「我記得四十年前，焉支山下乃是哥舒部的故土。往事成灰，如今哥舒部已是大靖臣民，望君為大靖百姓守好這片富饒之地，永享太平，河西走廊便交託予君了。」司馬妧飛身上馬，最後看一眼張掖城上飄揚的旌旗，勒馬轉身，馬鞭高揚。「啟程！」

「屬下周奇恭送殿下！恭送樓老將軍！」

「屬下田大雷恭送殿下！恭送樓老將軍！」

「屬下姜朔祖恭送殿下！恭送樓老將軍！」

「屬下陳庭恭送殿下！恭送樓老將軍！」

扯著嗓子吼出來的道別幾乎同時在她的身後響起，坐在馬車上的樓重偷偷掀開簾子，望著張掖城下單膝下跪的舊臣下屬，潸然淚下。他合上簾子，轉過身去，不願讓任何人、包括結髮老妻看見自己的眼淚。

司馬妧沒有回頭。她不敢回頭。她知道此次離去，恐怕再難歸來。

二十年前的鎬京城是什麼樣子，記憶已經模糊了。前途未卜，她的心下亦感茫然，不過她萬萬沒有想到，鎬京的百姓竟然對她好奇得很。

以至於司馬妧進京的確切日子，在鎬京城中居然人盡皆知。

前兩日，高崢從父親口中得知，長公主的隊伍估計今日即可抵京，他足足兩個晚上沒有睡好覺，今早天未亮便起床了。

那個總是沒什麼表情，不喜歡說話，卻很愛捏自己臉蛋的女孩，如今是什麼樣子呢？

高崢面對銅鏡，仔仔細細地將髮髻束好。

今日正逢休沐，對於司馬妧和樓重歸京的禮節和宴會事宜，鴻臚寺和光祿寺等相關官署早已準備妥當，協調好今日值班的官員，高崢不在其列。

雖然他很想負責司馬妧歸京的諸項事宜，可是父親不許，所以他只好早早出門，去往朱雀大街上的天香樓，因為這是司馬妧入城的必經之路，他希望能在視野較好的天香樓上看到她。

東邊的太陽剛剛昇起不久，空氣裡還帶著朝露的清新，天香樓裡竟然已人聲鼎沸。大堂裡，普通百姓居多，而越往高層樓上去，滿目所見俱是同僚。高崢見狀，不由目瞪口呆。

「高主簿，早啊！」太僕寺的熟人笑容滿面道：「可已訂好雅間？我聽掌櫃說，今日天香樓的雅間全部滿了，你若無處可去，不妨來與我擠一擠。」

「他那間在五樓，地方小得很，高大人，不如來我這裡，距離大街近，視野好得很。」一旁又有少府監的官員過來邀請。

大家都知道尚書令高延深得皇帝信任，高崢身為高延嫡長子，不找機會來巴結他，還能巴結誰？

面對一群人的爭相邀請，高崢只覺得腦袋暈得很。「各位怎麼起得如此早？莫非都是特地來看……」

「來看那位二十年不在京城的定國長公主啊。」有人接話，笑容意味深長。「今日恰逢休沐，雖然那位殿下身分敏感，可是誰不好奇呢？」

日上三竿，天香樓裡已全部滿客，朱雀大街上的每間屋子皆是如此，甚至有人無處可去，乾脆爬到樹上，也算占了個視野好的位置。

今日的鎬京城，似乎連早上叫賣餐點的聲音都少了許多，東西二市的店鋪十家倒有九家掛著「本日休息」。

宮中的司馬誠剛剛從高嫺君的床上起來，並不知道自己這位皇妹還沒有進京就引得萬人空巷。

準駙馬則在被窩裡呼呼大睡，即便大清早，兩位朋友就來叫人，也無法動搖顧二郎繼續睡覺的決心。

他前幾日在饕餮閣被樓定遠的兒子，如今正在京為官的樓寧襲擊，那小子功夫一般，卻是抱定了要殺他的決心。為了自己的安全著想，今天顧樂飛死活都不樂意出門。

高崢在訂下的雅間中沏上一杯茶，桌上擺著幾盤點心，但是他無心享用，眼睛一直盯著城南的朱雀門。

不知道是什麼時辰了，春日的陽光已經十分燦爛，天空中有鳥兒嘰嘰喳喳飛過，忽然，遠處傳來馬兒的長嘶，緊接著便是無數馬蹄踏在土地上的轟然聲響。

有人高喊一聲——「來了！」

高崢倏地站立起來，身子情不自禁往樓外探去。

確實是來了。

遠遠的，排成兩隊的黑衣甲士如同兩條長長的巨龍，昂首挺胸，緩緩前進，那能在太陽光下閃閃發亮的上好明光鎧，屬於皇城禁軍中北門四軍的羽林衛。

羽林衛前是兩架黑漆雕花大馬車，以及十輛載貨所用的牛車。

車前是七十名排成兩隊的士兵，黑色勁裝、袖口紋鷹，皆是身板結實的漢子，他們胯下的馬遠比羽林衛的更加體形優美、骨骼勻稱，敏銳又溫順。

這些士兵腰挎短刀和弓弩，背後的陌刀和長矛交叉，飲過血的兵器在太陽下閃著寒光，利得懾人。

為首者，是一名女子。

當她策馬步入朱雀門時，高崢覺得自己的呼吸都停滯了。

和所有樓家人一樣，她擁有一雙琥珀色的眼珠，初初看去，只覺這名女子整個人便如一柄入鞘的劍，那樣英氣十足，可誰也不知道她若出鞘，會是何等的驚天動地、風雲變色。

和傳聞中不一樣，她並非虎背熊腰，她身形高䠷修長，黑色的衣袍服貼地包裹著她的身體，沒有一絲一毫的贅肉。她的膚色因為常年日照而呈小麥色，長而細的眉毛幾乎入鬢，非但不柔媚，反而令人感覺她不好親近。

但是她的鼻子小巧秀氣、鼻梁高挺，紅唇微抿，下巴尖翹，她不僅不難看，反而頗具姿色，甚至很耐看。

高崢呆呆地注視著策馬踏過朱雀大街的女子，不自覺和他童年的記憶相比，竟覺得除了那雙眼睛，五官是無一處相似。

二十年的時間，畢竟是太漫長了。

他盯著她的時間太久太久。普通人一眼望去，只覺這位長公主氣勢非凡、威嚴懾人，不敢再多看第二眼，唯有高崢，彷彿忘記了眨眼一般，盯著司馬妧看了許久，久得令她也感受到了這道視線。

於是她抬頭，向天香樓上看去。

這本是無意識的一個舉動，司馬妧沒有多想，她目之所見，乃是一個儒雅俊美的青年，因著她的回視，漂亮的青年彷彿受到了驚嚇，竟然往後連退兩步。

不認識。司馬妧在腦子裡迅速過了一遍，沒有找到對這張臉的記憶，便毫無興趣地轉頭繼續前行。

高崢的心卻快要跳出來了，幾乎一屁股坐在椅子上，半晌不能回神。

那真是很難形容的一雙眼睛，清澈卻十分冷冽無情，他只覺自己掉入一汪深泉，冰冷得窒息，掙扎不得，卻又……欲罷不能。

他的心撲通撲通劇烈跳動，彷彿中了蠱一般，還想再看一看這雙眼。這雙他平生僅見，根本不像一名女子該有的眼睛。

可是待他回過神來，司馬妧騎在馬上的身影已經遠去，跟在隊伍最末的羽林衛也已經進城。

忽然，不知何處傳來一聲驚呼。「ㄚㄚ！」

伴隨這一聲婦人的尖叫劃破朱雀大街的寂靜，一個還不到馬腿高的女童跌跌撞撞地跑了出來，仰臉看著高大威武的壯觀馬隊，渾然不覺自己已跑到了司馬妧的馬蹄下。

「ㄚㄚ！」

婦人從巷口衝出來，卻見司馬妧輕巧地一勒韁繩，她的馬便懶洋洋地一抬蹄子，輕鬆越過女童頭頂，半點沒有傷到她。

司馬妧下馬，將胖乎乎的娃娃抱起來，就勢捏了一把女童那肉乎乎的臉蛋，方才將她交給衝出來的婦人，淡笑道：「抱好她。」

婦人彷彿被她的笑容給驚嚇到，張口呆了半晌，直到聽見女兒哇哇的哭聲，才回過神來，惶恐至極地跪在地上。「草民多謝、多謝長公主殿下救女之恩。」

「不必。」司馬妧又是一笑，俐落地翻身上馬，心情頗好。剛剛她進入鎬京城，發現偌大的帝都居然街上沒半個人，都躲在暗地裡偷偷窺視，不得不說她失望之極。

現在突然跑出一個小女孩來，倒讓進城顯得不那麼無趣，而且她還悄悄捏了小娃娃一把。

天香樓上，遙遙望見這一幕的高崢，情不自禁地喃喃自語。「我便知道，她還和小時候一樣的好……」

坐在不遠處酒樓的齊熠和單奕清，也目睹了這一切，卻是反應不一。單奕清頗為失望。「都說長公主生了三頭六臂、虎背熊腰，根本都是騙人，不過是尋常的女子長相。」他是來獵奇的，獵奇不成，十分失落。

齊熠則是豔羨不已地看看騎著高頭大馬、威風凜凜的長公主，長嘆一聲。「女子英偉至此，要我等男子何用！」他也好想如這位殿下一樣帶兵打仗，然後帶著殺氣騰騰的手下士兵，耀武揚威地進京啊！

眼見長公主殿下進皇城面聖去了，齊熠心緒難平，立即往顧家跑去，去找那位未來駙馬分享一下自己的所見所聞。

彼時，顧樂飛剛剛用過一頓飽餐，休息了片刻，開始拿著一把小鋤，獨自蹲在院子後頭的銀杏樹下，抄著小鋤在土裡挖呀挖。

「你在做甚？」一個聲音突兀出現，牆頭冒出一個人的腦袋來。「不去朱雀大街上看威名赫赫的定國長公主，倒窩在自家院落裡挖坑？」

來者正是不走尋常路的齊三少爺齊熠。他在府邸主人面前，大剌剌翻過牆頭，沿著銀杏樹的枝幹，一溜煙滑了下來。「小白，你不去瞧瞧，真是可惜！公主殿下真是一個英姿颯爽，她往那裡一站，直教鎬京城裡半數男兒羞愧！」

顧樂飛不理他。他像一隻土撥鼠似的，專注地低頭挖呀挖，最後竟從泥土裡挖出一個小陶罐，任憑齊熠大肆誇讚司馬妧，他始終不為所動，頂多懶洋洋抬一下眼皮。「你再惦記也無用，她是我的女人。還有，別再叫我小白。」

「將來，將來她才是。至於小白本就是你母親給你取的小名，誰讓你小時候皮膚比女子還白，我如何叫不得了？」

「算了，隨你。」顧樂飛懶洋洋回道，一副萬事不縈於心的模樣。齊熠覺得奇怪。「小白，你真的不好奇未來妻子長的什麼模樣？」

問話間，顧樂飛已將土中的陶罐取出，抹掉蓋上殘泥，揭開蓋來，居然酒香四溢。裡面淡紅色的澄清液體，透著一股清甜微酸的奇妙氣息，前所未有的好聞。

「有好東西！」齊熠又驚又喜。「這是什麼酒？我居然不知道你後院裡藏著這等好東西！」

「青梅煮酒論英雄的典故，縱使你不愛讀書，這個總聽過吧？」顧樂飛以杓舀了一些遞過去，得意道：「此乃青梅酒。」

「青梅酒？我為何從未見過？」

「此酒需用青梅、糖及白酒浸泡，越陳越好，有清熱解暑、生津和胃之功效。青梅多產自嶺南一帶，北方難尋，故而這酒乃是我自製所得。」

齊熠迫不及待嚐了一口，只覺酸甜宜人、酒香濃郁，時下的酒度數極低，幾乎可當果汁飲用。顧樂飛所用的白酒借助西域來的特殊製酒法，度數比尋常白酒高了不少，再加上這酒封罈儲存三年，自然醇香無比。

齊熠兩眼放光，讚道：「好酒！果真好酒！我還要！」

顧樂飛卻一把搶了杓子揣進兜裡。「沒了。」

「地下不是還有很多罈？」齊熠眼尖，指著泥土裡還未開封的陶罐，可憐巴巴望著他。

「小白，你從來不是吝嗇之人。」

顧樂飛哼了一聲。「若以它做婚宴酒漿以獻長公主，何如？」

齊熠一呆。「啊？」

顧樂飛自己嚐了一杓，仔細感受酒漿在口舌間滑過的每一寸味道，腮幫子鼓了鼓，自語道：「青梅酒酸甜的口感應當很得女子喜愛。」

「啊？」齊熠又是一聲疑問，好似傻了一般愣了半晌，突然從地上跳起來，驚訝萬分地指著那一罈罈還埋在土中的青梅酒，結結巴巴。「這些、這些酒竟然都是為公主準備的？你、你早已見過長公主了是不是？」

「只是恰巧想起有這些私藏，畢竟是長公主下嫁，總該有些與眾不同。可惜除了吃喝，我別無所長，也只能在這上面做點文章。至於見沒見過她……如果二十年前見過面也能算在內的話，我倒是確實見過她。」

二十年前？二十年前顧樂飛幾歲，長公主又是幾歲？五歲？六歲？七歲？

齊熠覺得自己真的有些看不懂顧樂飛。「呃，二十年前不算，你沒見過她本人，又對她的長相毫無興趣，為何還費這般心思準備成親事宜？」

顧樂飛小心翼翼地把開啟的酒罈重新封上，放回去，聽見齊熠的疑惑，他轉頭，細長眼睛裡一對漆黑如墨的眼珠奇怪地望著齊熠。「既已賜婚，我為何還要關心她的樣貌？」

「啊？」齊熠更加迷惑。「不就是因為賜了婚，所以才更該在意嗎？」

顧樂飛搖頭。「非也。一介女流，能一肩挑起守衛西北邊境的重擔長達十年，無論美醜，她都令人極為敬佩。這樣的女人本就值得最好的，與她的長相無關。」

第七章

天啟三年秋的那場婚禮，直到很多年後依然被人津津樂道。

九月初八，宜成婚、訂親、求嗣、納財、結網、會親友；忌上樑、作灶、伐木、安葬等。這一天，定國長公主司馬妧自永福宮出嫁。

《禮記・昏義》曰：「娶妻之禮，以昏為期」，「婚禮」原為「昏禮」，屬陰，時至傍晚，方可舉行，取陽往陰來之意。

黃昏時分，從顧府出發的迎親隊伍浩浩蕩蕩，人數多達五百，隨其奢儉扶車，往皇城而去。騎著高頭大馬的新郎官，一臉笑咪咪的和氣模樣，圓滾滾的身材好像馬上要把新郎服給撐裂，非但不神氣，反而十分可笑。

甚至有人暗地裡為顧家公子騎的那匹馬擔心，好像馬兒下一秒就會被新郎官給壓垮似的。

相比之下，同他前去迎親的兩位好友，單大公子和齊三郎俱稱得上一表人才，更襯得新郎官肥胖臃腫。

因著顧家式微多年，於名門高官鮮有來往，族親亦多半不在帝都，故而這人數眾多的迎親隊伍，多半都是顧延澤老先生的門生弟子，雖說個個少年英氣，卻出身寒微，前途未知。

至於隊伍中剩下的一小半，則是顧二郎多年結交的三教九流，穿著派頭十足的華服，卻是忐忑不安地走在隊伍末端。

圍觀人群裡時不時就有人眼尖地發現，這誰誰不是隔壁雜耍的王二嗎？還有那誰誰，不就是對面崇賢坊打鐵的李六，還有嘉會坊路邊擺攤看病的老頭許麻子嗎？顧家這看似氣勢十足的迎親隊伍，不是打腫臉充胖子嗎？

看熱鬧的人開始竊竊私語，瞧著昂首挺胸、貌似神氣的新郎官，忍不住直發笑。

不過笑歸笑，到了催妝之時，新郎官拉來的這些人果真全部派上用場，只聽見這五百人高聲齊呼。「新婦出來！新婦出來！」那真是聲如雷震、驚天動地，好不氣派。

男方這邊尚有虛張聲勢的嫌疑，女方的氣派卻絕非假裝。一品誥命樓夫人為其梳妝，端貴妃素手為其蓋帕，當今皇上命人鋪筵設几，待新郎奠雁之後，親受新郎稽首之禮，驃騎大將軍樓重則親領長公主登車，然後由新郎親自駕車前往禮會院舉行婚禮，儀式結束後再移往公主府舉行婚宴及觀花燭。

圍觀的鎬京百姓，幻想著這位定國長公主與眾不同，說不定會騎馬成親，如此一來又可一睹芳容，可是卻大大失望，公主殿下安安分分坐於婚車之中，對於搞破除禮儀的驚世駭俗之舉，毫無興趣。

不過長公主畢竟地位非同一般，十里紅妝送嫁，隊伍從朱雀大街的這頭排到那頭，堵住半個鎬京城，竟是一眼望不到邊，且事先將狹窄不宜通行之地的牆通通拆除，照明火把燒了沿街的樹。

司馬誠為了給這位駐守邊關多年的皇妹面子，以示心胸並不狹隘，特命神策軍和羽林衛等皇家禁軍千人充作儀仗，腰挎長刀，氣勢非凡，婚車邊隨行的七十衛兵更是個個斂容端肅、英武偉岸，令人望之生畏。

圍觀的鎬京百姓本想歡呼，可是見了這支隊伍卻面面相覷，表情疑惑，搞不清楚這支隊伍到底是去送新嫁娘，還是上陣去打仗。

於是，如此隆重華麗的成親大隊走過街道時，場面居然十分莊重嚴肅，一度寂靜無聲，連預備好要戲樂新郎的障車都被這來勢洶洶的隊伍驚住，一時不知道該不該上去行娛樂節目。

好在朱雀大街兩旁的樓上有專人負責往下飄撒花瓣，五色繽紛、香氣四溢的花瓣散落於隊伍之中，呆愣半天的隨行樂人終於反應過來，立即吹響樂器，這才柔和了這支送嫁隊伍過重的銳氣，有了幾分洋洋喜氣。

駕駛婚車的新郎官倒是對剛剛的場面一無所覺，胖乎乎的雙手努力拽著八根馬轡，轉頭向兩邊根本不認識的百姓打招呼。

他笑得十分開心，以至於一個拉不穩，兩匹馬跑偏位置，馬車一陣亂晃，隊伍隨之也混亂起來。眼看圓溜溜的新郎官就要重心不穩滾下車去，這時候從簾中伸出一隻塗著蔻丹的玉手，看似十分纖細修長，實則比尋常女子的手要大，而且極為有力，一把便拉穩了轡頭，避免馬車翻倒。

「是定國長公主！」有人歡呼。

人們驚喜之時，這隻手已悄然收回簾後，眾人只能看見胖乎乎的駙馬撓了撓腦袋，一臉憨笑地轉頭朝婚車中的人道謝。

真是好白菜被豬拱了！目睹這一幕的人都在心中惋惜腹誹。

而經歷過這場婚禮的人，事後回想起來，印象深刻的便是濫竽充數的迎親隊伍，彷彿出征一般的送嫁儀仗，還有馬車失控後的「美救英雄」。

雖然在當晚的婚宴上，顧家二郎精心備下無數新鮮菜式，從大靖各地搜集而來的廚子，精通各種時下還不流行的炒煎炸溜等烹飪技術，銀針炒翅、廣肚乳鴿、爆炒田雞、滑溜貝球……公主府的婚宴令前來道賀的京中人連叫美味，席間所供青梅酒更是被人一掃而空，連皇帝聽聞後也忍不住命人送了酒菜入宮。

但畢竟沒嚐到好酒好菜的人更多，他們對公主府婚宴的特別毫無體驗，只記住了自己圍觀到的婚禮過程，所以多年之後，人們津津樂道的不是定國長公主出嫁多麼威風赫赫，也不是駙馬爺多麼紈袴肥胖，而是整場婚禮雖然皇帝重視，舉辦隆重，但是其間瀰漫那種古怪又可笑的氣氛，還有女強男弱的顛倒關係，都讓人深覺怪異。

入夜，定國公主府中婚宴，名門公卿子弟、三省六部京官，鎬京有權有錢的人物皆雲集於此，好不熱鬧。

胖胖的新任駙馬爺，拿著酒壺酒杯笑咪咪地到處敬酒。今日大喜，即便在座的賓客對這對夫妻根本不看好，但是皇帝既然要給足長公主體面，那麼他們也絕不會使駙馬難堪，何況這位一向被人輕視的駙馬今天八面玲瓏，禮儀和言辭皆挑不出錯處來。

滿庭熱鬧，高崢卻獨立於廊下，端著酒杯，品嚐杯中澄紅色的青梅酒，望著北邊掛起了大紅宮燈的婚房，覺得酒入口中，只有酸味，並無他人稱讚的清甜。有不認識的女子想過來和他說話，卻被走過來的高巒三言兩語打發掉。

「大哥，姊姊特意叮囑我來瞧瞧你，今日早些回去吧。」高巒排行老二，和高崢並非一母同胞，但被他稱為姊姊的只有一人——端貴妃高嫻君。

高崢搖頭。「宴飲正酣，怎好離開？」

高巒走近一步，低低在他耳邊道：「大哥，長公主出嫁前，曾有一日特地出宮來巡視在建的公主府，你急急改道過來見她，人家公主卻對你沒有那份意思，亦不記得幼年婚約一事。這件事你莫非以為姊姊不知道？」

什麼？高崢猛地抬頭。

迎上高崢震驚中帶著憤怒的目光，高巒不由在心中鄙夷。他的這位大哥怎麼還是如此天真？

「那日跟著公主出門的兩位宦官大人，眼睛尖得很。」高巒意味深長地望著他。「姊姊將此事壓了下來，陛下不知道，但是，沒有下一回。」

高崢口中發苦。「我知曉了。」

另一頭，司馬誠的親妹，皇八女明月公主司馬彤帶著一干女眷從府西往婚房而去，恰好顧樂飛的妹妹顧晚詞也和友人們從府東過去，準備離開的高崢恰好接連碰上這兩批女人，都被阻攔半天不得離開。

尤其是顧晚詞，眼底的失望一覽無遺。「可是府中招待不周？高郎君怎麼如此早便要走？」

高崢客氣地笑了笑。「明日尚有公務要處理，今日不宜太晚。」

待他走遠，顧晚詞依然望著他的背影挪不動步子，身旁的侍女單苗輕輕捏了她胳膊一下，朝她搖了搖頭。顧晚詞知道她的意思——即便不介意做他的填房，顧家和高家也絕無可能聯姻。

「我知道，只是作作夢罷了。」顧晚詞垂眸，低聲輕嘆。她的才情和書法在鎬京很出名，都道她深得父親真傳，可是身為女子，讀那麼多的書有何用？

公主府一角發生的這個小插曲，被一直注意高崢動向的顧吃目睹。作為顧樂飛「吃喝玩樂」四個隨從裡最機靈的那一個，顧吃趁駙馬爺敬酒間隙，向他耳語告知了這件事。

「喔？礙眼的傢伙走了？不錯不錯。」顧樂飛笑得更開心。「本以為他今晚總會弄出點什麼動靜來，沒承想這麼安分。」

「那小姐？」顧吃問。

「無事，她還不至於那麼沒腦子。」顧樂飛又往杯中斟滿酒，思慮片刻，又問：「已經這個時辰了，長公主可有用飯？」

當顧晚詞一行人走到婚房前時，偌大的婚房已擠滿了人，站在門外也能聽見明月公主高聲說話。

「皇姊，今日我可是全程觀禮下來的，拜天地的時候，駙馬跪下去居然差點起不來了！

哎喲喲那一身肉抖啊抖，笑得我肚子痛！皇姊，雖說駙馬長相喜慶，但影響行動也是不好，妳日後該督促他少吃些才是呢。」

這是有意找碴了。司馬妧入京前，明月公主一直是鎬京最負盛名的公主，如今被司馬妧搶了風頭，她偏要趁這女人成親時找回場子。

外頭的顧晚詞聽在耳中，心生不悅。顧樂飛再胖也是她哥哥，她可以嫌棄，卻輪不到別人嫌棄，皇帝的親妹妹也不行。不過，此刻她倒很想聽聽自己的新嫂嫂會如何回應明月公主的話，是贊同？還是駁斥？

「嗯……妳是哪位？」

純粹的疑惑，嗓音低沈，帶著彷彿砂礫劃過喉嚨的特殊質感。

這問句一出，包括顧晚詞在內的一干女眷都瞪大眼睛，不可置信。

明月公主自司馬誠登基後風光無限，雖然已嫁人，卻仍然常常舉辦各種遊獵行宴，鎬京少有不知道這位公主的，可司馬妧卻是真的不知道。

她在西北二十年，和京中各種大小勢力毫無牽扯，出嫁之前，居於永福宮中時，司馬誠大概是擔心女人多嘴，透露風聲說出駙馬的不好，怕她反悔，連婚禮事宜都讓高嫺君為她準備，很少讓別的女眷接觸她，和她談事情的，不是官員就是內侍。

「此乃陛下親妹，明月公主。」旁邊有人替司馬彤說話，語氣裡帶著隱隱的炫耀。

「喔。」司馬妧點頭表示明白。「妳排行第幾？」

「吾行八。」司馬彤這次自己親自回答，還揚了揚下巴。她十分討厭司馬妧的態度，覺得胸口堵得慌，好像自己比她矮一截。

「行八啊，」司馬妧點了點頭。「看妳所梳髮髻，已經嫁人？」

「是。」司馬彤挺了挺胸，彷彿這樣就能秀出她的優越感。「本公主的駙馬乃惠榮侯世子趙擇，如今正任朝議郎。」

可惜司馬妧完全沒有理解她的意思，居然十分欣慰地點了點頭。「已經嫁人了啊？果是時光如梭，我記得我離開鎬京的時候，妳該是還未降生吧？」

司馬彤頓時一噎，乾巴巴地回了一個「是」，立即生生覺得自己比她矮了何止一截，恨不能把那個「是」吞回肚子裡去。

司馬彤的心裡燃起怒火。她一定是故意的！比我大幾歲、出身好一點，有什麼了不起嗎？

其實，司馬妧真的沒有惡意，鎬京中的皇族高官真是太多了，每逢一個不認識的人，她都十分希望這些人主動做一下自我介紹。可是某些人，比如司馬彤這樣的，偏偏覺得她應該認識自己，一點做介紹的自覺都沒有。

在門外聽著的顧晚詞忍不住微笑，覺得這位嫂嫂果真不愧定國長公主之名，寥寥數語，生生壓了氣焰囂張的明月公主一頭，令人拍手稱快。

這時候，廊外忽然有侍女道：「好像駙馬爺帶人過來了！」

「快！快！蓋喜帕！」屋中忽然一陣慌亂，喜娘手忙腳亂地去找不知道被司馬妧扔到哪裡去了的帕子。眼見本來就全是人的屋中又亂成一團，司馬妧皺了皺眉，沈聲道：「慌什麼，帕子找不到便罷了。需要避嫌的女眷先出去，喜娘留下，侍女把大門敞開。」
她實在是很善於三言兩語解決問題。顧晚詞在旁邊看著，只覺得這位長公主有種說不出來的氣勢，莫名其妙就能讓人信服，這種令人折服的氣質是明月公主拍馬也趕不上的。
只是，為什麼她有種怪異的感覺，似乎……似乎嫂嫂將一屋子的貴婦公主們，通通當成了她的手下？
司馬妧直到現在依然沒有一點出嫁的自覺，彷彿只是換了一個地方，多加一個人睡覺而已，故而看見胖乎乎的顧樂飛後頭跟著一群大男人擠進屋來，沒有一絲羞澀感，反而眼前一亮。
哇，那個最胖的一定是她的駙馬了！
眾人推推搡搡進來起鬨。「鬧洞房，鬧洞房！」
顧樂飛被不知道哪個人壓著肩膀和半個腦袋，難受得很，好不容易才推開了那人的胳膊，他一抬頭，居然恰好撞上司馬妧的眼睛。
和幼時一樣的，琥珀色的眼珠。
十分清澈銳利的一雙眼，不知道為何，她的眼裡隱隱有奇異亮光在閃爍。
在婚車上，雖然她拉了馬兒一把，但畢竟蒙著臉，隔著簾子，他看不真切，此刻一身大紅描金喜服的司馬妧，負手而立，淡淡朝這邊望來。她的妝容豔而不俗，髮髻高高豎起，金飾珠玉點綴其中，前庭飽滿，鼻梁高挺，兩頰斜削的陰影使得輪廓更為立體，一雙大紅嘴唇非但不媚，反而更襯英氣，顯然梳妝的人有意勾勒出雌雄莫辨的美感。

不光是顧樂飛，進門的男人都看得有些發愣。

這個妝容、這份氣質，和鎬京中以豔為美或以柔為美的流行都不相符，卻很美。

原本鬧騰的室內突然一下子安靜了。

察覺到所有人都在看她，顧樂飛的心中生出些許不悅。

他一轉身，笑嘻嘻地對滿屋子兩眼發直的男人宣佈。「那啥，要鬧洞房，先扳手腕，贏過我媳婦的，才、才能鬧！」他彷彿喝醉了一樣，一屁股坐在凳子上，回頭對司馬妧道：「媳婦，沒問題吧？」

司馬妧並不介意他的建議，勾了勾唇。「甚好。」她從旁抽出一雙鹿皮手套來，戴上，掃視眾人一圈。「不要浪費我的時間，力氣最大的，上。」

她知道鬧洞房是怎麼回事，手下那麼多士兵，成親的時候有邀請她前去觀禮，雖然她是未嫁的女人，不方便鬧，不過看得卻很多。

鬧洞房——除了新郎新娘倒楣，其他人都很開心，司馬妧不想做這個倒楣的人，而且她餓了。

其實她的力氣在西北軍中也不算特別大，尋常騎兵可拉三石弓，她拉五石，周奇可拉六石，而大力士田大雷能拉開七石弓。

不過，面對這些平日遊獵走馬一把好手的佳公子們，她當然綽綽有餘。當最後一個自詡力氣大的貴公子被司馬妧一手壓制，司馬妧已是興趣乏乏，揮了揮手。「你們撤吧。」

二、三十個大男人面面相覷，都從各自的臉上看到了羞愧，其中有在南衙禁軍任職的更是恨不得鑽到地下。男人們也是很要面子的，既然有言在先，又贏不過長公主，哪裡還好意思留下來，興高采烈進來，灰頭土臉出去。

送走了這群不懷好意的傢伙，司馬妧脫下手套，方才轉過頭來，目光灼灼地盯著顧樂飛，不只是他的臉，還有他全身上下，無一不被她打量了個遍。

他很白，皮膚也很好，不油膩，而且到處都是軟乎乎的肉，名不虛傳，名不虛傳啊……所以，先捏哪裡好呢？

不知道長公主心中所想的駙馬爺，只覺得被她盯得渾身發毛，沒來由的就有種極為不祥的預感。

莫非公主終於要對我發難了？我就知道，行軍打仗的人肯定看不起我這一身肥肉。

雖然自己已決定要好好待她，可對方未必也是這麼想。

顧樂飛心中不由十分忐忑，努力抬起頭來，勉強地對司馬妧訕訕一笑，想說點什麼化解尷尬。

突然，門口有個聲音弱弱地插進來。「我能也和殿下比一盤嗎？」

貿然插話的是齊熠。他特別好奇司馬妧的力氣到底有多大，不過他看出來顧樂飛不喜歡那群人鬧洞房，所以剛才沒吱聲。

萬一他贏了，惹得小白不高興，有損兄弟情義啊！

「來吧，速戰速決，我想用膳了。」司馬妧十分爽快。

事實證明齊熠真的想太多。他上場，也不過是比剛才那群人中堅持最久的那個傢伙多了幾十秒而已。

怎麼可能呢？自己和那群只會鬥雞走狗的傢伙不同，他可是經常和人幹架的，那功夫、那手勁，都是實打實練出來的！怎麼可能也輸呢？

「你還不錯。」十分難得的，司馬妧取下手套後加了一句評語。這並不是指齊熠的力氣，而是指他的眼神，那種不服輸的執拗，在沙場上，這是比力氣更重要的東西，能支撐一個人不被打倒。

齊熠不服，捋起袖子伸出胳膊。「再來！」

「等、等一下！我、我有問題！」旁邊結結巴巴地又插入一個聲音，顧樂飛回頭，瞇了瞇眼，發現竟是單奕清這傢伙。

「奇哉，奇哉。」單奕清不顧眼前人地位尊崇，一邊喃喃自語一邊圍著她繞圈子。「我就知道，能征戰沙場的女子必有過人之處，不知殿下除了力氣大，是否還有其他特異之處？」說著說著，他就要伸手去摸司馬妧擱在桌上的胳膊。那小半截露在喜服外的麥色手臂，看起來也不比其他女人的手臂粗多少，怎麼就能力大無窮呢？有趣，有趣！

遇上感興趣的事情，單大公子是心無旁騖，更加顧不得男女大防的。

「啪！」一隻肉爪橫空出世，以泰山壓頂的氣勢，生生把單奕清那隻纖細蒼白的手拍死在案桌上。

「飛卿，你難道沒有聽到，殿下說她、餓、了？」駙馬爺溫柔地喚出單奕清的字，朝他露出一個大大的微笑，現出淺淺的酒窩，擠得眼睛瞇成細細一線，露出一口森森白牙，看似和藹可親，實則讓人不寒而慄。

某些時候，單大公子的腦筋就是拗不過來。「可、可以邊吃邊聊啊！」

好在旁邊的齊三公子還算知趣，今天怎麼也是顧樂飛的洞房花燭夜，他們在此已經耽誤人家夫妻太多時間。雖然長公主似乎並不介意，但是顧樂飛的眼睛已經開始結冰了，難道飛卿還沒看出來？

「告辭，就此告辭。」齊熠訕訕一笑，死拽住單奕清的胳膊把他往外拖。「祝殿下和堪輿百年好合，我兄弟二人就不打擾了。」

隨著這兩人的離開，這回婚房中是真的空了，連喜娘也悄悄放下備好的合巹酒和喜秤，識趣離開。

兩人之間眼看又要重回先前的尷尬。

「殿下剛剛說餓了，我讓人上酒菜。」顧樂飛適時地提起吃飯問題，拍了拍手，命候在外頭的「吃喝玩樂」四人將溫著的酒菜通通端上桌，空蕩蕩的喜桌一時間擺滿香氣撲鼻的各色菜餚。

「殿下先嚐嚐這酒，此乃我差人從嶺南取來的青梅釀製而成的青梅酒，酒色暗紅澄清，口味酸甜，有生津和胃、清熱解暑的功效。時下秋燥，暑氣未消，喝青梅酒十分合適。」顧樂飛微笑著，挽起寬大的袖袍，親自為司馬妧斟了一杯酒遞過去。

司馬妧注意到他的手指頭有肉肉的漩渦，再往上，手臂也是粗粗圓圓的，而且並沒有濃密的汗毛，白白的，十分有光澤。隨著他的動作，那些肉肉一直在抖啊抖，看起來十分鬆軟舒服。

司馬妧的眼睛看得有點發直。

渾然不覺的顧二郎又遞了一雙筷子過去，主動為她一一介紹桌上的美味佳餚。

和外頭的大鍋飯不同，這些都是他命廚子精心搜集最好的食材，準備了半個月才烹調而出的得意之作。「時下多以餅、粥、飯、糕為主，副食雖有海鮮和西域來的新奇蔬菜瓜果，但是蒸、煮、烙、燒、煎、炸、烤這幾種烹調法，已經難以做出更新的菜式；而我的廚子是從天南地北搜羅而來，他們會汆、扒、釀、貼、炒、爆、溜等等這些偏遠地方的新奇烹調法。

「吃飯也要講究先後順序，殿下先嚐嚐這個冷盤，叫做『千層百葉』，以香菇、冬筍和胡蘿蔔裹上豆皮，味鮮悠長、柔嫩醇厚。然後是主菜三道，都是熱菜，先說說這個『絲雨菰雲』……」

一說到吃，顧樂飛滔滔不絕。在他還是少年時，大靖最繁華的帝都中已沒什麼他不會玩的東西，馬球、鬥雞早無敵手，青樓賭坊也已厭倦，有段時間他還隨百戲的藝人學過幻術，不過看透之後便覺無趣。

唯有吃喝一道，人之本性，他鑽研至深，並且樂此不疲。

「說完芝麻羊排，公主再看這道『彩玉煲排骨』……」

司馬妧看著顧樂飛的嘴巴一張一合，對他說的話卻是左耳進右耳出，一個字也沒有聽進去。可能是緊張，也可能是屋裡有些熱，顧樂飛的鼻頭滲出少許汗珠，白白的皮膚透出粉紅色來，好像一個裹了水果餡的湯圓，一鼓一鼓，一張一縮。

司馬妧注意到，他每每說到得意處，微笑之時，臉頰右側會凹下去一小點，那是一個淺淺的酒窩。

「說完熱菜，還有甜點，我給殿下準備的這道喚作『雪桃羹』，取的是……」

他還在不停地說，但是司馬妧的手指已經不受控制地癢了起來。她目不轉睛地盯著他的酒窩，情不自禁地抬起右手，伸出她的食指，緩緩的、慢慢的，往湯圓上那個小小的凹陷，一戳。

顧樂飛的聲音戛然而止。

在這短短時間裡，顧樂飛的腦中如電光石火般閃過數個場景——

七歲的高崢追在五歲的司馬妧身後跑，司馬妧回頭，對他說了什麼，然後捏了捏他圓圓的臉蛋。

七歲的高崢一臉含羞地遞給五歲的司馬妧什麼禮物，司馬妧沒有接，口裡一邊說著什麼，一邊捏了捏他圓圓的臉蛋。

他和七歲的高崢因為某件事爭吵，高嫻君在旁邊抹眼淚，五歲的司馬妧走過來調解，然後又順手捏了捏高嫻君嬰兒肥的臉蛋。

還有、還有，年紀更小時候的司馬妧，每逢行宴遊樂，她總是端著一大盤點心站在某個地方，要吃點心的孩子，會被她捏、捏、捏……

顧樂飛不知道為什麼，那麼多模糊的童年記憶，剎那間變得如此清晰，如走馬燈般閃過一個又一個畫面。

每一個畫面裡的司馬妧，都在不失時機地揉搓她身邊每一張圓圓的臉蛋，有時候還包括圓圓的手臂、圓圓的肚子、圓圓的……

於是他明白了。

多年後，繼皇后小樓氏之後，終於有第二個人發現了定國長公主隱藏的怪異喜好。悲劇的是，這個人就是長公主殿下現在以及未來，永遠的……揉搓對象。

「長公主殿下，」顧樂飛張了張嘴，只覺喉嚨乾澀，不知所措。「殿下當初……為何毫無怨言地接受賜婚？」

啊！戳到了！果然是很軟很溫暖很有彈性，好舒服的手感，和想像中的一樣！

司馬妧完全無視他在說話，她的眼裡閃著夢幻之光，渾身上下洋溢著幸福的感覺。

她喜歡一切軟軟的圓圓的東西，只是無論是三百年後那個戰亂的年代，還是小樓氏死後，她去西北邊關磨礪，或者是後來她手握河西走廊大權的時候，她都必須扮演一個堅強勇敢的女將軍。

她沒有機會，也沒有時間去享受自己的愛好。

故而，當一個人壓抑多年的天性終於可以盡情釋放的時候，一下子迸發出來的能量是十分之可怕的。

她幾乎是無法控制的，迫不及待地伸出另一隻手，輪番在親愛的駙馬爺臉上揉來搓去，而且順帶還捏上他飽滿欲滴的三層下巴，盡情地感受著軟乎乎滑溜溜具有彈性的舒爽感覺。

「長、長公主？」顧樂飛的表情幾乎僵硬到死。

他想過司馬妧並非自願出嫁，可能會對他十分冷淡甚至惡劣，分床而睡，相敬如「冰」，乃至動用拳腳，無論多麼糟糕的狀況他都考慮過。

唯獨現在的場面……這和他預計的任何一種情況都完全不同。

「長公主？」顧樂飛硬著頭皮又喚了她一聲，司馬妧的手勁實在不小，他覺得臉上的肉在呼痛。

「啊？」司馬妧輕飄飄的一個問號，彷彿從天外飄來，軟綿綿的沒著地。她現在整個心思都在顧樂飛的肉肉上，對於他說了什麼，完全是下意識地回應，其實一概不知。

「殿下當初為何答應嫁給我？」

「因為……」司馬妧轉正了頭去看他，微笑的表情令顧樂飛不寒而慄，她愉悅又自然地回答。「因為你胖啊！」

顧樂飛如遭雷劈。

原來如此，真是……活該被尚主的是他。

「殿下不、不是餓了嗎？不如、不如先用膳？」顧樂飛說話沒有結巴的習慣，但當一個人揪住自己兩頰的肉搓圓捏扁的時候，沒法好好說話，不結巴的也變得結巴了。

「喔，待會兒。」司馬妧漫不經心道，五爪收攏，把駙馬爺白花花的肉擠成各種形狀。

嗷嗷，疼疼疼！顧樂飛吃痛，匆忙從桌上抓起一雙筷子，挾一片肉給司馬妧遞過去。「天大地大，吃飯最大，殿下……」

司馬妧伸頭，「啊」一口將筷子上的肉吃掉。

好吃！她眼前一亮，順勢張開手臂摟了一把滿身肥肉的顧樂飛，只覺這回不只是手指，連手臂和半邊身體都覺得異常綿軟舒服有彈性。

她滿意地點了點頭。「好吃！繼續。」

繼、繼續？活了二十幾年，顧樂飛第一次體會到被女人調戲的滋味。

偏偏這個女人不僅是長公主，還是他名正言順的妻子，她調戲得光明正大、理直氣壯。於是新上任的駙馬爺敢怒不敢言，拿著筷子挾菜餵給緊挨著自己不放，並且「十根指頭都很忙」的司馬妧吃。

此時此刻這場景，真像青樓裡的妓女與嫖客的關係——不過顧樂飛是那個給客人餵吃食的妓女，長公主則是那個四處摸來摸去、不懷好意的嫖客。

顧樂飛覺得很怪。從來沒有人面對他一身厚實的肉竟是這種反應，而且，他和她還沒有熟到可以任她搓來捏去的程度。

他很不舒服，可是司馬妧卻一點也不覺得奇怪。

此刻理智已如脫韁野馬的長公主，完完全全將面前的駙馬爺當成一個人肉團子，溫暖的、細膩的、軟綿綿的、有彈性，還會主動給她餵飯吃的人肉團子。

好可愛！好舒服！司馬妧的全身都在叫囂，這裡要捏，那裡也要捏，到處她都想捏！

「長公主殿下！」

驀然一聲厲喝，顧樂飛終於忍受不住，拍案而起。「殿下自重！」

司馬妧愣了一愣。

面對司馬妧直直盯著他的眼神，顧樂飛深深吸了口氣，覺得有必要和她說清楚。「殿下，顧某並不喜歡殿下剛剛對我的……方式。」

「啊，為什麼？」司馬妧失望地問。她以為下嫁給顧樂飛的最大福利就是可以想捏就捏，畢竟他那麼多肉肉，只是在人後偷偷讓她捏一捏，於他而言根本不損失什麼啊？

顧樂飛把她的失望看在眼裡，告誡自己不要心軟。「殿下的手勁太大，實在是讓我覺得……很痛。」

僅是如此？司馬妧的眼睛一亮。「那我輕一點，可以嗎？如果痛，你就告訴我，我能控制好力道！」

顧樂飛語塞。其實他想說的不是這個，痛只是一方面，身體的親密接觸同樣讓他覺得不習慣，而且被一個女人這樣捏來捏去，縱使她是長公主，也讓他覺得十分沒面子，好像自己只是她的玩具。

不過當司馬妧抱著期待，兩眼亮晶晶地仰臉望著他的時候，真正的理由卻怎麼也說不出口。

室內有短暫的沈默，氣氛一時變得凝滯。

「真的……不可以嗎？」司馬妧的理智漸漸回籠，看到顧樂飛肉嘟嘟的臉上充滿為難的神色，她既失落又不願死心地追問。

司馬妧不是適合撒嬌的那種女人，她的長相太過英氣，連聲音也是沙沙的，並不柔美，可是當那雙總是銳利得近乎冷酷的眼睛裡流露出低落和傷心時，那種視覺強烈反差所造成的刺激，令人根本無法拒絕。

她完全是無意識的，自己也沒有察覺到這一點。

不能捏顧樂飛的現實令她傷心，因為這是她對嫁人的最大期待了。

那雙清澈透亮的眸子在凝視顧樂飛時，帶著落寞的水光，卻又隱忍住，反而更顯委屈。

顧樂飛不知道，自己是唯一一個看到她流露出這種眼神的男人。

他一下子就心軟了。唉，捏就捏吧，又不少塊肉。

她沒有冷淡疏遠，沒有惡語相向，更沒有拳打腳踢，只是捏一捏身上那些多餘的肥肉，有什麼不行呢？

「妳捏吧。」顧樂飛認命一般坐下來，重新拾起筷子為她挾菜，頓了一下，他視死如歸地補充道：「力道輕一點。」

司馬妧卻沒有動。

「你若不喜，我也可以不這樣做。」她說得十分艱難，內心激烈交戰後，方才下定這個決心。

顧樂飛低眸，掃了一眼她攥得死緊的拳頭，在心底嘆了口氣，主動抓住她的腕部，把她的手往自己臉上貼。

「捏吧捏吧，只要別讓外人看見，怎麼捏都行。」顧樂飛朝她綻出一個大大的微笑。

「我就當是殿下給我按摩了，捏得多了，說不定我還能減肉呢，是不是？」

第九章

本來，顧二郎認為洞房花燭夜將是最尷尬的時刻。

這可不是青樓一夜買春，即便已有夫妻之名，那也是兩情相悅方有魚水之歡，而顧樂飛不認為以自己的身材，哪個女子會對他一見傾心。

可是若不洞房，這一間室，一張床，兩個人，如何相處？

雖然，婚房的這張床為了照顧駙馬的身材，特地採用胡床樣式而非尋常拔步床，離地較近，面積十分之大，從頂上垂下紗帳，三面皆可通過。

這是顧樂飛特地和樓寧通氣後，讓將作監的人特別訂製，他考慮到假若新婚之夜公主不願洞房，分房而睡又會惹人閒話，不如乾脆弄張大床，你睡一側我睡另一側，互不相干，也是可行之法。

反正他那麼胖，特意要張大大的床，無人會覺得奇怪。

可是這回，他又多想了，因為在長公主眼中，她的駙馬只是性別模糊的人肉團子，那麼新婚之夜最重要的洞房既不尷尬，也沒什麼好說的。

司馬妧對於兩人各睡一邊的建議表示同意。她平躺，蓋被，閉眼，這是行軍打仗之人慣有的睡姿，安安分分。

但是後來，不知怎麼回事，她睡著睡著，整個人便朝顧樂飛滾過去，長腿一抬，堪堪壓住他圓溜溜的肚子，胳膊一伸，摟住他肉乎乎的肩，臉往他的三層下巴上蹭了蹭，舒舒服服地繼續睡。

於是顧樂飛半夜被悶醒了。

他莫名其妙覺得呼吸困難，一睜眼，方才驚覺自己已被長公主殿下當成人肉抱枕。

她先前不是睡得好好的嗎？行軍打仗的人，不是應該睡姿安穩而且十分警醒嗎？現在的姿勢是怎麼回事？顧樂飛不由得懷疑，司馬妧是想用這種方式把自己悶死，完美解決這麼一個礙眼又沒用的駙馬。

她喜歡捏人，這點倒是從小就有跡可循，但兩人一見面，她就迫不及待對他施展魔爪，顯得有些過火。而現在，一個在西北邊境待了十年的女將，歷經鐵血與殺戮，竟還保留著這種小女兒的睡姿，實在是十分可疑……

顧樂飛盯著紗帳頂，思慮半晌，輕輕喚了一聲。「長公主？」

沒人回答。

顧樂飛沈思。永遠也叫不醒一個裝睡的人。

他冤枉司馬妧了，她是真的睡得極沈，連她自己都不知道原來身邊躺著一個人肉抱枕的時候，她的警醒程度將大大降低，而且會反射性地撲過去，抱住不放。

所以當顧樂飛試圖把她的手臂推開一點，好讓自己透透氣的時候，司馬妧下意識將他箍得更緊，生怕舒服的抱枕跑掉。

這覺簡直……沒法睡了……

顧樂飛無奈睜開眼睛，呆呆盯著紗帳頂。他試圖挪動一下身體，可是一旦胸口的重量減去，壓在他肚子上的那條腿會變本加厲地纏上來。

這種滋味……實在是很難形容。他沒忘記自己旁邊睡著的是個女人，也沒忘記自己是個男人。

司馬妧此舉，到底是有意還是無意？

「長公主？」他又喚了一聲，試圖側過頭去打量身邊的女人，到底是真睡還是裝睡。轉頭的一瞬間，餘光瞥見了司馬妧擱在他身上的右臂，寬大的睡袍袖口捲起，小麥色的手臂隱隱現出肌肉的輪廓，十分有力。

可顧樂飛注意到的不是這一點，而是她手臂上淺淺的傷疤，好像是長矛所造成的傷口。西北已經久無戰事，故這傷口的時間應當很久了，卻還未消失，當初一定刺得極深。

婚房照例要燃喜燭，故而室內並不昏暗。顧樂飛費力抬起脖子，瞄到一眼她壓在自己肚子上的腿，修長、比例完美、無一絲贅肉的大長腿，應當十分誘人，但他首先看到的卻是她腿上的傷痕。

傷疤不少，傷痕的位置各異，形狀不一，有深有淺，大概形成的時間不同。

顧樂飛又伸出手來，悄悄摩挲了一下司馬妧的右手五指與掌心。

到處都是硬硬的繭。她使用的陌刀、短匕、弓箭以及策馬，都會在她的手上留下不同位置的老繭。

反觀自己，那真是一身滑膩膩白花花的肥肉，別說傷口，連薄繭都沒有，養尊處優，養尊處優啊……

顧樂飛盯著天花板發呆，在心底輕輕嘆口氣，打消了一定要叫醒她的念頭。

唉，算了，給這個女人當一回抱枕，不虧。

就算她是故意如此，好折磨得他睡不著覺，他也認了。

翌日清晨，司馬妧神清氣爽地起床，去校場做例行鍛鍊，終於得以解脫的駙馬爺立即擁被高臥，呼呼大睡。

待司馬妧滿身大汗，用下人備好的熱水沖淋乾淨，換好衣服再次進房，卻發現顧樂飛好夢正酣且鼾聲如雷，她不由得皺了皺眉。

「打鼾不好。」司馬妧嘀咕了一句，回頭對外頭候著的顧吃、顧喝道：「叫顧樂飛起床吧。」

可憐見的駙馬爺，天知道他連夜晚加上清晨總共才睡了幾個時辰，被喊醒的時候還頂著兩個黑眼圈，困倦不堪。

見狀，司馬妧又皺了皺眉。

打鼾之人，通常身體存在某種疾病，她甚至聽過有人的鼾聲突然中斷，然後在睡夢中窒息死去的例子。

雖然胖乎乎的很可愛，但是身體康健也同樣重要，司馬妧希望駙馬能長長久久地供自己捏下去，於是她想了想，道：「你日後隨我同去校場晨練。」

「什麼？」顧樂飛以為自己聽錯了。

「於你身體大有裨益。」司馬妧耐心解釋。

可是在顧樂飛聽來，這是司馬妧祭出了為難他的又一法寶。

先是睡眠不足，隨後又要早起被她折騰，難道這位長公主殿下打算用肉體折磨的方式，悄然地、隱秘地徹底除掉他的性命？

通常來說，顧樂飛的眼睛是很毒的。

想當年，前太子出巡河西走廊，他能從種種反常跡象中看出前太子即將出事，可以說鎬京城中的秘密，只有他不感興趣的，若他想知道，絕對瞞不過，即便僅是推測，也能八九不離十。

可司馬妧從昨日到現在的種種舉動，卻真是讓他一頭霧水，看不透她到底在想什麼。

新婚次日有兩項重要活動，一是新婦拜公公婆婆，二是公主攜駙馬同去拜廟祭祖。

因為公主的特殊地位，拜廟需得放在拜公婆之前。

顧樂飛淨面之時仍不忘觀察他的新婚妻子，只見司馬妧已將長髮束起，簡單盤成一個圓髻以金簪插上，從櫃中拿出一套暗紅色的長窄袖胡服，看似又要做她日常習慣的男裝打扮。

今日須得盛裝，怎能作此打扮？他顧家倒是沒什麼，可是二人還需同去太廟祭祖，到時候眾臣發現公主和駙馬皆是男子打扮，讓人作何想法？

顧樂飛忍了又忍，好歹把想說的話嚥了回去。

一來他以為自己無權干預她的選擇，二來，司馬妧或許是故意為之。

就算司馬妧在邊關多年不諳禮儀，可是在皇宮待了那麼久，司禮監的人一定教授過她，她不可能不知道今日的重要。

莫非她是故意如此，好顯示自己的特立獨行，更以此彰顯她長公主的地位？又或者，她是在以這種方式向司馬誠抗議這段婚姻？

他不知道，司禮監確實教過，卻對於她的著裝喜好無可奈何，最後只好配備兩名宮女給她，方便她於重要場合不知道穿什麼的時候，能為她挑選最合適的衣服。只是今天，她們還沒來得及派上用場。

顧樂飛將司馬妧想得太複雜了，但這也不能怪他，一個曾經手握西北重權十年的女子，無法不讓人想得複雜。

此時此刻，宮中的皇帝陛下也正對著一份摺子，暗地猜測著這摺子上的事情是否為司馬妧指使。

這摺子是京兆尹遞上來的，事情其實很簡單，昨日有好幾批來自外地的馬車，文牒上書，這些車從河西走廊以及劍南道、河北道、江南道等地而來，據說載的都是給定國長公主的新婚賀禮。

巧合至極，居然都是同一天，恰好在司馬妧婚禮當天趕到。

毋庸置疑，這些賀禮均是樓氏舊部以及司馬妧的嫡系部將們的心意。這些人奉命駐守在大靖各地，心裡還牽繫著司馬妧，雖然人不能至，心意卻送到了。

只是到的時機太過湊巧，而且這些人知道司馬妧有兩樣愛好，一是寶馬二是兵器，故而賀禮中有幾樣做工精緻的弓箭刀劍，使得原本就草木皆兵的京兆尹忍不住懷疑，這些賀禮中是否有陰謀？便命人壓了一晚，連夜寫奏摺呈了上來。

司馬誠對著這份摺子皺眉。

大清早被喊進宮的高延，垂著腦袋、抄著手在臺階下站著，待皇帝陛下發話。

「西北最近可太平？」司馬誠問。

「回陛下，上月哥舒那其的摺子上寫了，一切都好，雖有些許不平之聲，但只是少數。陛下放心，生不出大亂。」

在高延看來，如今漸漸適應皇帝位置的司馬誠，在一般事情的處理上越來越有帝王氣勢，唯獨對於司馬妧的態度，小心謹慎得過分。

是否因為司馬妧的存在，總讓司馬誠想起當年通敵殺掉前太子的事情，故而如此惶恐不安？

「陛下放心，」高延拱手勸道。「女人都很容易被婚姻絆住腳步，公主也不會例外。」

會是這樣嗎？但願高延不是敷衍朕。

君臣二人心中各有所想，表面和氣地等來了司馬妧和顧樂飛的拜廟祭祖。

待長公主和她的駙馬出現，在場的所有文武官員都深深覺得自己幾十年的觀念受到了衝擊。

同樣是一襲喜慶的紅衣，長公主身著偏男式的修身胡服，更加襯得她英姿颯爽不輸男兒。而她的駙馬呢，整個人像是一個裹起來的大紅團子，兩條小短腿一邁一邁，胖乎乎的手臂四處亂揮，氣喘吁吁地跟在公主身後。

太廟前的臺階實在是太長了，顧樂飛面色通紅、大汗淋漓，累得幾乎虛脫，眾人不禁為他捏了一把汗，生怕圓滾滾肉嘟嘟的駙馬爺腳下失足，從臺階上一路滾下去。

這時候，長公主回過身來，主動拉起駙馬爺的手，放慢腳步牽著他走，甚至還用自己的衣袖為他拭汗。

看起來，真是十分恩愛和諧的畫面呢……如果駙馬爺不是那麼胖的話。

難道定國長公主真的喜歡陛下賜給她的這位駙馬？文武百官在心底嘀咕。

司馬誠也在暗自奇怪——不應該啊！他左看右看，上看下看，顧樂飛都不像有本事有魅力能獲得女人青眼。

高延同樣納悶，他聽說自己長子和司馬妧似乎藕斷絲連，好像要繼續過去「青梅竹馬」的情誼，可是如今看來，司馬妧其實更喜歡顧家這個胖子？

站在司馬誠身邊的端貴妃高嫻君也覺得荒謬，她光是想想顧二郎的滿身肥肉，都覺得十分噁心。哪個女子會喜歡現在的顧樂飛？可是偏偏在眾人眼前發生了，那麼只有一種解釋——

這是司馬妧偽裝給皇帝看的，以示她對聖旨並無不滿，好讓皇帝打消戒心。

在場幾乎所有人同時想到以上可能，不禁在心底琢磨，這位長公主到底想幹什麼？沒想到她的忍功一流，城府如此之深，看不透啊！

連被司馬妧牽著手的駙馬也這麼想。

眾人琢磨著司馬妧的深刻用意，反倒是顧樂飛擔心的衣著問題，居然無人關注。

在場唯一因為這一幕而心神俱碎的，也只有負責禮儀的光祿寺主簿高崢。

我有哪一點不如顧胖子？為何她連看都不看我一眼，卻一心一意注視顧家那個肥得像豬的傢伙?!素來好涵養的高崢，幾乎在心裡用他所能想到最惡毒的詞彙，將眼前的駙馬貶得一無是處。

渾然不覺的司馬妧開心地蹂躪著顧樂飛全是肉的小胖手，還不忘小聲囑咐他。「我的手勁如果太大捏痛了你，一定要告訴我喔！」

顧樂飛在內心淚流滿面。

好丟人……說好的在公眾場合不許捏他呢？

她真的不是故意為之？她一定是故意做給司馬誠看的吧！

司馬妧微笑著在他耳邊悄聲說話的一幕落在眾人面前，那就是耳鬢廝磨、情意綿綿！面對英氣逼人的長公主和一個肥得流油的死胖子秀恩愛，百官紛紛扭過頭去，不忍直視。

便是連司馬誠自己也覺得心中內疚，無論司馬妧是不是作戲，她都夠拚，能讓他為這個指婚感到慚愧。別說英國公的長子，就是睿成侯的三子站在司馬妧旁邊，也比顧樂飛好太多啊！

話分兩頭。

崔氏今天特別高興，一大早就起來吩咐下人打掃院落和屋內，把昨天就擺好的貴重家具再打理一次，花花草草全部灑上水。別說顧晚詞，連顧延澤也被她早早叫起來，天還沒亮就催著人趕緊穿衣打扮。

今天長公主要來顧家拜他們夫妻倆。

尚主茲事體大，許久不聯繫的顧家老大和老二也帶家人上京參加婚禮，今日要見證長公主拜舅姑，他們不停整理衣裳著裝，緊張勁比起崔氏一點不少。

崔氏已經很久沒有這麼開心過了。

自從前太子被呼延博殺害，朝中風向驟然一轉，顧延澤掛著前太子太傅之名被一步步排擠出權力中心，顧家也由此從門庭若市到門可羅雀，變故只在短短數日發生。

丈夫一心閉門著書，不再過問官場事，她也被迫徹底離開京城貴婦圈，只好寄心於佛教，一心禮佛度日。

待司馬誠被封太子，她更是惶恐顧家會遭罪。她和老頭子年紀大了沒什麼，只是苦了她的一雙兒女。崔氏惶惶不可終日，迅速消瘦下來，等到局勢穩定，顧家成了新太子眼中看不見的透明人，徹底消失在京城的上流圈子中。

這時候崔氏終於安心了，平淡雖然寂寞，但是好歹平安。只是她最愛的一雙兒女太不讓人省心，兒子過去成日鬥雞走狗不務正業，後來沈迷吃食，如同吹氣球一樣臃腫起來，連來顧家說媒的都沒有一個。

而女兒才學過人卻眼高於頂，非高家長子高崢不嫁，把好不容易上門的幾個媒人統統趕了出去。

故而，顧樂飛年過二十六，顧晚詞也快要二十，卻依然沒一個成親。四處講學的顧延澤很少留在家中，對自己的這一兒一女放任不管，只有崔氏一個人愁啊，愁得連禮佛都心不在焉，愁得多了好幾根白髮。

如今好了，陛下賜婚，雖然長公主是燙手山芋，但她好歹是個女的，只要是女的，就能生養，就能給顧家延續香火！

因此，司馬妧進門的時候，崔氏兩隻眼睛都在冒光，盯著她上下細看，看她屁股夠不夠大、骨盆夠不夠寬，是不是好生養的樣子。

司馬妧今天這套修身的胡服簡直就是特意方便她打量的。

依照規矩，先行國禮再行家禮，崔氏和顧延澤拜過司馬妧後，才輪到司馬妧奉媳婦茶。崔氏笑容滿面，幾乎是迫不及待地接過她的奉茶，將手上一對樣式古樸的高古玉鐲褪下來，熱情地為司馬妧套上。「公主別嫌棄，這對鐲子內平外圓又沒有花紋，不起眼得很，卻是真正的高古玉，時間要追溯到堯舜以前，乃是咱顧家的傳家寶，歷代主母手手相傳，保佑多子多福的好東西。」

崔氏說了一大通介紹這對玉鐲的話，其實重點無非在最後一句：多子多福。

顧樂飛聽出來了，想到昨日新婚夜自己是如何度過，再面對母親期望渴盼的眼神，他不由汗顏。

難道要他趁著司馬妧抱著自己熟睡的時候，乘機對她意圖不軌？太禽獸了，他絕對不幹！

司馬妧面對這難得的鐲子，遲疑道：「我平日舞刀弄劍，怕弄壞它們。」她語氣真誠，並非有意推拒。一直坐在那兒的顧延澤開口道：「無事，既然內子已將這對鐲子送給殿下，那便任憑殿下處置了。」

「如此，我便收下了。」司馬妧鄭重地雙手舉過頭，接下玉鐲。「謝謝婆婆。」

看她如此謙遜知禮，不頤指氣使，不擺公主架子，冷眼旁觀的顧延澤眼神沈了沈。他鬧不準司馬妧是真心做顧家媳婦，還是做給上頭的皇帝看？

站在一旁的顧晚詞以女兒家特有的細膩，仔細觀察這對夫妻的表情，她從哥哥臉上看到一絲……尷尬？為什麼尷尬？

只有滿心歡喜的崔氏看不出端倪，一心沈浸在含飴弄孫的美夢之中。

這時候，旁邊有個聲音突兀插入，音量不大，語氣卻十分尖酸。「也只有長公主才能忍受堂兄的這等身材呢！」

第十章

聲音不大，大家卻都能聽到，堂中氣氛一時尷尬，眾人紛紛側頭望向聲音來源，目光責備。

說話的人是個少女，容貌不賴，只衣著和首飾太過豔麗招搖。見所有人都在盯著自己，她頓時不知所措起來，絞了絞手中帕子，咬唇道：「我只是實話實說而已……」聲音細如蚊蚋，十分心虛。

司馬妧的眼睛微微瞇了起來。「把妳剛才說的話，再重複一遍。」

她的嗓音一旦壓低，威懾十足，她身量又高，緩緩走到少女面前，居高臨下俯視她，壓迫感排山倒海地朝少女壓過去，少女雙腿一軟，嚇得倒在地上哭起來。「民女知錯！民女不敢了，求公主饒命！」

司馬妧莫名其妙地看著她。面對少女，她連十分之一的威壓都沒有擺出來，竟然能將她嚇哭？京城的女人都這麼沒用？

司馬妧不知道，這少女名叫顧湄，並非鎬京人士，乃是顧家老大顧延淮的小女兒，此次藉著顧樂飛尚主的婚事，特地跟著爹爹來京城見世面。

他不知道司馬妧和司馬誠的關係，只知道自己的姪子尚了頂頂厲害的定國長公主，顧家人都與有榮焉。

如今顧延淮最嬌寵的女兒竟然說出如此不合時宜的話，惹得長公主震怒，眾人心底埋怨顧湄沒腦子，紛紛呵斥她。「還不快給長公主和駙馬爺道歉！」

「我道歉、我道歉！」顧湄哭著跪在地上就要磕頭，卻被司馬妧攔住，她單手制止顧湄要俯首的動作，躬下身來，食指和拇指捏住她的下巴，強迫她抬臉，靜靜凝視著她。「我不要妳的道歉，我要妳把剛才的話再說一遍。」

氣氛再次凝固。

一點不覺得自己兒子難看的崔氏在心底冷笑，不說話不出頭，乾看著顧湄出醜。

可是，抄著手站在一旁看好戲的顧樂飛卻坐不住了。成親時間那麼短，他對司馬妧的了解僅止於她的事蹟，以及小時候的那點印象，他記得她不是如此斤斤計較的人，可是人皆有逆鱗，說不定顧湄恰好觸及了司馬妧的逆鱗呢？

也對，自己這麼胖，雖然她喜歡捏，可是女子皮薄，皆好面子，她一定忌諱別人透過諷刺他的身材間接諷刺她。

司馬妧的氣勢著實有些驚人，顧樂飛從看戲到開始擔心是否太過。

顧湄畢竟是大伯最寵的女兒，大伯從一個莊稼漢到地主，這麼些年無論貧富一直對父親很好，本身是個老實厚道的人。司馬妧捏住顧湄下巴的時候，他急得不知所措，雙手發抖，苦於自己笨嘴拙舌，只好拿求救的目光望著顧樂飛，吶吶道：「小白啊……」

有沒有搞錯，居然叫他的小名？顧樂飛嘆了口氣，站出來調解道：「殿下，小女孩亂說話，還請讓她給殿下賠罪。」

司馬妧不說話，只轉頭瞥他一眼，隨即又繼續回頭盯著顧湄不放，冷冷道：「不過是讓妳重複一遍剛才的話，竟有這麼難？」

不聽？顧樂飛輕輕皺了眉，內心頗為糾結。難道一定要上前以身體引誘，讓她捏捏自己，哄得她心情舒暢，她才肯放過顧湄？

「不難，嗝……不難……」顧湄被司馬妧盯得不敢哭，反倒丟人地打起了嗝。「我、我重複，嗝，重複……」

「也……嗝，只有長公主才……嗝……才能忍受堂兄的這等身材……嗝……」

顧湄斷斷續續重複了一遍，其間打了好幾個嗝，司馬妧卻十分耐心地聽完，然後收回捏住她下巴的手，直起身來。

顧湄當即軟軟趴在地上，身體居然動彈不得。她伏在地上，聽見長公主的聲音在頭頂沈沈響起。「我倒不覺得，顧樂飛的身材有多麼難以忍受。」

什麼？顧湄茫然抬頭，便見長公主回頭，與她那胖得不行的堂兄兩兩對視。公主過於冷硬的面容上浮現出一個淺淺的笑容，那雙冰霜一樣的琉璃眸子裡閃現出愉悅的光輝。

「他胖得很可愛。」

顧湄當即呆住。

不僅是她，除了喜孜孜的崔氏之外，包括顧延澤在內的所有人都呆愣當場。

莫非……莫非長公主和駙馬真的是兩情相悅？

真相只有顧樂飛自己清楚。他懂，司馬妧那句「胖得很可愛」的箇中深意就是他、很、好、捏。

多麼悲劇的真相。可是他必須承認，當司馬妧回頭朝自己微笑的那一刻，他感到十分舒服、十分開心。

她確實是個很特別的女子，雖然她不嫌棄自己的原因比較奇怪，但是……但是什麼呢？

顧樂飛也說不上來，反正，很開心就對了。

他表達開心的方式很簡單，便是要把令他開心的人最喜歡的東西送給她。

可是他並不知道司馬妧喜歡什麼。

「殿下平日喜歡做什麼？」晚上皇宮有宴，拜完舅姑後，顧樂飛便趁著還有時間，帶司馬妧參觀一下顧府，以及他以前住的地方。

司馬妧做事一向專注，他帶她參觀，她便十分認真地四處觀看，故而顧樂飛突然提出問題，她便下意識回答。「捏你。」

此話一出，她就覺得有所不妥，側頭一看，顧樂飛的表情果然凝住，一臉無奈地望著她。「殿下，顧某所指是除了我之外的愛好。」

他無奈的時候眉毛耷拉，顯得十分無辜可愛，好像束手就擒等人來捏一樣。司馬妧手指發癢，左右看四下無人，便毫不顧忌地捏了上去。一邊捏來捏去，一邊答道：「除此之外，我也不知道自己有何愛好。若非要說，美酒、寶馬、兵器，這些物什我較為偏愛。」

感覺自己的臉像麵團一樣在她手下搓圓捏扁，無奈至極的顧樂飛伸手一指槐花樹下，道：「如此，殿下不妨嚐嚐我親自釀的青梅酒，還埋了幾罈在樹下未取出。」

「青梅酒？」司馬妧眼睛一亮。「我很喜歡。」她是喝過這種酒的，河西走廊上的商路貨物繁多，千奇百怪，她所見識過的比鎬京人多得多。

聽聞她喜歡，顧樂飛心中微微一鬆。「還請殿下放開我，顧某這就去為殿下挖出來。」

「喔，那好吧。」司馬妧依依不捨地放開人肉團子，得到喘息之機的顧樂飛邁開短腿，一路飛跑，快速拿了小鋤和酒盞來，挖出酒罈，倒入酒盞，遞給司馬妧。

司馬妧先聞了一下。「酒香甘醇清冽，是好酒。小白，你這酒的青梅所浸泡的酒漿度數不低，是從身毒來的製酒法？」

顧樂飛點了點頭，本想讚一句殿下果然識貨，可又突然覺得她的話似乎哪裡不對。

「殿下叫我……小白？」顧樂飛愣愣地問，感覺面前人的手又在自己身上捏來揉去了。

司馬妧理所應當道：「對啊，我聽見大伯如此叫你，可是你的小名？倒是十分貼切呢。」又白又嫩皮膚好，鬆鬆軟軟手感棒。

「確是顧某的小名，不過……」顧樂飛面有難色。他真的不喜歡「小白」，很像貓貓狗狗這等寵物名，當司馬妧叫出來的時候，這種感覺就更加濃了。

一想到日後她一邊喚自己小白，一邊對自己上下其手摸來捏去的場景，顧樂飛不由得背脊一寒，忽覺前途黑暗，日月無光。

而在院牆的一扇花窗前，假裝路過的顧晚詞瞥見了院內的長公主和哥哥。先前奉茶的時候，她便直覺哥哥和公主間氣氛微妙古怪，懷疑哥哥有難言之隱的她想藉此機會看出真相。

從她的角度能看見司馬妧的側面和顧樂飛的背影。兩人正在品酒，而且總是沒什麼表情的長公主居然勾著唇角，好像在笑，她的手一直在哥哥身上動來動去……顧晚詞一時害羞，不敢細看，匆匆走掉，可是心裡一直印著這一幕，疑惑萬分。

莫非長公主光天化日下，竟然就敢調戲哥哥？

當夜，晚宴在皇家御苑芙蓉園舉行。因只是為長公主和駙馬辦的夜宴，女眷也可出席，故而十分熱鬧。

其間，一直有人向司馬妧敬酒。

英國公單雲、御史大夫趙源、門下省侍郎錢方友等老臣是最先行動的，以此表示對長公主的支持，而後睿成侯齊昭之、惠榮侯世子趙擇等等立場模糊的人也緊隨其後，然後才是宰相之首高延和他的一干同僚向司馬妧敬酒。

高坐臺上的司馬誠注視著下頭的一切，搖晃著手中西域進貢的夜光杯，眯了眯眼，淡淡道：「愛妃難道不覺得，我這親愛的皇妹太沒有女人味了嗎？」一手摟著高嫻君，司馬誠的目光留在筆直站著接受眾人敬酒的司馬妧身上，彷彿感嘆又彷彿是暗示。「如今天下太平，已不需要她繼續做女將軍，既然她已成親，還是學習一下如何做個本分持家的女主人為好。只是不知道，誰能教她這些？」

高嫻君的睫毛輕輕一顫。「臣妾願為陛下分憂。」

「愛妃果然深得朕心。」司馬誠熱哄哄的鼻息噴灑在她脖子上，高嫻君卻短暫地分了神。她望著站在水榭上的司馬妧，無法理解她每一次敬完酒後，為何會側頭對著顧樂飛露出一個淺淺的笑容。她甚至注意到，有好幾次都是顧樂飛主動上前為她擋酒，只是他身體肥胖，數次無意識地將敬酒的官員擠到水邊，令那些人差點失足落水。

看起來，真是夫妻恩愛的模樣。

高嫻君的心裡莫名湧出些許煩躁。曾經她心裡有多麼期待這位長公主和駙馬貌合神離、同床異夢，如今看見他們恩愛就有多麼惱怒。

顧樂飛的這副樣貌，扔在大街上白送都沒人要，她竟也入得了口？

高嫻君本來應該覺得諷刺、覺得可笑，可是她卻靜不下心來，煩躁不安。

她想得著實太多。

司馬妧望著自家駙馬的眼神當然純粹，是顧家二郎因著酒意微醺，皮膚變得粉紅粉紅，看起來更可愛，讓她更想捏一捏。

顧樂飛豈會不知她的眼神是什麼意思，但是他不能表現出抗拒，反而要對她微笑，表示歡迎她做任何事——因為背後有道利劍一樣的目光始終黏著他，從不解到沈思，再到警惕和殺意，令他如芒刺在背，不得不對司馬妧表現出十二分的順從和喜愛。

這道威懾力十足的目光來自驃騎大將軍樓重。

樓重很瞭解自己的外孫女，絕不會為不喜歡的事情折腰，雖然她礙於形勢接了聖旨，但如果不喜歡駙馬，她會表現在臉上。

那麼問題來了，顧家這個小子，名聲不好、長得難看、滿身肥肉，有哪點值得她喜歡？

「樓老將軍，顧某敬你一杯。」正當顧樂飛被樓重的目光盯得渾身難受時，難得也被邀請入宮的顧延澤及時為自家兒子解了圍。

對於文化人，大老粗的樓將軍還是相當尊重的。「顧先生，樓某也敬你一杯。」

感覺危機解除的駙馬爺輕輕舒了口氣，凝神下來，聽見自家公主殿下正在默唸。「鬍子特別長的是英國公單雲，右眉角有顆大大的黑痣是御史大夫趙源，肚子圓挺的是少府寺監盧尤亮……」

她唸唸有詞，顧樂飛啞然失笑。「殿下此法，倒是容易記人。」

此時正好是無人敬酒的空檔，司馬妧方得機會和他說兩句抱怨。「我的記性一向不錯，只是今日來的大臣實在太多，我只能用此法強行記憶。至於那些小姐夫人，衣著打扮都差不多，又化著相似的妝容，我是真的頭痛，怎麼也記不住。」

大臣太多？顧樂飛微微皺了眉。「殿下進京已有數月，竟並未見過那些大臣？」

「多數皆未。」司馬妧輕聲道：「成親之前，陛下命我居於皇宮後院，見外臣有所不便。」

「如此……」顧樂飛點了點頭，不再多言，心中已明白司馬誠如此做的目的。

送走了這一批人後，司馬妧左顧右盼，好似在找什麼人，但是又找不到。她奇怪道：「我兒時離宮，年歲雖小，也還記得四、五位皇叔和皇弟，此次回京，這些人怎麼一個也不見露面？」

顧樂飛勾了勾食指，站立在旁的侍從顧吃、顧喝立即擺了擺袖中的手，示意無人聽見。

顧樂飛頷首，狀似十分親密地拉住她的手，領她走到無人的樹下一角，貼著她站立，似乎不勝酒力要靠她扶的樣子。雖然丟臉，但是很符合他沒用的形象，而且暫時也不會有人來打攪他們。

雖然在他主動拉司馬妧手的過程中，被她乘機捏了肉掌十多次。

「殿下記得的是哪幾位？」他繼續輕聲與她交談。

誰知司馬妧乘機偷戳了兩下他又圓又彈的肚子。

這個女人……顧樂飛滿頭黑線。

「七皇弟和九皇弟，他們來母后宮中的次數較多，還有八皇叔和十二皇叔，最愛送我禮物。」談及這些人，司馬妧的面上禁不住浮現出懷念。皇家雖然少親情，但並非沒有。

「這些人，殿下以後莫要提了。」顧樂飛語氣淡淡。「除了太原守陵的十二王爺，其餘的都已薨。」

薨？這些人竟然都死了，背後未言說的意味是何等深長。

顧樂飛說完，迅速抬眼瞧了瞧司馬妧面上表情，她的震驚和不可置信是那樣明顯，絲毫不懂偽裝。意識到這一點的顧樂飛忽然有些明白過來，即便司馬妧能將河西走廊治理得井井有條，她也很有可能不是一個合格的政客。

管理一方土地和權力鬥爭，是有根本差別的。

「殿下，莫讓旁人發現心思。」顧樂飛嘆了口氣，悄聲提醒。如今他漸漸開始擔心了，在這風雲詭譎、人人都戴著面具的鎬京城中，這位不通政鬥的長公主該如何生存下去？

第十一章

昨夜顧樂飛還在擔心別人，今日就只有擔心自己的分了。

司馬妧的話，從來不是說著玩玩。她要駙馬爺每日清晨隨她鍛鍊，顧樂飛即便賴床不起，她命人扛也要把他扛到校練場。

而最丟臉的不是被人扛著走，而是在眾目睽睽之下被人扛著走。

她從西北邊關帶來七十個嫡系士兵，每一個人打胡虜都是以一當十的老手，如今以符揚為隊長的七十名親衛，主要負責公主府的安全，故而除去巡邏站崗的衛兵，每日清晨跟著司馬妧一起練武的約莫五十。

於是，圓嘟嘟的駙馬爺就在這五十個精壯漢子的注視下，被人拽住雙手雙腳，十分無情地扔進校場。

面對五十人不懷好意的目光，顧樂飛感覺到了深深的惡意。

這些人自願遠離故土、放棄升遷的機會跟隨司馬妧入京，對她一人的忠心遠超於對大靖的忠心，因此對這個無才無貌還幫著皇帝剝奪司馬妧兵權的傢伙，沒有一絲好感。

最善觀人表情的顧樂飛豈會不知這些人打什麼主意，他回頭望向一身勁裝的司馬妧，疑惑地問：「殿下不是最愛我的滿身肥肉嗎？」

這傢伙在說什麼？在場的老兵們個個瞪大眼睛，面面相覷，殿下就喜歡胖子？

這話恰恰就是他故意說給這幫老兵聽的，可是他忘了，胖到自己這種程度，已經是「胖到深處自然萌」的等級，即便他不會賣萌撒嬌，但撐開的眉眼自然展現的純然無辜，被肉擠壓而嘟起來的嘴，都讓司馬妧看得心頭一軟，情不自禁地伸出手來，同時耐心道：「待你晚上不再打鼾，身體康健了些，便可停止晨練。」

她一伸手，顧樂飛就知道她想幹什麼。眼看她要在大庭廣眾之下捏自己，顧樂飛眼皮一跳，十分警覺地後退兩步。先前被人扛過來已經夠丟臉的了，若再被她公然捏兩下，顏面何存？

「顧某知道了。」駙馬爺飛快地回答完畢，邁開兩條小短腿，飛速跑到隊伍末端站好，也不再抱怨晨練，只想離司馬妧越遠越好。

見狀，隊伍裡有人悄然側頭，喊了旁邊的人一句。「老大。」喊完他也不說話，只是朝對方嘿嘿一笑。

被稱為老大的，正是衛兵隊長符揚。他從一個受人欺負的小兵到後來的輕騎兵佼佼者，再到司馬妧的衛兵隊長，對長公主的擁護幾乎到了不問緣由的狂熱程度。

戰友嘿嘿一笑的深意，不只是他，聽見的人都明白。趁著晨練，給咱們尊敬的駙馬爺一點苦頭嚐嚐唄？

簡直是正中符揚的下懷，不過他還記得要小聲囑咐。「別讓殿下發現。」剛才看來，殿下似乎還挺疼駙馬的，真是想不通……

早晨的鍛鍊是普通的負重跑、拳術和刀法，強度不大，可是對顧樂飛來說，只是跑步就累得氣喘吁吁，更別提有意無意拿肩膀撞他的傢伙，還有不知道什麼時候突然橫過來的一隻腳，根本看不清是誰，好幾次險些讓他絆倒。

幾次略施小計都未得逞，隊伍中有人驚訝。「喲，還是個靈活的胖子！」

顧樂飛懶得看是誰在調侃，冷笑道：「偷偷摸摸算什麼本事？有種、有種在你們殿下面前公然對付我……」話說得很硬氣，其實他的臉已經慘白得沒有一絲血色，全身大半衣物被汗浸濕。

這些人看在眼裡，知道這胖子是死鴨子嘴硬，有人捋起袖子打算好好教訓一下他，卻被符揚制止。他望著跑在隊首的女子背影，看見她似乎回頭朝這邊望來，便輕聲道：「別讓殿下發現。」

話分兩頭。

公主府晨練進行中，顧府也忙碌不已，崔氏清晨起來檢查昨日煲上的烏雞湯是否好了，又命顧晚詞起床後快些打扮，親自把湯給公主送去補身子。

公主府的衛兵是認得她的，進府之後的守衛稀少，她沒受任何阻攔便進了內院。公主府人少，顧晚詞一面走，一面想著一會兒該說些什麼，這時候，突然一聲震天響的「喝」嚇得她身後的兩個丫鬟齊齊尖叫，她提著湯盒的手一抖，險些把烏雞湯給灑了。

怎麼回事？顧晚詞來不及反應，腳已跨入通往校場的門檻，首先映入眼簾的是數十個男子赤著的精瘦上身，上面的汗滴和一鼓一鼓的肌肉在運動中看得分外鮮明。

至於隊伍最末的那一個白花花的人，已被她完全忽略。

於是只聽見一聲驚恐的尖叫驟然在公主府上空響起。

「啊！」顧晚詞丟了湯盒，提著裙子捂臉轉身就往外跑。

這聲驚叫嚇得五十衛兵每個人抖了一抖，大夥面面相覷，最後是符揚忐忑不安地站出來。「殿下，咱們是不是嚇到顧小姐了？」

司馬妧沒說話，她看向顧樂飛，於是大家也跟著她一起看向顧樂飛。被一群人目光灼灼盯著的駙馬爺摸了摸鼻子，無辜道：「大清早的，她來公主府幹什麼？」

這一聲響徹雲霄的尖叫，令公主府外馬車中的人也抖了抖，差點把裝著邀帖的盒子給扔了。

「長公主習慣清早練聲？」來人遞了腰牌給門口衛兵看，一臉疑惑。此人面白無鬚，聲音較平常男子細，正是曾經陪著司馬妧出宮巡視的梅江梅常侍。

門口的衛兵也覺得十分疑惑。「這不是殿下的聲音啊？」長公主的聲音可好辨認了。

梅江奉端貴妃高嫻君的命令，來給長公主遞賞菊會的邀帖，他心知這可以算是特地為司馬妧舉辦的宴會，務必要使她融入京中貴婦圈。

不過梅江對於高嫻君能否成功持保留意見。這位老宦官曾經伺候過先皇昭元帝，有個秘密他一直深埋心底，那便是昭元帝之所以同意司馬妧離京，並不僅僅是因為司馬妧自己的請求，還因為她降生之時曾有高僧下了一句讖語。

讖語的大意是，此女若養於深宮，必剋親近之人；若長在邊塞，則扭轉國運、救民於水火。

司馬妧生來就是要做女將軍的，不然以昭元帝之多疑，怎會輕易將西北邊關託付於她？這種人，會被端貴妃改造？梅江一面在心底搖頭，一面步入公主府中，迎頭便撞見花容失色的顧晚詞。

「顧大小姐，方才是妳在尖叫？」梅江見她的臉色白了又紅，十分古怪，不由更為好奇。「出了何事？」

「無事、無事，是我妹妹大驚小怪了。」一人從院中走出，朝梅江拱手笑道：「梅常侍安好？」

「託駙馬的福，老奴一切都好。」梅江很習慣這種客套話了，所以完全是下意識地回答，待他回答完畢才發現，好像……有點不對啊？

大清早的，顧樂飛一臉汗涔涔，赤著胳膊打著膀子，露出他這一身白花花、裡三層外三層的五花肉，是想要幹啥？減肉嗎？

鎬京城中沒有秘密，很快地，長公主清晨帶著衛兵和駙馬在校場鍛鍊，被小姑子撞見這些男人光著膀子的消息傳遍了帝都。

得知這一消息的司馬彤笑得樂不可支。「哈哈哈！司馬妧這是忍不住了？自家駙馬胖得像頭豬，別說圓房，看著他那身肥肉都噁心！就顧樂飛那副豬樣子，還想減成玉面郎君不成？癡心妄想！」

知道這位公主脾氣不好，侍女不敢接話，只小心問道：「公主，貴妃娘娘遞來的賞菊宴帖，您去不去？」

呆。

「當然要去！」司馬彤慵懶臥榻，攬了攬髻上的鳳蝶鎏金簪，眯眼笑道：「這可是專為我那皇姊準備的，也讓我一塊兒去教教她，正經的皇家公主該是什麼樣的！」

那邊司馬彤大言不慚地說要教司馬妧規矩禮儀，這邊的司馬妧望著高嫻君送來的帖子發呆。

梅江把帖子送到後還沒走，見她表情不對，便試探著問：「長公主可是有何難處？」

「沒有。」司馬妧搖了搖頭，如實道：「只是我是第一次參加全是女眷的聚會，不知道她們都喜歡幹什麼？」

梅江笑起來。「無非就是聊聊女人家的事情。貴妃娘娘此舉，便是想讓公主早些融入京中貴婦圈子，日後多多走動，方不覺日子無聊啊。」

聽到最後，站在一旁的顧樂飛仔細看了一眼梅江。他感覺到這個老內侍話中有話，似乎向他們提醒什麼。

司馬妧頷首。「多謝梅常侍告知。」

梅江拱拱手準備告辭，不過走之前，他似乎又想起什麼來，笑咪咪地回頭道：「若覺京中無趣，先皇封給殿下的食邑不是在太原府附近嗎？去那兒走走看看，這日子也就慢慢消磨掉了。」

喔？太原府？顧樂飛不動聲色問道：「敢問梅常侍此言，是誰的意思？」

「老奴隨口一說，殿下聽聽便罷。」梅江深深埋首行了個禮，告辭離去。

司馬妧沈默片刻，忽然道：「太原府有什麼？」

「那只有殿下去看看才知道了。」顧樂飛望著梅江的背影，陷入思慮。他記得這老宮人以前是跟著昭元帝的，當年嘉峪關大捷，昭元帝賜她食邑萬戶，地點卻在太原，這一點的確古怪。

說起來，那位守陵的十二皇叔也在太原呢。

不過這件事只能以後再說，以現下情況，司馬妩肯定出不了鎬京。

「這個什麼賞菊宴，殿下要去嗎？」顧樂飛捏著高嫻君送來的帖子，左看右看，一副很嫌棄的樣子。「一群長舌婦聚在一起嘰嘰喳喳，還想把妳變得同她們一樣，真是……」虧司馬誠想得出來。

「要去。婚禮事宜都是端貴妃一手操辦，她幫我不少。」

聞言，駙馬爺一臉古怪地望向自家公主殿下。他很想說高嫻君那是為了靠妳博個賢慧的好名聲，為以後上位當皇后做鋪墊，不過看她堅定的目光還有感謝的神情，他便欲言又止地把那些話全部吞了回去。

算了，她看見表面的結果就好，背後那些不可告人的陰暗心思，不要說出來讓她糟心。

五日後，端貴妃在宮中辦的賞菊宴，邀請了諸多京中貴婦和待嫁小姐，最重要的是定國長公主受邀出席。

以顧晚詞的身分本是沒有資格參加這等聚會，可她嫂子是長公主，而崔氏又巴望著她在那些貴婦人面前多露面，好有機會嫁出去。

司馬妧今天的打扮很好看，一身紫色繡金花蝶的女式胡服，髮髻高束，只插一釵一簪，眉梢飛揚，額心一點朱紅，既英氣勃勃又不失女人味道，十分適合她。

早早抵達公主府的顧晚詞知道，本來司馬妧那兩位負責衣裝的侍女打算按照京城流行的大花裙和堆雲髻給她打扮，是她哥哥制止並且親自操刀，一手為司馬妧安排了這身裝扮，額心的朱紅還是他親自點上去的。

顧晚詞還記得嫂嫂望著鏡子中的自己，極為驚奇的樣子。「你的手藝和我外祖母一樣好呢！」

嫂嫂的外祖母，那就是樓夫人了。她出嫁時的打扮便是這位老夫人親自弄的，樓夫人的確十分了解如何突出自己外孫女的優點。

這算是稱讚？她哥哥嘿嘿一笑。「好說、好說。」

「你從哪裡學來的？」司馬妧好奇地問，真的是純然的好奇，並無其他意思，不過顧晚詞卻發現自己哥哥臉上閃過的一絲尷尬，含糊道：「在鎬京城待了那麼久，看過的女人那麼多，看也看會了。」

嫂嫂不疑有他，顧晚詞卻在心裡哼了一聲。十多年前的顧家二郎還是玉面潘安、風流倜儻，吟得一手好詩，乃是秦樓楚館常客。她當時還小，也聽奶娘說過，好些花魁對他暗許芳心，故而這些女兒家的脂粉玩意兒他最清楚，沒想到如今手藝還沒落下。

似是瞥見自己妹妹不屑又鄙夷的眼神，顧樂飛心虛又緊張，悄悄背過公主殿下，對著妹妹作了一個「噓」的手勢。

顧晚詞冷笑，以口形無聲對他說：現在知道後悔了？早幹麼去了？

顧樂飛還不放心，送二人上馬車的時候還拽住顧晚詞，特意在她耳邊叮囑。「別和殿下說我以前的事情！」

顧晚詞嗤了一聲。「不說就不說。不過你那些事蹟，我不說，她就不知道了？」

顧樂飛怔了一怔。她……當然應該知道，賜婚前即使她不查，她的屬下會不查？她只是不在乎吧？

這個認知令他心裡有些不是滋味，剛剛為她點朱砂時的滿心喜悅和得意也隨之消散無蹤。

顧樂飛不清楚她在乎什麼，就拿今日的宴會來說，她知道端貴妃的意圖，卻是一副無可無不可的態度，可見她根本不在意。

她究竟在乎什麼？

鎬京的布局以朱雀大街為東西分界，皇宮位居北端正中央。公主府的馬車走過朱雀長街，恰與從衙署出來的一輛馬車迎面碰上。因為建制原因，公主府的馬車寬度較大，如果它不讓路，司馬妧的車不好通過。

按照尊卑規則，這輛車該為司馬妧的馬車讓路。

只是當車夫沈聲報出「此乃定國長公主府邸車馬」的時候，對面的人非但不讓開，倒掀了簾子，露出車主那一張俊美無匹的臉來。

顧晚詞透過車簾望見那人，呼吸一窒。是高崢。

「車內可是長公主，莫非要去宮中赴宴？喔，忘了，微臣該下車給殿下行禮才是。」高崢淡淡問，沒有一貫令人如沐春風的微笑，他的神色疏離、眼神冷漠，好像和司馬妧有仇一樣。

連愛慕高崢的顧晚詞也看不懂了，因為他此舉實在過分，要行禮就快行禮，卻又坐在馬車上不動，堵在路中央不讓人通過，是想要怎樣？

一時間，她忽然想到那個高崢和自己嫂嫂曾有口頭婚約的傳言。

莫非……他是故意的？

顧晚詞偷偷側頭打量司馬妧，卻沒從她臉上看出任何端倪。

司馬妧十分自然地說：「不必多禮，煩請高主簿的車讓讓路。李陽，走吧。」她這句話是對車夫說的，那也是她的衛兵之一。

高崢望著公主府絕塵而去的馬車，用力攥緊拳頭，心中說不出的懊惱失落。

他剛剛怎麼就和她賭氣了呢？

只是想今日幸運，能見她一面，怎麼自己說出口的話非但不得體，還盡是埋怨的口氣？就算嫉妒她寵愛顧樂飛那胖子，也不該表現出來啊！

高崢後悔不迭。

第十二章

司馬妧抵達的時候，已有不少貴婦小姐都到了。近來由於青梅酒在帝都受歡迎，今日來的每個女子桌前皆擺了一小壺澄紅酸甜的青梅酒，乃是南詔進貢，雖然不比公主府的那麼烈，口感卻更適合女子。

明月公主司馬彤倚在高嫻君身邊，見司馬妧帶著顧家那個大齡待嫁的老姑娘一塊兒來了，掩著帕子輕笑。「皇姊真是姍姍來遲呢，不成，得罰一罰才是。」

她敢仗著司馬誠的寵愛不向司馬妧行禮，一來便要罰她，在場的其他女眷可沒有這個膽子，紛紛下座屈膝，恭敬地喚一聲「長公主安」。

司馬妧琥珀色的眼珠輕掃了一圈在場女眷，隨即回頭看向司馬彤。「妳想罰什麼？」

「皇姊久居邊關，酒量定然很好，所以這酒是萬萬不能罰的。」司馬彤的眼珠滴溜溜一轉，朝著另一處涼亭中的琴台位置一指。「便罰皇姊彈上一曲吧。」她笑容滿面，心裡得意極了。她早差人上樓府悄悄打聽過，這個皇姊除了會打仗，別的什麼也不會。

高嫻君微微皺了下眉。

司馬彤此舉無異於挑釁，萬一司馬妧拂袖而去，她的這場宴便白辦了。

「我不善撫琴，劍舞倒是可以一試。」司馬妧長臂一伸，從路邊折下一根樹枝來，又側頭對身邊的顧晚詞道：「妳替我彈一曲〈秦王破陣樂〉吧。」

顧晚詞欣然頷首，朝涼亭走了過去。走近才發現，那亭中彈琴的人是司馬彤的小姑子，趙擇的妹妹趙衣伊。

見來的是顧晚詞，趙衣伊霸著琴台不放。「大家要聽長公主的琴聲，妳過來做甚？」

司馬彤也立即道：「對呀皇姊，我們都想聽妳彈琴呢，妳便奏一曲好不好嘛？」

那根極樸素的樹枝在司馬妧手中揮舞兩下，發出簌簌的破空聲，她恰是迎風站立，一根樹枝隨意拿著，也有擊劍的英姿。面對司馬彤不懷好意的撒嬌賣癡，她不為所動，淡淡掃了這位明月公主一眼。「我說，我的琴彈得不好，便給大家舞上一劍。妳，沒有聽見？」

沒來由的，司馬彤的身體微微抖了一下。

那是人對強者最本能的感知，連司馬彤的理智還沒有意識到這一點，她的潛意識已作出「噤聲」的選擇。

旁邊坐著的女眷們不知道發生了何事，只覺得長公主極有氣勢，又見明月公主的臉白了一下，大家面面相覷，都不說話。

顧晚詞居高臨下瞥了一眼討厭的趙衣伊，即便狐假虎威也覺得暢快。「聽見了嗎？還不讓開！」

顧晚詞的琴和她的畫，在鎬京都是有名的。指尖撫琴，素手挑弦，輕輕一撥，殺伐錚錚，而隨樂聲舞動的長公主看愣了所有人，甚至有人舉起杯中青梅酒，卻忘了喝下去，手一鬆，哐噹落地。

她的劍舞，側重的是劍而非舞，少柔美而多鐵血。那一根不起眼的樹枝，在她手中似是真正的上古神兵，征伐四方，平定宇內，開萬世太平。

相比之下，顧晚詞的琴技竟然都不夠看。

一曲〈秦王破陣樂〉終了，四周一片寂靜。

「便就如此吧。」司馬妧淡淡笑了一下，隨手將樹枝扔出，恰好插在泥土裡，說不定來年春天，這樹枝還會生根發芽。

好帥氣！先前還不肯讓座的趙衣伊呆呆站在那兒，不知說什麼好，只覺得無限崇拜面前的女子，想起自己剛剛還聽嫂嫂的暗示難為她，簡直羞得無地自容。

高嫻君最先回過神來，親自起身來請司馬妧。「殿下辛苦，快坐下喝點酒漿、吃些瓜果。」她的本意是化解司馬彤和司馬妧之間微妙的敵對氛圍，可是待她回過頭去瞧，才尷尬地發現，原本是準備給司馬妧的位置，卻被司馬彤大剌剌占住了。

在場的女眷都是機靈人。

「殿下坐這裡，這裡臨水，涼爽有風！」太常寺右丞劉彥的小女兒第一個積極發言。反正這只是女眷聚集的賞菊宴，並不十分講究尊卑座次，她完全被長公主的舉手投足和周身氣質給迷住了，才不想管明月公主打的什麼壞主意呢。

「皇表姊快來坐我這兒吧，我都沒和皇表姊說過幾句話呢！」這委委屈屈又期待萬分的聲音來自琪安縣主。

「那群小姑娘家家吵得很，長公主不如坐這兒，我們這些常年不出京城的深閨婦人，都極想聽殿下說說西域和邊關的事。」英國公世子的正室說道。

司馬妧覺得她們的反應都很有趣，卻誰的話也沒答應，只回頭對一側的宮女吩咐。「青鸞，再要兩張座椅，我和晚詞坐一塊兒。」

殿下記得我的名字！宮女的耳朵騰地一下紅了，緊張又興奮地回答。「是！」

說來也巧，這宮女恰好是司馬妧未出嫁前在永福宮中服侍過她的人，在場這樣的宮女有好幾個，卻沒有青鸞這樣的好運，被司馬妧點名。這些宮女看在眼裡，不由得都有些嫉妒青鸞。

高嫻君自然也注意到這幾個宮女的異樣，再掃一圈蠢蠢欲動的女眷們，她忽然感到頭疼。皇帝陛下的任務，不好完成啊……

長公主殿下出去參宴，蹲在家中的駙馬獲得了短暫的解放。這幾天的晨練累得他半死，司馬妧又不許他吃太油膩的東西，給他增加青菜水果的分量，半夜醒來發現自己餓得肚子咕咕叫，卻不能動彈，因為她正把自己當作人形抱枕揉來揉去。

而今天……嘿嘿嘿，無人管束的駙馬爺快樂得要飛起來了！

送走司馬妧後，他先美美地睡了一個回籠覺，然後讓顧吃、顧喝駕車，送他去了饕餮閣。

其實家中也有好廚子，但是他們得了司馬妧的命令，他想吃的那些東西，都在司馬妧禁止之列。

顧樂飛在饕餮閣點了一大桌菜，決定消磨掉一個下午，晚上回去，她肯定不知道。

望著面前令人食指大動的十六、七盤珍饈，顧樂飛搓了搓手掌，奸笑兩聲，握筷，開動！

但好景不長，他沒吃多久，便聽得饕餮閣樓下一陣吵嚷，聽聲音都是血氣方剛的男人，甚至偶爾蹦出來的幾個聲音也很耳熟。

推開窗一看，顧樂飛的眼皮不由一跳。

樓下兩群人加起來二十來個，吵嚷成一團，大有挽起袖子打架的趨勢，完全堵住朱雀大街的路。

第一批是他那狐朋狗友齊熠帶著幾個跟班，以及他的大表舅子樓寧，還有兩個寒門考上來的翰林韓一安、黃密。

第二批是南衙十六衛的人，仔細一看，都是十六衛中那些才能平平的世家子弟們。

鎬京城中南北皆為天子禁軍，北門四軍負責皇宮防務，還算有真本事。而南衙十六衛裡混雜著許多世家公卿子弟，本是想讓他們當兵歷練學學好，以後方便近天子身邊，卻不想這身分反倒成了他們耀武揚威的理由。

顧樂飛皺眉的地方，就是這南衙十六衛。

樓寧和齊熠怎麼跟這群人對上了？

他聽不清下面在說什麼，只能看見樓寧手中拿著半張被撕爛的圖紙，一副十分氣憤的樣子，和南衙十六衛的人據理力爭；而十六衛的人只是哈哈大笑，甚至他們之中有個和樓寧同樣穿著翰林服飾的人說了兩句，氣得他身後的兩個寒門翰林也面色通紅、怒目圓睜。

顧樂飛瞇了瞇眼，仔細看過去。

那個大概是在譏誚樓寧的人，似乎是明月公主的小舅子，惠榮侯的次子趙凌。

惠榮侯也不過是早年站對隊伍，又娶了一個囂張跋扈卻深得帝寵的公主，故而才有今日風光。

不比前朝世家都是幾百年的榮耀，歷經戰亂後建立起來的大靖，前朝世家早已沒落，譬如他母親的母族清河崔氏。這些新崛起的公卿世家根基不穩，卻又自詡天之驕子，高人一等，從來都看不起那些寒門學子。而寒門子弟因著這些人有關係有背景，常常堵塞住他們的晉升之路，也早已心懷不滿。

今日大街上的這個衝突，想必與此有關吧？顧樂飛凝眉沈思片刻，再抬眼望去，發現齊熠最為衝動，已經掄起拳頭朝趙凌的臉打過去，一拳見血，樓寧緊跟其上，頃刻間場面立即混亂起來。

「不好！」顧樂飛大驚失色。「事情不能鬧大，不然樓家麻煩！」

「公子打算怎麼辦？」顧吃問。通常這種事情顧樂飛是不管的，他人微言輕又身分敏感，對這種事情是能避則避。至於齊熠，他打架鬥毆乃是常態，就算打了別人家的兒子，因著睿成侯的面子，也沒人找他麻煩。

可是如果牽涉到樓家……樓家現在可是什麼憑仗都沒有！

顧樂飛凝神一想，為今之計，只有先讓身手較好的顧玩、顧樂立即把樓寧帶出來，撇清干係，其餘再說。

敲定主意，顧樂飛剛想張口吩咐，突然聽見顧吃「咦」了一聲。「公子你看，那是長公主的馬車嗎？」

顧樂飛向外看去，便見刻著定國長公主府徽記的馬車，恰好因為這些人堵住道路，停在這群鬧事的傢伙前面。

賞菊宴這麼快便結束了？

在馬車停下來之前，司馬妧正閉目養神，而顧晚詞一直在偷偷打量自己嫂嫂，想起剛剛賞菊宴上的情景，覺得十分好笑，目光中對司馬妧充滿崇拜之情。

當司馬妧就座之後，高嫻君送了她五疋圖案繁複的蜀錦和兩副司寶監精心打造的頭面，將話題成功引到了司馬妧的穿著打扮上。「公主今日衣著真稱得上英姿颯爽，不過胡服畢竟登不得大雅之堂，殿下以後還是多穿些女子慣常的服飾。」

「禮制規定女子不可著胡服？」司馬妧疑惑道。「我那日穿它祭廟，光祿寺的人也沒有說什麼。」

高嫻君的臉色頓時有些難看。她當天也在場，自然知道大家都因為她和駙馬的相處情景驚呆，忘了站出來指正她的衣著。

看高嫻君吃癟，顧晚詞覺得很暢快。她雖然喜歡高崢，但最討厭就是他姊姊高嫻君，認為自己哥哥當年自暴自棄的紈袴行徑都是拜她所賜。

不過司馬妧對她沒有任何偏見，見她尷尬，便解圍道：「我著胡服只為行動方便，並非特別偏愛。」

司馬彤掩著帕子在旁邊輕笑。「皇嫂還是莫要勸皇姊著女兒裝了，她慣於男兒打扮，一時穿回女裝，恐怕如邯鄲學步……」後面的話她頓住不說，頗有點意味深長的味道。

顧晚詞不服氣地替司馬妧爭辯。「尋常者是人靠衣裝，出色如我嫂嫂這般，無論穿什麼都會好看！」她的話音剛落，旁邊已有不少小姐貴婦點了點頭。

眼見衣服的話題又要跑偏，高嫻君有點抓狂，打算再努力一把的她開口道：「長公主今日的妝容太寡淡了，錦繡閣的胭脂最出名，不知道公主試過沒有？」

司馬彤立即插口。「塗粉、畫眉、塗額黃、貼花鈿、點唇、面靨……這些都是大學問呢，皇姊掌握了，必定比如今的模樣還要漂亮一百倍。」她笑得純良，不知道心裡在打什麼鬼主意。

司馬妧看了她一眼，道：「妳化的就是如今鎬京流行的妝容？」

旁邊有貴女不失時機地稱讚司馬彤。「明月公主的妝容，一向都是我們效仿的典範呢。」司馬彤得意地微微揚起下巴，不說話。

「喔……」司馬妧慢慢點了點頭。「這妝容是不是流行了很多年？不覺看得無聊嗎？」

眾人皆是一愣，難不成司馬妧還打算指導她們如何化妝？

「拿妝奩來。」司馬妧淡淡道，竟是一副準備動真格的架勢。

「妳們可見過雅隆部人？他們的女子喜把唇塗黑，叫做『烏唇注唇唇似泥』。」司馬妧用小刷沾了畫眉的膏，輕捏住司馬彤的下巴，將她朱紅色的嘴唇塗成黑的。司馬彤的臉色一變，掙扎著想要反抗，無奈她這位皇姊不是吃素的，力氣大得嚇人，手法巧妙，她不動還好，一動就疼得厲害。

「他們還喜歡去眉後，在眼的上下部塗上紅紫色顏料，叫做『血暈妝』。」一聽剃掉眉毛，司馬彤的臉都白了，而司馬妧的手已執起寒光閃閃的小刀，唰唰兩下把司馬彤的眉毛剃了個乾淨。

「還請長公主住手！」高嫻君急忙喝道，而她話音剛落，司馬彤的一隻眼睛上部已被化上類似眼影的紫色，初看覺得十分怪異，不過仔細看，好像……還挺好看。

「西域十二國還曾流行過一種妝容，叫『朱唇翠眉』。」司馬妧化完了「血暈妝」，又拿司馬彤身邊的趙衣伊開刀，她想反抗，卻被司馬彤瞪了一眼——連我都被這女人畫成這樣了，妳竟然還想逃脫？

她的眼部被塗紫之後，輪廓隨之加深，瞪人的時候分外嚇人，趙衣伊不自覺地一抖，結果回過神來便發現自己的眉毛已經被畫成了深綠色。

顧晚詞目瞪口呆。

司馬妧慢悠悠道：「這些是我所見過的流行妝容，比起鎬京城中的，是否新意十足，頗有趣味？」

有人悄悄掩帕而笑，有人則被長公主給唬住，認真打量，不住點頭。

這場賞菊宴因為這個插曲而完全走調，司馬妧攪和一番之後感覺興致缺缺，便早早告辭。高嫻君也不想再留她，只怕她再逗留一會兒，自己的眉毛也會被她剃掉。

想起平日趾高氣揚的司馬彤如今沒了兩條眉毛，塗著烏唇化著紫色眼窩的怪物模樣，顧晚詞禁不住直發笑，忍不住開口問司馬妧。「嫂嫂，妳說的那什麼血暈妝、朱唇翠眉，是真有其事嗎？」還是編來嚇唬司馬彤和高嫻君的？

司馬妧睜開眼，正色道：「是真的，還有更離奇的妝容，我今天沒展示出來而已。」張掖城中胡漢夾雜，人口成分複雜，在路上走的時候能看見很多五顏六色的怪異妝容，她也是覺得有趣，才無意中記住了，沒想到今天還能借此堵住那些女人的口。

如果宴會邀約都如今天這般無趣，談衣服談妝容談八卦，那她以後是絕對不要再去了。

司馬妧正這樣想著，馬車一顛，停了下來，外面聲音很吵，馬夫李陽道：「殿下，前面有人堵住道路，車不能通行。」

「出了何事？」

「兩夥人打架，屬下似乎看見了齊家三公子和樓少爺？」

李陽口中的樓少爺，只會是一個人——她的表哥樓寧。

司馬妧不假思索對顧晚詞道：「妳待在車裡，我下去看看。」

於是顧樂飛便看見公主府的馬車停下來，然後毫不意外的，他家長公主殿下掀了簾子，從車上跳了下來。

司馬妧運氣不好，剛下車走了兩步，便有兩個人昏頭昏腦地朝這邊打過來。

司馬妧側頭一避，抬手握住其中一人手腕，只聽喀嚓一聲，小臂脫臼，緊接著是另一個人的，兩聲慘叫頓時響起。

「叫大聲一點，讓他們全都聽見。」她一手握住一人的手腕，輕輕又捏了捏。

「救命救命！啊啊啊啊！」

兩人慘白著臉，一個叫得比一個大聲，如果忽略他們面色扭曲、身體顫抖的痛苦，會覺得兩人正在比誰的嗓門大。

「繼續，他們沒聽見。」司馬妧道。

「啊啊啊啊啊！」

「啊啊啊！救命啊啊啊！」

顧樂飛人在三樓，聽見兩人的慘叫都忍不住渾身一抖。

他忽然覺得，長公主對自己……真的還是滿溫柔的。

慘如殺豬般的叫聲響徹朱雀大街，終於讓兩夥鬥毆的人停了下來。打得鼻青臉腫的樓寧回頭，臉色一變。「妧妧？」

「長公主殿下？」聞聲，正和趙凌打得不可開交的齊熠也看過來，不過他是滿臉驚喜。

司馬妧把那兩個人扔在地上，掃了一眼眾人，問道：「爾等為何事鬥毆？」

第十三章

在場的人，有的未必有幸見過長公主，但一個女子徒手輕鬆制伏兩個南衙十六衛的大男人，捏得他們嗷嗷慘叫，這等身手，鎬京城內不是誰都能有的。

當這些人聽見樓寧失聲驚呼「妧妧」時，以趙凌為首的幾個世家子臉色都變了，再聽齊熠一聲「長公主殿下」，徹底沒了懸念。

「參見長公主。」

先前還打得不可開交的兩群人，老老實實按著身分行了禮。不過行完禮後，這群人就想走人。趙凌的弟弟趙岩在十六衛中，趙凌自己也和今天帶著十六衛來助陣的鄭易是朋友，趙凌和鄭易互相對看一眼，齊齊向司馬妧道：「臣不該阻礙長公主通行，現下我們就撤，立即將道路讓出來，請殿下恕罪。」

「慢著。聚眾鬥毆，事情沒說清楚就要走人？」

伴隨著她沙啞的嗓音沈沈壓下來，趙凌和鄭易只覺得身上冷颼颼的，想到今天的事不能善了，不由得頭上冒汗，事實是他們有錯在先，可要向樓寧等人道歉，又覺得拉不下臉。

這個樓寧是不是特意通風報信，讓長公主來給他撐場子好羞辱自己呢？趙凌憤憤猜測。

比起趙凌的糾結，鄭易就爽快多了，他大剌剌向司馬妧一拱手。「實在對不住殿下，我公務在身，還有巡邏任務，不能在此久留，向殿下告辭一聲，就此告辭。」說完就召集他隊裡的兄弟，包括那兩個骨頭脫臼的倒楣傢伙，麻溜地走了。

司馬妧本來應該阻止，因為她看得出公務是藉口，而穿著官服仗勢欺人是她最討厭的。可是旁邊有一隻手輕輕扯住她的袖子，她側頭，旁邊這人向她搖了搖頭。是顧樂飛。

「稍後我會向殿下解釋。」從饕餮閣跑下來的駙馬爺臉上還有汗珠，喘著氣在她耳邊輕聲說道。

司馬妧的眉頭深深皺了起來。

趙凌眼睛很尖，見長公主有意思鬆動的打算，他的腳開始往外挪，訕笑道：「我忽然記起來，翰林院也有一大堆公務在等我，我也向殿下告罪一聲，就此告辭。」

「趙翰林，」本來和司馬妧正說話的顧樂飛突然回頭，兩眼直直盯著他，慢悠悠道：「方才顧某就在樓上，所以……」發生了什麼事情，自然看得清清楚楚。他笑而不語，直到笑得趙凌越發心虛，才緩緩道：「是長公主仁慈，不願傷了你和樓翰林的同僚之情，不然……」

樓寧張了張嘴，似還有些憤然，不願就這麼簡單放過趙凌，可是顧樂飛卻警告地看了他一眼，意思是不要再生事。齊熠見狀，悄悄同樓寧耳語。「又是息事寧人，小白最不願意惹麻煩，當了他的大表舅子，你只能忍受他這一點了。」

「果然是懦夫。」樓寧輕聲嘀咕一句，卻也沒再和顧樂飛作對，就此放走了趙凌。

「殿下、樓少，我們進去說話，」顧樂飛回頭看了一眼馬車簾子掀開的一條縫。「李陽，煩你先送晚詞回顧府。」

「為何我不能聽？」顧晚詞有些不高興。

顧樂飛對她一笑，圓嘟嘟的臉顯得十分親切無害。「乖，妳該回家了，別讓娘擔心。」

接下來的話恐怕會牽涉政事，顧晚詞不適合旁聽。

「樓少，你怎麼會惹上南衙十六衛的人？」在饕餮閣中，確定了隔壁無人，顧樂飛方才開口。

因為他剛剛息事寧人的態度，樓寧還有點氣他，出口便衝了些。「便是對上又如何？」

顧樂飛瞇了瞇眼。「樓少沒聽過一句話——『閻王好見，小鬼難纏』？南衙十六衛負責鎬京治安，隨便找個藉口為難樓府，莫非很難？今日帶隊來支持趙凌的，是尚書右丞鄭青陽家的五公子鄭易和趙凌的弟弟趙岩，鄭易身後站著的那幫兄弟，父親有爵位的我便能數出五個來，還有官階在五品以上的，應當是——」

「夠了！」樓寧還未發難，坐在他旁邊的韓一安拍案而起，面露憤然之色。「京城地大，無論誰我們都惹不起，以後還是乖乖夾著尾巴做人，駙馬爺就是想說這個吧！」

黃密頗為尷尬，他試圖給朋友解圍。「長公主殿下、駙馬爺，其實他不是這個意思……」

「我就是這個意思！」韓一安梗著脖子道。

顧樂飛也不氣，笑咪咪地抬手親自給韓一安斟了杯酒。「莫氣莫急，長公主在這兒呢，不如先說說今天為何吵得打起來了？也好讓殿下一塊兒聽聽緣由？」

韓一安瞪了他一眼，沒接酒，卻坐下了。他看不起顧樂飛，但是對這個從西北邊關回來的長公主，還是很敬佩的。

事情的起因其實很簡單，司馬誠有意明年改制稅法，這是件大事，為了在施行之前有更良好的上下溝通，他想把三日一小朝、五日一大朝改成一日一小朝、三日一大朝，而這每日的小朝由哪些部門輪番上陣彙報，是必須重新制定的，司馬誠便將此事交給翰林院，讓他們出一份草擬案來。

翰林院將此事交給四個人，趙凌、樓寧、韓一安和黃密。

這四人不和，便把工作分成兩批人在做，趙凌單獨，樓寧三個人一批。今日樓寧和其他二人在茶館探討此事，他辦事認真，特別畫了一張佈局圖方便解說，結果不知道趙凌從何處得來的風聲，帶著南衙十六衛的人貿然闖入，還譏笑樓寧「畫圖太陋」。

這點戳中了樓寧的痛處。他學問好，卻不善畫圖，這張朝會佈局圖，那畫得確是相當、相當難看。

緊接著，趙凌得寸進尺，又譏笑韓一安和黃密。「與陋人為伍，也是陋人，還是窮得響叮噹的陋人。」本來兩人就是寒門出身，平日就對趙凌不滿，這下被公然嘲諷也是惱羞成怒，立即反唇相稽。

皆是血氣方剛的男兒，你一言我一語，互相拆臺，話說到最後已是很難聽的地步，終於有人忍不住動了手，然後開打。

「是趙凌先動手的。」樓寧最後補充，他悄悄看了一眼司馬妧的表情，見表妹彷彿在沈思什麼，面上並無太多神情變化，不由得心中惴惴。

「那你呢？」顧樂飛轉眼看向齊熠。

「我？我路過，哪裡有不平，哪裡就有我齊熠。」齊熠嘿嘿一笑，厚著臉皮貼到司馬妧身邊坐，拱手道：「長公主，先前妳一手制伏兩個漢子的招數，能不能教教我？」

「殿下別理他。」顧樂飛忍不住道。看齊熠不懷好意地往司馬妧身邊湊，他心裡就不舒服。

司馬妧也的確沒有注意到齊熠的話，抬頭看向樓寧，問：「表哥，你和趙凌一直不和？」

樓寧愣了一下，點點頭。

「那翰林院的其他人呢？我的意思是，除了他們二位。」司馬妧看了一眼韓一安和黃密，又繼續盯著樓寧。

「也並不是太好，不過，還算過得去……」

「什麼過得去，他們一直排擠你，因為你是樓家人！」韓一安也不顧他的顏面，氣呼呼地說道。可能是剛才被侮辱的氣還沒消，看什麼都不順眼，尤其是京中權貴。

「竟然如此？」齊熠氣憤地一拍桌子。「殿下，不如我們去給翰林院的那幫人好看，讓他們知道樓家不是好欺負的！」

「那陛下不喜歡樓寧，你也要去把陛下揍一頓？」顧樂飛笑呵呵地問了一句。

齊熠一噎，望著顧樂飛胖嘟嘟的笑臉，竟是一個字也無法反駁。

「京城米貴，居大不易。」顧樂飛笑咪咪、慢吞吞地問道：「若不在京城，又會如何？」

「不在京城？」樓寧悚然一驚，盯住顧樂飛的臉。「你是說……外放？」

「便是外放，又能去何處？還不都是他們的地盤！」久不說話的黃密嘆息一聲。這個「他們」，十分耐人尋味。

「江南道，如何？」

江南道？樓寧的心中又是一驚，緊接著蠢蠢欲動起來。

顧樂飛可謂一語點醒夢中人。他很早就考慮過外放，因為鎬京的大環境注定讓他無法有大作為，可因為妻子懷孕，如今樓重和樓夫人年紀也大了，難以離京，他的這個想法便擱置下來。

今天的衝突，又令他燃起了外放的想法。

顧樂飛所提，竟不是隴右道、關內道、河南道、河東道、河北道等較為富庶的道中任何一個，而是江南道。

南方在許多人印象中還是蠻荒之地，京中高官的勢力多數並未延展到江南、嶺南這些地方，但能夠接觸到官方資料的樓寧注意到，這十餘年來，因為絲綢之路的興起，南方的絲綢大量運往北方，又與西域通商，南方經濟逐步抬頭。雖然現在還很貧弱，有朝一日，說不定真的會富甲天下。

若外放去這種地方，那也稱得上開疆拓土了。

樓寧不由得十分心動。

顧樂飛的話只是建議，真正要實施起來，還得看他們自己如何打點關係，好被外放到合適地方。

韓一安和黃密又坐了一會兒便先行告辭，二人離去之後，顧樂飛忽然道：「樓少，十日之內按兵不動，若走漏風聲，必是他們其中有人告密。」

樓寧皺眉。「你覺得我的好友會……」

「防人之心不可無，」顧樂飛淡淡道。「不過走漏也無妨，陛下應當巴不得你外放，省得樓家人礙……」那個「眼」字還沒說出來，他感覺自己的右臉忽然被捏住了，那人還不放手，捏了又捏。

樓寧和齊熠的眼神齊齊轉向司馬妧，然後又轉回顧樂飛身上，面色十分奇異，且目光驚悚。

長公主殿下，說好的不在外人面前捏我呢？顧樂飛無奈地側頭看向司馬妧，結果這一看，倒令他不敢動，乖乖任她捏來搓去了。

「小白，你很聰明。」司馬妧兩隻眼睛全神貫注盯著人看的時候，像兩把利劍直指人心，雖然他不至於腿抖，卻覺得好似剝光了衣服站在她面前，腳有點軟，壓力好大。

「那你也給我出個主意，」渾然不覺自己給他造成壓力的司馬妧認真問道：「以我的身分，是否可訓導南衙十六衛？」

什麼？

司馬妧的話，從來不是說說而已。

自歸京以來，她常常迷惘，不知道卸下西北兵權後，自己今後還能做點什麼。一場賞菊宴，令她更加確定自己與鎬京城中貴女貴婦格格不入。

早早告辭離去，坐在馬車上的時候，她看似十分平靜，實則心中更加茫然。或許之前二十年拚命努力學的一身本事，此生都將再無用武之地嗎？

這樣想的時候，她竟感到了英雄遲暮的悲涼。

紀律鬆散的南衙十六衛，便是在這種情況下，一頭扎進司馬妧的眼裡。

於是，在賞菊宴的第二天，帝都發生了兩件事。

第一件事起因於明月公主府。司馬彤昨日被司馬妧化了一臉「血暈妝」，在司馬妧走後，她也匆匆離去，喚侍女拿鏡子來，結果望著鏡中自己誇張的妝容，她驚叫一聲，暈了過去。

這一暈，高嫻君急忙為她請來太醫，後又驚動了皇帝司馬誠。處理政務的繁忙之餘，他抽空過來一趟，愣愣盯著自己親妹妹一臉紅紅紫紫的嚇人模樣，正不知作何反應，便聽她在耳邊哭訴司馬妧如何對她「用強」。

最近因為稅法改革和高延起了嫌隙的司馬誠心情不好，司馬彤的大嗓門令他有些煩躁，雖然如此，他也還是耐著性子安慰。「莫要傷心，為兄覺得其實這妝容頗為驚豔，並不難看。」

讓司馬彤半信半疑地看著他。「真的？」

「真的。」司馬誠昧著良心點了點頭。

結果，「皇帝最愛血暈妝」的消息一傳十、十傳百，短短一天時間，半個鎬京的上流圈子便都知道了。

第二天早上，在得知此消息的女子中，又有一半的人選擇在梳洗化妝時，嘗試了一下傳說中的「血暈妝」。

一看隔壁家的誰誰誰化了血暈妝，還在搖擺不定的貴女們立即緊趕潮流，也給自己化上血暈妝。

再過上七、八日，這些小姐夫人們都開始化這種妝容，對流行最敏感的青樓女子們看在眼裡，一打聽，知道了緣由，也紛紛效仿。到最後，眼見滿大街都是血暈妝，良民女子自然也會緊跟風尚、不落人後。

司馬誠絕對料不到，他違心的一句稱讚，竟換來一個月後風靡鎬京的「血暈妝」熱潮，弄得男人皆不敢半夜歸家，生怕自家夫人女兒妝容未卸，瞧了還以為撞鬼。

而第二件事，則是和司馬誠相關。

早上小朝會的時候，司馬誠盯著案几右上角擺著的一份奏摺發呆。

那是他最頭疼的皇族中人，定國長公主司馬妧的上疏。

上疏中，她痛斥鎬京南衙十六衛的不遜行徑，陳述規整、訓誡禁軍的種種必要性和重要性，請求親自重整南衙十六衛。

「對於長公主的這份奏摺，諸位怎麼看？」司馬誠輕瞥了一眼站在下頭的尚書右丞鄭青陽。「鄭右丞，聽聞你的小兒子昨日當值期間，聚眾鬥毆，還攔了長公主車駕？」

「回陛下，我那小兒子不成器，昨日老臣已經狠狠執行過家法，打得他一個月下不來床。」鄭青陽慶幸自己動作快，他得知這事後連夜打了鄭易板子，就為了萬一皇帝問起來，他有個交代。

高延瞥了一眼誠惶誠恐狀的鄭青陽，心底冷笑一聲，暗道一句「老狐狸」。近來自己屢次因為稅法的改制問題和皇帝起衝突，鄭青陽非但不幫他，還在一邊充當老好人，甚至時常站在司馬誠那邊說話，使得司馬誠對他的信任有所增加。

稅法改制不是他領頭，觸及到的利益團體要怪也只會怪皇帝和執行的尚書令，他自然可以乘機討好皇帝。

「高卿家，你怎麼看此事？」眼見高延在一旁埋頭不語，司馬誠又點了他的名。

「臣以為，可。」

高延慢悠悠地表示贊成，餘光瞥見鄭青陽的臉色微變，心中不由得意。都知道鄭青陽最寶貝的小兒子鄭易在南衙十六衛裡橫行霸道，現在就讓他瞧瞧，長公主一旦去了，鄭易還能不能活著從十六衛裡頭出來？

「喔？為何？」司馬誠不動聲色地追問。

「身為天子禁軍，南衙十六衛中魚龍混雜，軍紀不嚴，京中百姓早有怨言。長此以往，京中恐怕防務空虛。」高延頓了頓，又補充道：「長公主只要訓導權，並未要求管轄十六衛。」

司馬誠的眼睛一亮。

不得不說，雖然高延這段時間老和他作對，但是到了關鍵時刻，還是高延靠譜。他說到了點上，司馬妧要求的這件事情吃力不討好，可能因此得罪那幫權貴子弟，卻並無統領半個京城禁軍的權力。

大靖是府兵制，天子禁軍除了負責京城防務，還有統轄天下府兵的權力，不過他們不能直接調府兵，調兵還是要透過皇帝的命令。

大靖太平已久，對於南衙十六衛裡混日子的那些世家子弟，司馬誠早有耳聞，只是手下他最得力的武官哥舒那其被派去西北，現下無人可用，情況又並非十分緊急，故而睜隻眼閉隻眼。

如今司馬妧主動請纓，她的身分、地位和資歷都絕對足夠碾壓這群人，況且只是要訓導他們，並非統領南衙十六衛。

「其實同意長公主的要求，陛下並不損失什麼，而且微臣猜測，公主只是閒得有些無聊了吧？」

高延老狐狸一樣的精明目光和司馬誠的對上，司馬誠立即了解其意。

何止沒損失，如果能透過這些世家子弟，把世家的仇恨都拉到司馬妧身上，讓他們少插手稅法改制的事情，何樂而不為？

司馬誠微笑頷首。「愛卿說得不錯。」

眼見這一君一臣達成了默契，旁邊的鄭青陽低了低頭，有些不甘。

此時公主府中，司馬妧剛剛結束今日的晨練，蹲在那兒，注視在地面上躺平了的人肉團子。「小白，你覺得皇帝會同意我的要求嗎？」

這份摺子還是顧樂飛為她起草的，她只是照抄了一遍。

「會啊，這麼吃力不討好的事情，妳想幹，司馬誠巴不得妳去幹。」顧樂飛有氣無力地回答。昨日他給司馬妧分析了半天利弊，無奈她就是堅持要做，他只好依了她的意思。

「吃力不討好？我倒不覺得。」司馬妧笑了笑，很開心的樣子。「我是教他們重新做人啊。」

呃……沒來由的，駙馬爺突然覺得地上好涼，身上好冷。

第十四章

樓重清早起來，習慣打一套拳，活絡活絡筋骨然後再吃早飯。

前幾天，他出去見老友的時候聽到風聲，說自家孫子打算請求外放，他根本不知道此事，回家一問樓寧，才知道是真的。

樓寧當時的臉色很沈。「這件事我還沒有上疏給陛下。」

他將那天的情況對樓重和盤托出，並且將顧樂飛囑咐的那句「十日內按兵不動」告知樓重。

「如此一來，是你的那兩位朋友中有人透露了風聲……」樓重望著庭院裡正在嬉戲的曾孫子曾孫女，嘆了口氣。「那小子說得不錯，江南道是個好去處，男兒要幹出一番大事業，必不能侷限在鎬京這一城一地。江南水土與關中迥異，若陛下准你外放，讓你夫人寧氏跟著你一塊兒去，也好照顧。」樓重補充道。

「她隨我去了，祖父祖母無人照料……」

樓重擺擺手。「我和你祖母身體都還硬朗，身邊的幾個人也足夠可靠，無須擔心，如若真有急事，不是還有你表妹？」說起司馬妧，樓重忍不住又要嘆氣。「不過我怎麼覺得，你表妹到了鎬京之後，行為越來越奇怪了？」

樓重今早起來晨練，又想起自己昨天和樓寧抱怨的話了。

別的不說，就先說她那駙馬吧！樓重原來只聽說這駙馬有點胖，不過看在他父親是大儒的分上，覺得他雖然名聲不好，卻也沒做什麼犯法的事，想來家教不算差。

見了真人才知道，什麼「有點胖」，明明是非常胖！

但看樣子，婠婠還喜歡得很，真是奇了怪了，西北邊軍裡頭的年輕將領，還有河西走廊那些望族大姓裡頭，不少年輕英俊又優秀的小夥子喜歡她，她都不要，偏偏喜歡這麼一個胖子？

還有，近日風靡鎬京的那個什麼「血暈妝」，聽說最初就來自長公主。婠婠那是什麼審美？樓重現在每天出門都怕看到一個背影窈窕的女子，回過頭來就是一張嚇人的鬼臉。

第三件事便是陛下昨日下的一道聖旨了——即日起，准威遠大將軍、定國長公主司馬婠領南衙十六衛教導之職。

這個婠婠，她如今好歹卸了兵權成親嫁人了，又跑去找皇帝要一個沒有實權的教頭職責，是想要幹什麼？

「老太爺，長公主的車駕已到。」樓重一邊打拳一邊神遊天外之時，樓府的管家急急跑來稟報。

婠婠這麼早便來了？

「外祖，又在練拳嗎？」司馬婠今日有活可幹，特別開心，進來的時候走路都帶風。「聽說外祖今天要去訪老友，帶外孫女一塊兒去可好？」

樓重被她迎頭的一串話弄得愣愣的。「妳怎麼知道我今天要出去見友？說老實話，妳不是來看我老頭子的，是有事要找韋尚德，對不對？」

司馬妧笑而不答，只道：「外祖對我最好了。」

今天樓老將軍要去找韋尚德的消息，是顧樂飛告訴她的。司馬妧奇怪於他出門一趟便能打聽出各種消息的神奇技能，顧樂飛得意洋洋，告訴她此乃秘密。

韋尚德，樓重年輕時的舊友，私交不錯，時年六十二，任左羽林大將軍。北門四軍以羽林軍為尊，左右羽林大將軍又以左為尊，故而韋尚德實為除了皇帝司馬誠之外，北門四軍的最高統帥。

韋尚德還在家中悠哉喝茶的時候，看見老友身後跟著的女子面孔，差點沒把茶水給噴出來。

司馬妧倒也不客氣，開門見山道：「韋老將軍，我想同你借幾個人可否？」

由於前任左屯衛大將軍乞骸骨回鄉去了，右屯衛大將軍王騰暫任南衙十六衛的最高統領。因定國長公主今日要來，王騰命令十六衛的將領帶著手下人提前一個時辰集合。

對於雖無名頭，卻即將擔任十六衛總教頭的長公主，王騰內心是很糾結的。想當年太祖立國之時，南衙十六衛雖然還只是十二衛，卻是頂頂威風的禁軍，個個驍勇善戰、勇武過人，而現在……

唉，好漢不提當年勇。如今定國長公主親自出馬，督促這群紈袴子弟，整肅南衙不正之風，王騰自然是千分期待、萬分支持。

但是另一方面，他又為長公主感到擔憂。王騰知道這位公主的敏感地位，若她因為教訓這群權貴子弟太過而得罪京中大小勢力，日後豈非舉步維艱？

望著校場上懶懶散散的士兵，王騰暗嘆一聲。待會兒應該藉機提醒一下長公主。

正如此想著，校場的大門前已有一隊飛騎揚塵疾馳而來，為首者一襲黑衣，衣襬和袖口處繡著銀色的鳳凰圖案，只見她身影一閃，一個乾淨俐落的翻身下馬動作，十分英姿颯爽。

南衙十六衛裡有人輕佻地打了聲呼哨，王騰知道，那是惠榮侯家的三子趙岩，難惹的刺頭。

他警告地瞪了一眼趙岩，隨後立即理理自己的衣冠，上前向司馬妧行禮。「王騰參見長公主。」

「王將軍免禮，同我介紹一下十六衛的將士們吧。」王騰的行禮未完成，已被她虛扶起來，等於司馬妧只受了他半禮，是很給王騰面子的。

王騰咳了一聲，示意校場裡的竊竊私語安靜下來。「眾將領快快上前向長公主行禮。」

「左千牛衛將軍林荃參見長公主！」

「右千牛衛將軍穆蘭鈞參見長公主！」

「左金吾衛將軍……」

這十六人向司馬妧一一報上名號後，他們手下的校尉、都尉等等還要接著自我介紹，卻被司馬妧制止了。

「南衙十六衛眾將士聽令！列隊、喊號！繞校場跑步五十圈，現在開始！」

全場寂靜。

上來就是五十圈？王騰愣在那裡。

這校場可容兩萬人同時訓練，五十圈？普通士兵還好，那些世家子弟們，恐怕五圈都跑不了吧？

不僅王騰愣住，十六衛的將領們也愣住了，因為長公主淡淡掃了他們一眼。「我也隨隊一起跑。」

長公主都跑了，他們還敢不跑？

「我不服！」隊伍裡有人喊出來，又是剛剛那個吹口哨的傢伙趙岩。「憑什麼要我們跑五十圈，沒有意義！」

他一說話，同樣也心有不甘的人立即跟風。「對，我也反對！」

司馬妧看著趙岩，覺得有些眼熟，似乎那日在朱雀大街上打架的人群裡也有此人，不過她今日不會追究這事。

她朝趙岩微微一笑，柔和了她面部的剛毅與冷肅，朗聲道：「這樣吧，反對的人站出來，挑他們中的任何一個比一場，弓箭、騎術、拳法……什麼都可以，只要能贏他們，不僅今天的可以不跑，以後我的訓練也可以不來。」

司馬妧向側面踏了一步，將站在她身後的二十人完全露了出來。

這二十人穿著普通的粗布麻衣，精神頭倒是不錯，腰桿筆直，可是身材瘦小，看起來並不是很難對付的角色。

「這不是她從西北帶來的邊兵，不知道是哪裡找來的，看起來不咋地。」趙岩同其他人私語道。他見過公主府的七十衛隊，知道他們身材高大、氣勢非凡，一看就是殺過人的老兵，不像今天的這二十人。

趙岩蠢蠢欲動。他的狐朋狗友鄭易被打了板子，說起來都是這個長公主的錯。仗著自己家裡請過武師，他自覺身手不錯，第一個站了出來。「我！」

司馬妧看了他一眼。「若是輸了，以後對我的訓練不得有任何怨言。」

「可以。」趙岩挑著眉毛笑了笑，挑釁道：「長公主殿下可別後悔，在場這麼多兄弟都看著呢。」

「君子一言，駟馬難追。你挑吧。」

司馬妧掃了一眼場中士兵，故意當眾露出一個輕蔑的表情。「除了他便沒人了？想挑戰的站出來，別磨磨唧唧像個娘們。」

被一個女子說像娘們，比被自己同性鄙視的屈辱更大，當即又有幾百來個人憤憤地站了出來。

今天，估計這群人會被長公主狠狠打一個下馬威。這二十個人，雖然不是她的邊兵，可是來頭絕對不小。

王騰偷偷瞥了一眼站在二十人身後的那個蒙面男子，雖然他戴著面巾，十分低調地站在陰影中不被人注意，可他一看就認出來了，那是韋尚德的寶貝大孫子，羽林軍上騎都尉韋愷。

韋愷，那是北門四軍的人啊！長公主特意把北門的人請來削他們南衙的面子？

趙岩四仰八叉躺倒在地，怔怔注視著碧藍天空中的太陽，口中是鐵鏽般的鹹腥味。深秋的陽光並不熾熱，他卻覺得刺眼，刺眼得眼中不斷分泌淚水。

怎麼可能這麼輕易就輸掉呢？

趙岩緊緊閉起眼睛，阻止淚水流出，腦海中不斷閃過剛剛自己被打倒在地的一幕。三招兩式，短短幾秒，他還來不及施展自己招式漂亮的拳腳功夫。

「下盤不穩，學什麼都是白搭。」對手顯然對這個手下敗將沒有多少憐憫之意，冷冷地評論完這一句後，便揚聲道：「下一個是誰？」

這個其貌不揚、身材瘦小的對手竟然如此輕視自己，屈辱和憤怒混雜，一齊衝上趙岩的腦門，他魚躍而起，怒道：「再來！」

「再來？再來還是一樣。」一個冰冷沙啞的嗓音在他身後響起，隨後趙岩感覺自己的膝蓋又被什麼攻擊了一下，雙腿一軟，再次不由自主地跪倒在地。

他憤怒回頭，面前居高臨下看著自己的，赫然是長公主。

她琥珀色的眸子裡閃著冷漠的光。對於戰場上的弱者，她從來不給予同情，只淡淡道：「懂了嗎？你那些所謂的功夫，都只是花架子而已。」

趙岩死死瞪著司馬妧，絲毫不顧尊卑之別，他一言不發地站起身來，轉身朝外跑去。

「站住，你去哪兒？」

「跑、圈。」趙岩咬牙，一字一頓地說。

「我還未下令之前，你便在此站著，看看你的袍澤戰況如何。」司馬妧說完這一句，轉身離去。趙岩心中的憤懣無人可說，而同他一樣敗下陣來的世家子弟們，心中亦是充滿了諸多不甘和憤怒。

「她一定是特意從哪裡找來武林高手，故意削咱們面子，讓我們難堪！」又一個輸掉的人捂住半張瘀青的臉，尷尬羞愧萬分，對同樣敗下陣來的人大聲說道。

在場很多人都這樣覺得，可是被司馬妧請來的二十位「武林高手」卻是冷冷勾了一下嘴角，不以為然。

在校場外的小樹林裡，有人拿著一支航海用的水晶望遠鏡，正對著校場中的情況聚精會神觀看。他的小廝心驚膽戰地提醒。「少爺，萬一我們被發現了怎麼辦？」

「沒事，長公主是我的熟人！哈哈，那個人好弱，要是本少爺上，分分鐘把他們都打趴下！」這個慷慨激昂揮舞拳頭的人，顧樂飛的好友、齊熠齊三少是也。

看南衙十六衛的人吃癟，尤其許多還是熟面孔，不是這家大臣的寶貝兒子，就是那家侯爺的心肝孫子，看他們一個個被不費吹灰之力地打趴下，真的好過癮啊！

不過司馬妧是從哪裡請來這些人的？齊熠也好奇。

日上中天，這場持續了整整一個上午的挑戰方才結束，先前站出來的幾百人除了少部分主動退出的，其他都或多或少掛了彩，狼狽不堪，表情尷尬。

王騰默默扭過頭去，拿袖子擦汗，也藉此掩蓋自己的顏面無光。司馬妧沒有注意到王騰的尷尬，見校場上的對戰已經告一段落，她揚聲道：「比試結束，南衙十六衛中，贏了的人站出來。」

她的話音落下後，校場上寂靜片刻。幾百個挑戰的人竟沒有一個人站出來。

「我不服！」趙岩又是第一個站出來。「殿下找來的都是功夫高手，以一敵百，還不是輕輕鬆鬆，這不公平！」

「功夫高手？」司馬妧十分驚奇地看了他一眼，回頭對幾十場對戰下來，面色也有些疲憊的二十人說道：「還請各位介紹一下自己的身分吧。」

「在下左羽林軍校尉吳勇。」

「在下右神策軍副尉劉小七。」

「在下左神武軍中侯曾雲。」

「在下左神威軍中侯……」

二十個人，聲音嘹亮，一一抱拳將自己的名號和軍職報上來，都是鎬京中名不見經傳的人物，即使說出名字也沒人認得。

可是他們的軍職一報出來，在場的所有人都明白了他們是些什麼人。

「靠，是北門四軍的傢伙！」寂靜的校場中，有人握著拳頭低罵一句。

即便敗於司馬妧的西北邊兵手下，也比敗在北門的手下要好。

這下可好，以後交接崗位的時候，遇見北門的人，頭都抬不起來！

「當年太祖以義兵起太原，至天下初定，太祖立朝，兵悉罷遣歸，獨有兩萬太祖親隨，皆亂世中最驍勇善戰之士，願留鎬京，守衛龍地。太祖遂設南衙十二衛，以渭北白渠旁民棄腴田分之，號為元從禁軍。」

司馬妧所說，正是南衙十六衛的前身歷史。那是十二衛最輝煌的時候，如今驍勇的北門四軍，也是從這十二衛中分離出來組建的。

可是現在，他們卻被從自己這裡分離出的北門四軍，打了個措手不及。

頓了頓，司馬妧又道：「後老不任事，以其子弟代，謂之父子軍。」

她掃了一眼校場上黑壓壓站著的萬名府兵，淡淡笑了笑，不掩飾嘲諷之意。「父子軍？你覺得你們還能為先輩背起南衙十六衛這個名號？」

全軍靜默。

這個時候，即使還有許多如趙岩一般的世家子弟並不服氣司馬妧，可周圍的人皆是一臉沈重和羞愧，連臺上的十六衛將軍們也低著頭不說話。

「五十圈，還有誰不服？」

司馬妧特殊的沙啞嗓音在校場上空迴盪，場上沒有一個人再敢說一個「不」字。

「在下有個小小的不情之請。」

死一般寂靜的場上，忽然響起一個男人的聲音。這聲音來自司馬妧身後，一個戴著面巾的人。

當他揭下面巾的時候，在場許多世家子弟都立即認出了他，那二十人則齊齊抱拳行禮。「韋騎尉！」

「韋、愷。」趙岩和他的小夥伴們在底下咬牙切齒，就像顧樂飛和高崢從小看不對眼一樣，他們也和這傢伙從小有仇。

因為韋愷總是那個「別人家的孩子」，不僅如此，這個「別人家的孩子」還一直十分看不起他們。

「南衙十六衛的人竟如此不堪一擊，韋某深覺失望。不知今後要負責教導他們的長公主殿下，以女子之身擔任如此重大的任務，手上到底有幾分本事？」韋愷抱著劍站在那兒，慢條斯理地說出挑釁的話語。「不如，殿下屈尊和臣比上一場？」

這個人……司馬妧的眼睛微微瞇了起來。

她今日借來的二十人乃是北門精銳中的精銳，借人的時候被韋愷知曉，此人執意要跟著一塊兒來。韋尚德和她私下裡說，自己這個孫子有點傲氣，還不大看得起女人，讓她多多包涵。

傲氣？看不起女人？之前沒看出來，原來是在這裡等著她呢。

「可以。」司馬妧回答爽快。

「削他！殿下，削死他！」趙岩在隊伍裡大喊，此時他也顧不得和司馬妧的個人恩怨問題，畢竟韋愷才是他的頭號敵人。

韋愷揚了揚唇，不受場下那些他認定是雜碎的干擾。「多謝長公主。」

司馬妧擺擺手，徑直問：「你想同我比什麼？」

韋愷的手往校場左側的幾排草靶一指。「騎射。」

騎射？韋愷這是自信過頭了吧，雖然北門四軍以騎射見長，但是他竟然要和消滅了北狄的司馬妧比騎射？

比起十六衛的懷疑和輕蔑，北門四軍的二十人倒是氣定神閒。韋愷的神射在北門四軍是大大的有名。

司馬妧的表情卻有些奇怪，她看了看校場上一排排紋絲不動的靶子，疑惑道：「你是要我們騎馬搭弓射箭去射那些草靶？」

韋愷愣了一下，自信的面部表情出現幾秒空白。

「自然如此。長公主邊關十年，竟然連這麼簡單的騎射規則也不知道？」韋愷的眼中浮現出些許輕蔑。他仔細打量著面前的女人，無論如何也不願相信她是一個戰功赫赫的女將軍。

他寧願相信她只是虛有其表，那些戰功其實都是樓重打下的，只是為了這個外孫女以後能日子好過，故而才把這些戰績都歸於她的名下。反正西北偏遠，皇帝不會去核實。

如今司馬妧居然提出這個白癡一樣的疑問，彷彿印證了他的懷疑。

司馬妧並不在意他的輕蔑目光，如實回答道：「喔，若是如此，我或許並非你的對手。」

什麼?!這回輪到王騰以及手下萬名禁軍的表情空白了。

相比之下，韋愷倒是最鎮定的那一個。他冷冷道：「殿下是在說笑嗎？」

「我不說笑，這種固定草靶，我還是年幼時才練過。」司馬妧指著那些固定的呆靶子，認真解釋。「我們日常練騎射，都用移動的活靶。」

綁在馬上的，在草地、山林等各種地形四處移動奔跑的活靶，西北邊兵剽悍的戰鬥力和所向無敵的騎兵部隊，都是在這種活靶的基礎上練出來的。

真正打起仗來，敵軍會傻乎乎站在那裡當固定靶子讓你打？韋愷本來覺得司馬妧是在諷刺他，聽她說完緣由，又覺得是自己目光短淺沒見識，不由得有些難堪。

他望了眼校場上傻呆呆立著的草靶，咬了咬牙，大聲道：「那就比活靶！」

第十五章

由於時間有限，只好將校場中的草靶綁在馬背上，然後快鞭一甩，讓馬兒繞著校場自由奔跑起來。

「王將軍，這道開始的鑼響，您來敲吧。」士兵遞給王騰一支敲鑼的錘子。校場邊上，長公主和韋騎尉已經坐在馬上準備就緒。為了以示公平，司馬妧沒有騎她那匹大宛來的千里寶馬無痕，而是借用了北門軍的馬匹。

「誒，三少爺，你說長公主和韋騎尉，誰會贏啊？」還是校場邊的小樹林，齊熠的小廝伸長脖子使勁望著校場中的情況，表情像看戲一樣興奮。

「廢話，當然是長公主！」齊熠伸手敲了自己小廝一個爆栗，眼睛仍不離望遠鏡。「你看姓韋的，他一隻手操縱馬匹，另一隻手搭著弓，嚴陣以待，準備鑼聲一響就開弓射箭。而長公主呢，雙手拉著馬韁，弓箭都揹在身後，注視著校場中的靶子，氣定神閒。不說結果，就看雙方氣勢，一定是長公主贏啊！」

「喔，還是少爺聰明。」小廝看得沒他清楚，悶悶回了一句，心裡其實很納悶，韋騎尉都搭上弓了，鑼聲一響就能射，不需要再從背後取武器，速度應該比長公主要快，怎麼少爺認為他會輸呢？

這問題齊熠也不能回答，他只是對司馬妧有盲目的信心而已。

「噹！」

這時候鑼聲敲響，兩人同時一夾馬肚，控制馬韁朝校場中的群馬奔去。韋愷雙臂蓄力，欲要搭弓射箭，可是身下馬兒騷動不安，顯然是被場中的馬胡亂奔跑給弄懵了。

同樣都是北門的軍馬，司馬妧的座下馬匹也是一樣慌張，但她從一開始的目標就是先控制好馬，故而在幾十匹綁著草靶暈頭轉向的馬群中，她的馬最先鎮定下來。

馬一鎮定，司馬妧方才抽出背後長弓，搭箭、瞄準，射出了她的第一箭——一箭正中紅心。

「好！」齊熠拍著草地大叫道。

司馬妧射箭的速度極快，第一箭中靶後，她根本不留時間控制馬匹，僅靠雙腿夾緊馬肚，從背後箭袋抽出一枝箭來，搭弓——甚至不怎麼瞄準，便飛快地射出了她的第二箭。

第二箭的力道更猛，直接穿透前一個草靶的紅心，射入剛好移動到這草靶後頭的另一個靶子。

「好！」趙岩激動得跳了起來，扯著嗓子大喊。「殿下威武！」

此刻，韋愷冷著臉搭弓，也射出了第一箭。也不錯，正中靶心。

「驍尉英武！」北門的人雖然少，音量卻不小，奮力為自己的老大加油。

趙岩瞥了一眼北門這群眼中釘，再次扯著嗓子大喊。「殿下威武，幹掉姓韋的小子！」

這是和北門的較上勁了，其實不光是他，南衙的許多人都在跟著一塊兒助威吶喊。南衙一萬三千人，除了一部分是權貴子弟以及和權貴沾親帶故的人，還有一部分是實打實憑本事進來的，望著北門英姿颯爽的飛騎，這些有能力卻過著憋屈日子的南衙軍士內心不是不羨慕的。

年初的時候，護送定國長公主進京的禁軍隊伍，絕大部分都是北門飛騎，那日全城矚目，何等威風，南衙的人現在想想，還覺得心裡酸酸的。

如今又在比武上輸給北門的人，若是長公主不能幫他們扳回一城，以後別說見北門的人，連在鎬京露個臉都覺丟人。

司馬妧這一場比試，不僅關乎輸贏，還關乎到南衙十六衛的士氣。

好快……真的太快了！她怎麼能做到這麼快？

韋愷射箭之際，餘光屢屢瞥見司馬妧的箭一枝又一枝射出，裹挾著風聲直擊靶心，當他的箭袋中還有一半的箭之時，司馬妧的箭袋已經空了。

場上還有三、四匹馬的靶子沒被射中，她也不覺可惜，輕鬆調轉馬頭，朝校場周邊去了。要不是知道她沒箭了，還以為她是刻意留下三、四匹給韋愷，好讓他的面子上過得去。

比試結束，全場六十個活靶，根據各自箭上的不同標記，司馬妧射中三十九，韋愷二十一。

統計結果一報出，南衙十六衛的人立即歡呼起來。

比起韋愷一靶一箭的一絲不苟，司馬妧的靶面更有趣一些。三十九個靶之中，有七個靶被司馬妧的箭直接穿了個透心涼，另外十三個靶上留下兩枝她的箭，不知道是穿透草靶的箭射上去的，還是她多射了。

「是韋某輸了。」韋愷下馬向司馬妧認輸，他的臉色不好看。「不過，韋某有一個問題。殿下騎射雖快且準，但箭袋一空，便等於沒了武器，在沙場之上，該如何存活？」

「騎兵的箭，不僅來自於大靖，還來自於敵方。」司馬妧拍了拍空無一物的腰間，又道：「更何況箭，不是士兵唯一的武器。」

快狠準，是西北邊兵練騎射的唯一要求，其中又以快為練習的主要內容，而北門飛騎，練箭則把「準」放在第一位，中靶一定要漂亮好看。

司馬妧和韋愷的比試，呈現出的正是兩種不同的訓練觀念：一個重實用，一個重技術。

「你的箭法很出色，若比固定靶，我一定不是你的對手。」司馬妧笑了笑，將弓箭和馬韁交還，轉身步入了南衙十六衛的人群之中，立即受到一大群人的擁簇。

韋愷聽到她親口承認射定靶不是自己的對手，並不覺得高興，只覺得自己在鎬京這麼多年，空有一個神射手的名頭，卻是井底之蛙。

這時候他也終於相信，司馬妧的確是憑實力立下赫赫戰功。

望著歡呼雀躍的南衙人，他忽然有些羨慕，羨慕他們能得到定國長公主的親自教導。

而在校場外的小樹林中，齊熠放下了望遠鏡，眼神直直注視著前方，喃喃道：「我要加入南衙十六衛，我一定要加入南衙十六衛！」

比起司馬妧精彩紛呈的一天，顧樂飛的一天過得頗為無趣。

沒人督促他晨練，他就乾脆懶洋洋地躺在床上，直到日上三竿才起來。中飯過後，他出門晃悠了一圈。

司馬妧奇怪於他的消息來源神通廣大，其實沒有什麼稀奇，他在每個坊市都有認識的人，雖然都是些打鐵、賣糕、算命這些不入流的人物，可是他們走街串巷，見過的人很多。顧樂飛和他們閒聊一會兒，知道哪家高官老爺的馬車今天去了哪家茶館，哪家公卿夫人今天又接了誰家的邀帖，以他對鎬京上流圈的了解，這樣便能將這些人的動向以及意圖推測個八九不離十。

打個不恰當的比方，顧樂飛好比一隻端坐網中的蜘蛛，這些遍佈鎬京各處的人則是他的網絲，他隨便拉拉一根絲，就能知道這根絲上的資訊，然後把這條絲上的資訊和其他絲上的資訊結合。到了他手裡，這些看似尋常甚至無關緊要的資訊合在一起，便能推測出一個合理的結果來。這就是他的消息來源。

其實嫁……不，娶司馬妧之前的很長一段時間，隨著體重的增長和皇帝對顧家的放鬆警惕，他已經不再這樣做了，既費時費力又費腦子，是很吃力不討好的事情，他懶。

可是自從住進公主府，他覺得上頭虎視眈眈的危機感又捲土重來，不得已才重操舊業。

待他閒逛一圈歸來，已是日落西山，司馬妧剛剛沐浴完畢，一身寬大長袍，披著一頭濕答答的長髮站在庭院中，望著院中已經凋謝的一簇菊花出神。

顧樂飛踏進來的時候，司馬妧便發現了，轉頭朝他笑道：「小白，你回來啦。」

她回眸一笑，長髮披肩，院中燭光柔和，混合著黃昏的夕陽光線，倒真有幾分像等待丈夫歸家的妻子。

顧樂飛愣了愣，隨即注意到她的笑容十分愉悅，便立即猜到她今天的下馬威一定頗為成功。她著實很懂如何訓練一支軍隊，正所謂居安思危，即便有再高明的訓練方法，沒有危機和緊張意識，也無法訓練出一個好士兵。

對南衙來說，北門就是他們的「危機感」。

「今天很順利？」顧樂飛問她。

司馬妧點了點頭。「很順利，還和韋尚德的孫子比了一場，他的騎射都很不錯呢！」

韋愷？那小子好像還沒成親吧？似乎只比長公主小三歲？他爺爺還是樓重的故交？顧樂飛腦子裡飛快搜索有關韋愷的各種資訊，不動聲色地問：「喔？怎麼比的，是妳贏了？」

「自然是我贏了，他的經驗太少了些，但若好好打磨，日後也是一員良將。」司馬妧走近顧樂飛兩步，然後往前一撲，瞬間撲到軟乎乎的人肉大團子上，舒服地長嘆一聲。「不過若是一輩子待在鎬京，就太可惜了。」

又來了。顧樂飛十分無奈。

司馬妧不在家的時候，他還有點想她，覺得少了個人寂寞。可她一回來，他又覺得痛苦，因為這意味著他的人肉抱枕、人肉墊子、人肉團子時光又開始了。

不過，今天晚上似乎有些不一樣。

顧樂飛半夜裡莫名驚醒，瞪著頂上的紗帳愣了許久，忽然反應過來——長公主今夜居然沒用手腳纏著自己。

意識到自己醒來後的第一反應竟然是失落，顧樂飛頓時覺得有些丟臉。

他側頭看了一眼床的另一側，沒人，而室內還亮著一盞油燈。

司馬妧披衣坐在燈下，執筆飛快地在紙上寫著什麼，神情專注而嚴肅，幾縷髮絲垂下，她也無暇顧及。沒來由的，顧樂飛竟覺得她的姿態有幾分動人。

「殿下在寫什麼？」

他的聲音打破了室內的寂靜，司馬妧有些茫然地抬頭看他，半晌回神，才道：「我吵醒你了嗎？」

顧樂飛沒好意思說出原因，只道：「不，我自己醒了而已。」

「喔，那便好。」司馬妧笑了笑。「我在寫南衙十六衛的訓練計劃。」她攤開墨跡未乾的紙吹了吹，問他。「你要不要看看？」

顧樂飛沒動，深深望了一眼幹勁十足的司馬妧，覺得必須提醒她一個殘酷的事實。「殿下，妳知道皇帝允妳訓導他們，是要妳成為京中權貴的眾矢之的。」

司馬妧卻滿不在乎。「若是知道天子禁軍都如此散漫，天下各個軍府的士兵又如何呢？四海太平，不過一時，東部的藩鎮、西北的遊牧、西南的雅隆部和南詔，大靖面臨的威脅，從來不少。」

司馬妧對大靖十道的府兵情況了解不多，卻明白一個道理，作為天下表率的天子禁軍，一定要很強，要比所有府兵都強悍才行。

注視著這個女子在燈下異常執著堅定的面容，顧樂飛的心猛地狠狠跳動幾下。這一刻，在她面前，他竟覺得十分慚愧。

「那便照妳想做的去做吧。」顧樂飛對她笑了笑。

他無法阻止，也萬萬不能看著她身處危險而袖手旁觀，便只有努力幫她了。

鎬京城中沒有秘密。

韋愷和司馬妧比試輸了的事，很快傳到司馬誠耳朵裡，彼時他正在陪高嫻君喝藥。高嫻君一直無子，如今年紀已經不小，很是著急，請了很多大夫調理。

司馬誠聽到這個消息的時候一邊搖頭，一邊勾著唇笑，一副幸災樂禍的樣子。「我的皇妹還真是個性耿直，如此一來，不是連北門四軍的人也被她得罪光了？」

可惜，司馬誠錯估了這些京中男兒的血性，大半京城都知道此事的後果就是射箭比試的規則改變，有條件的公卿世家子弟開始練習活靶射擊，感覺固定靶真是弱爆了。

而被自己老爹打屁股的鄭易，聽說十六衛最近的風氣有所改變，大家都被長公主操練得很慘，有點蠢蠢欲動，想要去挑戰一下長公主的權威，不過他老子鄭青陽不讓——他跟皇帝說了自己兒子要臥床一個月的，這才一個星期就好了，不是欺君大罪嗎？就是裝，鄭易也得給他在床上裝一個月。

鄭易百無聊賴地窩在家中逗小妾的時候，他的好友趙岩正逐漸走上一條和他不一樣的道路。

雞鳴時分起床，校場集合晨跑，集體早餐，隨後分批次操練，從站樁開始，然後是拳腳、棍法、刀法……司馬妧帶來了三十人指導他們，這些人都是她的親衛，是曾經跟著她夜襲北狄王呼延博、殺敵數萬的西北輕騎。

訓練之餘，聽他們講那些驚心動魄的戰場故事，真是熱血沸騰。他們所經歷的，是一個趙岩以前從來沒有見識過的世界。

這天，趙岩回家匆匆扒了飯就往外跑，惦記著晚上還要警夜，結果被今天恰好也在惠榮侯府的司馬彤給逮住。「趙岩，你給我站住！是不是又要往南衙府跑？司馬妧那女人是不是給你灌了迷藥了？」

敢公然稱司馬妧為「那女人」的，也就是司馬彤了。

趙岩回頭望著自己的這個嫂嫂，她倒是沒有化那個流行的血暈妝，可是因為被司馬妧剃掉的眉毛沒有長好，整張臉看起來怪怪的。

以前他挺喜歡這個嫂嫂，認為她雖然驕縱但不失真性情，可如今看來，怎麼就覺得那麼專橫討厭呢？

「長公主是嫂子的皇姊，即便是在家裡，嫂子也該注意言辭，莫失了公主形象。」

趙岩不軟不硬地把司馬彤的話頂回去，轉身提起佩刀出了門。

司馬彤什麼時候被自己小叔子這麼頂撞過？氣急敗壞地跳腳。「趙岩，你給本公主站住！」

趙岩沒理她。

「再不站住，本公主治你的罪！」司馬彤怒氣沖沖地叫道。

這時候，一隻手按住她的肩膀，柔和的聲音在耳邊響起。「莫氣，三弟就是這麼一副臭脾氣，和他置氣，氣壞了自己的身子可不值得。」

敢在司馬彤氣頭上勸她的，除了司馬誠，也就只有她的夫君趙擇。

司馬彤回頭，嗔怒地瞪他一眼。「你就知道做和事老！沒看到趙岩簡直被司馬妧迷了心竅嗎？」

我是絕不會這麼便宜司馬妧！她在心中恨恨道，腦子裡忽然有了個主意。

半月後的皇家冬日游獵，司馬彤隨行時對皇兄司馬誠提起射箭比試，並且笑道：「皇姊自己雖然厲害，卻不知道能把南衙十六衛的子弟們訓成什麼樣子呢？若是毫無成效，豈非辜負她這一身好本事？」緊接著，她又建議。「不若定下日期，南北禁軍來一場正式的比武，由皇兄親自主持，也向天下壯一壯天子禁軍的武威，如何？」

司馬誠瞥了她一眼。「就數妳的鬼主意多。」

司馬彤撒嬌賣好地吐吐舌頭。

「也好，長久以來皆是南北禁軍分開試閱，相互間的比試確是很久沒舉行了，」司馬誠頷首道：「時間定在三月之後，正是春天，兩位愛卿意下如何？」

兩位愛卿自然是南北禁軍的頭頭。

韋尚德坦然道：「臣沒意見。」

王騰卻是偷偷抹了一把汗。「三個月……這時間，是不是太短了點？」

司馬誠瞥了他一眼，不悅道：「朕看，不短了。」

於是，三月後的南北禁軍校閱比武就這麼定了下來。

南衙十六衛的人想著能在御前露一回臉子，最近的訓練也十分賣力，甚至自己給自己私下加量。趙岩也是如此，他對曾經的好友鄭易無所事事混日子的樣子鄙夷不已，倒是和新近進入十六衛的齊熠成了不打不相識的朋友。

這日，二人一邊鬥嘴一邊例行巡邏，忽然「砰」的一聲，隔壁坊中傳來一聲爆炸般的巨響，緊接著只見白日沖起濃濃黑煙。齊熠一看那坊的位置，臉色突變。「糟！」他們今日巡邏的地方主要是東邊的親仁、大寧等坊，靠近皇城內的中央衙署區，乃是達官貴人聚集之地，這爆炸無論傷到誰，都是很麻煩的事情。

齊熠趕到冒黑煙的地方，裡頭的僕人有的慌張往外跑，有的端著水跑來跑去，齊熠看見頭頂上四個明晃晃的大字——「英國公府」，不由得生出一種「果然如此」之感。

「你要不要一塊兒進去？」齊熠對趕到的趙岩無奈道：「八成是單大公子的璿璣樓又爆炸了，指不定還會有第二波、第三波，危險得很。」

趙岩當然要進去，他不去不是顯得很孬？

不過他沒想到會在璿璣樓前意外看見這兩個人。

「小白你有沒有事？」一個聽起來極為擔憂的女子聲音，嗓音沙啞，十分特別，趙岩循著聲音的來源看去，果然看到了今日休沐的長公主司馬妧。

璿璣樓中火焰沖天，而她此時正藉著璿璣樓前的湖水，沾濕自己的袖袍為身邊的人擦拭臉上黑煙。那人擺了擺手，只是連連咳嗽，似是被煙霧嗆得厲害，司馬妧趕緊為他拍背順氣。

她的舉動看起來真是體貼周到、無微不至。

心目中一向無情又冷血的長公主竟然對別的男人這樣……趙岩覺得自己一定是眼瞎了。

他顫巍巍地伸出手指頭，指著司馬妧身邊的那個男人。「那個圓得跟球似的傢伙，是顧樂飛那小子沒錯吧？」這個死胖子，長得又醜，文不行武不就，怎麼長公主居然對他那麼好呢？

第十六章

「怎麼回事？」齊熠剛一發問，便見單大公子手舞足蹈地朝自己跑來。「我成功啦！哈哈哈！」看來是真高興，一點都不結巴了。

「什麼成功了？」心情不好的趙岩在一旁涼涼道：「單大郎好厲害，做出什麼東西能把房子炸了啊？」

單奕清興奮道：「就是——」

「就是他煉什麼玩意兒的時候……咳咳……突然爐子炸了，好在人都沒事！」顧樂飛突然搶過話頭，雖然還咳著，卻起身朝趙岩的方向走來，笑咪咪地拍拍他的肩。「趙三，今天當值呢？看見這裡有誰了嗎？」

趙岩嫌棄地側過身子避開顧樂飛的肥豬蹄。他當然知道顧樂飛說的是誰，長公主在此，他自然應當先行禮。

可是不知怎麼搞的，他本來要給司馬妧行禮的，顧樂飛卻又貼了過來，趙岩再退，然後腳下絆倒一塊石頭，他身形一晃，雙手下意識胡亂抓住身邊某樣東西，「撲通」一下，兩人齊齊落水。

司馬妧站了起來，明亮的眸子朝顧樂飛的方向望去。

「無事，湖邊上的水極淺。」顧樂飛雙手撐起身體，笑呵呵道。比起他落水也高高興興的模樣，趙岩則是黑著一張臉爬起來，覺得自己倒楣透了。
他沒注意到，在自己起身的一瞬間，他心目中的死胖子伸出右手食指，悄然在唇間比了一個「噓」的手勢。
司馬妧看見了，單奕清看見了，齊熠也看見了。
齊三公子抿了抿唇，沒有吱聲。
很顯然，趙岩是這裡唯一的外人，單奕清此次弄出來的玩意兒，一定是不能隨便讓人知道的。
由於英國公府時不時出現這種事故，此次也沒有傷到人，故而不了了之，趙岩懷著鬱悶的心情換了身衣服離開。
齊熠卻在當值時間結束後，尋了條小路，悄悄溜回了英國公府。
齊熠熟門熟路地摸到了單奕清的致知院書房，三人恰好都在，書房的桌上放著一個用紙殼做成的小球，外頭還連著一根繩子。
「這是什麼？」八成這小球就是璿璣樓此次爆炸的元凶了。
單奕清依然處於興奮狀態。「我正在想呢，是叫它火毬好聽，還是叫火蒺藜霸氣？」
眼看齊熠要去碰那小球，顧樂飛冷不丁吼了。「裡頭是火藥，小心爆炸！」
火藥?!齊熠嚇得手一哆嗦，連忙收了回來，咋舌道：「乖乖，這玩意兒點燃就能炸毀一座璿璣樓？」
「不，那起碼需要九顆。」單奕清認真估計。

璿璣樓的爆炸，便是因為試驗中不慎點燃了十來顆火蒺藜的引線，幸而司馬妧眼疾手快地將兩人拎了出來，不然如今境況如何猶未可知。

顧樂飛也沒有想到，這一次還真讓單大公子搗鼓出了一件利器。他昨日晚上接到單奕清的帖子，邀他今日上門討論一件東西，恰逢司馬妧休沐，想著好友有不少有趣的機關玩意兒，想在她面前討個好，便誘惑著她一起來了，沒想到卻遇上了爆炸。

火蒺藜呈球狀，內含火藥、鐵蒺藜和六首鐵刃，點燃引線後以臂力拋出，火藥爆炸後可點燃周邊事物，用以火攻和驚擾敵軍都不錯。

「嘖嘖，這麼好的東西，確實不能讓趙岩那小子知道，不然不是便宜了惠榮侯？」齊熠想起顧樂飛支走趙岩的舉動，摸著下巴連連點頭。

「不，是便宜了上頭那位。」顧樂飛的手朝上一指，道了一句。「他如何防著我們殿下，我便如何防著他。」

齊熠嘿嘿直笑。「我們殿下？堪輿，這稱呼還是不夠親密啊，你平日在家都怎麼叫長公主的？」

就叫「殿下」。顧樂飛貿然被他點中痛處，很不舒服，不想告訴他事實，冷冷回了句。

「干你屁事。」

「它的結構精巧，可惜外殼是紙做的，紙殼一旦受潮，連帶內裡受損，很可能整個火蒺藜就報廢了。」司馬妧以實用角度考慮這件東西的推廣。「攻守城、突襲、打圍等等時候都可用此驚嚇敵人、打擊士氣，但火藥不能就地製作，所需補給太大。」

單奕清愣愣看著她，突然間，他猛地伸手，一把從她手裡奪過他的寶貝。「殿下，我、我沒想拿它用於戰場，就是、就是憑興趣做出來的一個、一個玩意兒而已。」他急得鼻尖直冒汗，一想到這東西將造成無數座璿璣樓的爆炸，整個人從興奮的狀態中冷靜下來後，開始止不住後怕。

單家大公子其實是個十分心軟的人。

看他死死將火蒺藜護在懷裡，寧死不肯給人的緊張模樣，司馬妧怔了怔，恍惚看見了幼時的樓寧。樓寧也是從小就心軟的一個人，連看殺雞都怕，更不肯跟著樓定遠學武，她還為此嘲笑過他，堂堂男子漢，膽子那樣小。

其實是她忘了，不是每個人都像她一樣經歷過殘酷的亂世，故而這一世從小便能習慣戰場、殺戮和滿手血腥。

那時候的樓寧還是個孩子，就像單奕清現在看她的眼神一樣，清澈、天真，卻又帶著懵懂與惶恐。

司馬妧不由朝他笑了笑。「不想讓它用於戰場，就別讓任何人知道，包括最親密的人也不可以。」

單奕清十分堅定地點了點頭。「你們在場的任何一個人，都絕對不可以說出去！」

他較真的樣子又讓司馬妧想到了樓寧，忍不住抬手想摸摸他的腦袋，承諾一句。「我保證。」

可是手剛剛伸到半空中，顧樂飛的兩隻大胖手猛地攥住她的，聲音變調，連面容都扭曲起來。「殿下幹什麼？男人的頭不能隨便摸！」

司馬妧眨了眨眼，有些茫然。「我覺得他挺可愛的，有點像樓寧小時候……」

「可愛什麼可愛，從頭到腳他就是根木頭，哪裡和可愛沾邊？」重點是哪裡有我可愛?!

發現公主殿下似乎沒有什麼男女大防意識，又想想她過去成日和一大幫男人混在一塊兒，沒有這種觀念也實屬正常。

但他還是覺得十分憋屈，尤其她明天還要操練南衙十六衛那幫小混蛋。

越想越不高興的顧樂飛攥住她的手往外走，邊走邊叫道：「回了回了！打道回府！東西也看了，這裡沒什麼好待的，二位再見！」

注視著很不搭調的這對夫妻，齊熠摸了摸下巴，又嘿嘿笑起來。「堪輿翻臉……真是百年難得一見喔？」

大概是表兄妹間也有心靈感應，回家的時候便在公主府前看見了樓府的馬車。

初冬的黃昏，公主府的庭院中有凋謝的樹朝天伸著光禿禿的枝幹，斜陽將它的影子投射在地，繫著披風的樓寧隨他們夫妻二人走過庭院時，腳步忽然在枯枝交錯的陰影中停下，緩緩道：「妧妧，我已遞了請求外放的摺子。」

這麼快？司馬妧愣了愣。「年前就走？」

「打算到時候同江南道進京述職的官員一道離京，路途有伴，也可提前熟悉情況。」

「喔。」司馬妧點了點頭，不再多說什麼。「到了地方好好幹，外祖那邊我會照應著，你盡可放心。」

樓寧苦笑一聲。「又要妳擔起責來，似乎我總是一意孤行的那個。」

司馬妧淡笑。「男兒當志在四方。京中擢升無望，自當外放歷練。只是若三、五年還不出成績，你便勿要回京見我們了。」

她是在有意調侃緩和氣氛，顧樂飛卻已經在想如何為這個大表舅子鋪路。「那日的兩人，誰同你一起外放？」

樓寧呆呆回答。「韓一安，他決意去劍南道。」

「喔？此人倒是有點意思。劍南道，殿下，妳的舊部周奇便在劍南道任游擊將軍吧？」韓一安棄了做京官的機會請求外調，黃密則繼續做他的翰林等待擢升，當日是誰透露消息，已經十分明顯。

「初來乍到必定艱難，若你覺得此友可交，賣一個殿下的關係給他，讓他與周奇結交一番，未嘗不可。

「喔，對了，江南道的現任監察御史朱則，為人正直，喜愛書畫。他曾聽過家父講學，算是他半個門生。你初去江南道必要拜訪他，帶兩本我父親最近注釋的手稿去，他想必會很喜歡。」

顧樂飛有條有理，聽得樓寧一愣一愣的。

先前他還躊躇滿志地要在江南道幹出一番大事，振興江南商業，讓江南富庶天下，現在聽顧樂飛一番細緻的指導，頭頭是道，樓寧沒想到他空掛一個關內侯的名頭，未曾踏足官場，居然對各地官員情況這般清楚。

顧樂飛之所言，都是他未曾考慮或未曾知曉的事情，他突然感覺自己好像不大認識這個死胖子了。

這時，在旁邊一直不說話的司馬妧忽然道：「小白，你嚇到他了。」

什麼？顧樂飛一抬頭，發現樓寧幾乎是目瞪口呆地望著自己，表情複雜，彷彿不認識自己了一樣。

「啊呀呀，好像差不多就這些了。」顧樂飛換上一副素日的笑臉，笑嘻嘻地上前拍拍樓寧的肩膀。「大表舅子，官場凶險，好好努力啊。」

樓寧晚上在公主府用了便飯後才走。

直到離開之前，他都用探究的眼神盯著顧樂飛，顧樂飛被他盯得很無奈。

給旁人出主意果然是件惹麻煩的事情，因為沒有哪個人相信顧胖子的腦子居然很好使。

只是，比起樓寧的刮目相看，司馬妧沒有反應倒是令他覺得不安，好像他本該如此。

但自己的對外形象不是這樣的啊！明明是「紈袴」加「胖子」加「好吃懶做」……諸如此類的。

臨到睡前，糾結的顧樂飛終於忍不住問出口。「殿下，聽了我今日對樓寧囑咐的話，呃，妳沒有什麼想對我說的？」

「小白很聰明啊，」司馬妧舒服地撲了上來，抱住，使勁捏捏捏。「你小時候就很聰明，我還記得呢。」

說完，她還異常滿足地長嘆一聲。冬日裡抱著軟乎乎的肉墊子最舒服了。

顧樂飛時常鬱卒地認為，她根本沒有把自己當成一個正常的男人。

「殿下不覺我隱藏了什麼嗎？」他追問道。

「我信你不會害我，至於你為何不願暴露才幹，必有你的理由。」司馬妧手下繼續蹂躪他，不過回答的話倒是很認真。「我信你，便不多問、不多疑，我一貫如此。」以前對她的部將是這樣，如今對顧樂飛也是這樣。

顧樂飛自己少有「信任」二字可言，他的好友只有兩個，防著的人卻多如牛毛，可是他十分喜歡也十分珍惜「信任」這種感覺，尤其是從她口裡說出來的「相信」。

所以，雖然又被她捏得痛痛的，但是此次他心甘情願。

翌日清晨，十六衛的校場，又到長公主訓人時間。

只是今天，司馬妧一進場，就發現齊唰唰的目光朝她掃過來，每個人的臉上都帶著欲言又止的古怪神情。

「出了何事？」司馬妧朗聲問。

所有人心有靈犀一般，齊唰唰地搖頭。「無事。」

司馬妧皺眉，又側頭問今日負責講武的符揚。「出了何事？」

符揚也是一頭霧水。「屬下不知。」只是聽其他人說，從昨天開始，十六衛的這些人老湊在一起交頭接耳討論什麼事情，時不時有人捶胸頓足，大叫一聲「怎麼會這樣」，可具體是什麼事情，他還真的不知道。

其實趙岩能回答這個問題，就是他把在英國公府所見的駙馬和公主「恩愛」一幕當八卦傳出去，由此引得今天校場上出現這種古怪氣氛。

英明神武的長公主居然給顧家那個死胖子拍背順氣，那麼體貼！怎麼可能！

在場很多人都抓心撓肝，滿腔憤懣無從抒解。

看到大家都和自己一樣的反應，趙岩終於開心了。

可是，這個消息還不是最令人鬱悶的。

巳時一刻，晨訓結束的時間，校場外突然響起一陣喧譁，好像是衛兵阻攔了某人進入。

「我給我家殿下送小食犒勞，你管得著嗎？」一個男人得意洋洋的口氣，聽上去不像好人。

可是臺上的長公主突然站了起來。「他怎麼來了？」

誰來了？只見符揚匆忙趕去和衛兵說了什麼，隨後一行提著食盒的人出現了，其中為首的、最顯眼的是一個圓滾滾的胖子。

只見他一溜小跑，十分麻利地爬上臺子，笑著和長公主說了幾句什麼，然後眾目睽睽之下，長公主主動抓住了他的肥蹄子。

靠！今日在場的十六衛子弟，每個人同時在心中罵出同一個字。

顧樂飛當然不只是來送點吃的如此簡單，他是來考察敵情，外加拉、仇、恨的。

司馬妧擔任十六衛總教頭也有一段時間了，十六衛子弟們對長公主的敬慕之情也培養出來了，他該來看看「敬慕」之情有沒有變質的了。

顧樂飛向來是一個很懂得未雨綢繆的人。

其實趙岩眾人所見，司馬妧抓住他手的那一幕，完全是他故意做給這些人看的。旁人要司馬妧做這件事很難，可顧樂飛只要說一句「殿下我親自提的食盒，頗有些重了，瞧瞧我的手都勒瘦了」，司馬妧的腦子會自動抓住「瘦」這個關鍵字，然後很迅速地抓過來捏捏，認真鑑定。

他永遠不會告訴任何人，長公主和他的「恩愛」，只是因為他冠絕鎬京、獨一無二的胖而已。

如顧樂飛所願，今天的這件事很快傳遍了十六衛，聽到的人多半是趙岩等人的反應，但也不乏如鄭易一般語出嘲諷的。

「這位公主殿下挺古怪，如今風靡京城的血暈妝不就出自她手？八成是腦子有什麼毛病，所以才看上顧家二郎那個死胖子。」鄭易懶洋洋地說著風涼話，感覺到周圍人的目光全聚在自己身上，不由得得意起來。

他在被自己老爹鄭青陽執行家法前，在十六衛中可是呼風喚雨的小霸王，結果一個月的養傷假結束，他一回十六衛，驚恐地發現居然變天了，以前唯他馬首是瞻的那些人都跑得差不多，連好夥伴趙岩也和他翻臉，讓他如何能不挫敗不鬱悶？

如今靠著諷刺司馬妧，又博得了眾人矚目，他自然要得意一番，而且要更加賣力地譏諷她。「你們說說，就顧二郎那個嚇人的重量，晚上的時候，是他在上頭，還是長公主在上頭呢？若是他壓著長公主，那……」他越說越下流，其他在場聽見的人不由得臉色難看起來。

上，十分狼狽。

「砰」，只聽一聲重響，鄭易的椅子被人一劍斬斷腿，他身子一歪，一屁股坐到了地上，十分狼狽。

「誰！誰他娘的敢玩小爺！他娘的不想活了！」鄭易氣急敗壞地跳起來，只聽背後冷冷的一個聲音傳來。「我。」

是趙岩。他面結寒霜，手上提著劍，殺氣騰騰，一眼不錯地盯著鄭易。

鄭易被他盯得犯怵。「趙岩，我不過開個玩笑，你那麼認真做什麼！」

禁軍之中皆是男人，說幾個葷段子逗樂實屬正常，但說笑範圍有所限制，下官絕對不可調侃上官。如果人人都像他這般不敬尊上，以司馬妧天然弱勢的女子身分，根本無法在軍中立威。

趙岩沒有想那麼多，他只是純粹憑著一腔怒氣削了鄭易的椅子腿，有意讓他難堪。可聞訊趕來的齊熠想得更遠一些。

「鄭小公子，這可不是什麼小事。今日你敢拿長公主和駙馬開玩笑，明日是不是就敢拿陛下和端貴妃逗樂子？」齊熠臉上帶笑，眼睛裡卻沒有笑容。「你自己要犯欺君之罪，別連累我們這些無辜聽眾。在場的各位，你們誰樂意聽鄭小公子說這些無聊玩意兒？」

不知是誰發出一聲哼笑，有人半嘲諷半輕蔑地丟下一句。「大夥散了吧，省得倒楣。」很快地，廳中原本聚集的人都跟著離開，即便本來是為了換班在此稍作停歇，他們寧願換個地方歇息，也不想和鄭易待在一塊兒。

眼見滿屋子除了他的幾個跟班之外，全空了，鄭易心中驀地湧出一種眾叛親離的巨大失落和挫敗。

「五少……」他的跟班中有人欲言又止，小心翼翼地問：「要不要找回場子？」

鄭易微微低頭，沈默片刻。

「不必，趙岩等豎子，我還不看在眼裡。」他抬起頭來，冷冷一笑。「根子，還是在那個女人身上。」

當鄭易在這邊咬牙切齒痛恨司馬妧的時候，他還不知道前腳溜走的齊熠，後腳就踏入了顧府大門。

顧樂飛今日回府，因為顧延澤的兩個學生要來拜訪。二人是進京述職的官員，皆從河南道來，恰好四處遊學的老師難得也在京中，也不在乎顧家身分敏感，抱著拜訪老師的心意來了。

幾人品茶論道，不談政事，只談風月，聊得十分愉快，卻苦了齊熠，他在偏廳等了許久都沒有等到顧樂飛，最後不耐煩了，乾脆抓來顧府的一個侍女。「讓你們小姐來一下。」

侍女警覺。「公子找我們小姐做什麼？」

「長公主託我轉交一樣東西。」齊熠說謊不打草稿，指了指自己十六衛的一身官服。「難道我會騙妳？」

還真是騙人。

時下男女大防不嚴，齊熠是顧樂飛的好友，而且又是在自己家中，顧晚詞聽了侍女的話，半信半疑地前來，便見等得不耐煩的齊熠幾步躍至她面前，急急道了一句。「耳朵湊過來。」

顧晚詞面色古怪，像看瘋子一樣看他。「小女子與齊三公子，似乎不是很熟呢。」

除了長公主之外的女人，果然都很麻煩。齊熠懶得多言，乾脆自己湊了過去，小聲快速道：「轉告小白，今日鄭易詆毀妳哥哥嫂嫂，和趙岩起了衝突，這小子心思詭譎，恐有後招，讓他替殿下日後多留心。」

他的熱氣吹拂在耳上，所說之言又很多訊息，顧晚詞不由愣了愣神，待她反應過來，發現齊熠已經跑了。

她吩咐侍女收了廳中殘茶，嘀咕了一句。「睿成侯家的人，都像他這麼沒規矩嗎？」

顧府的書房中，顧延澤在撫琴。

每當心緒難平的時候，他總會透過琴聲聊以自慰。

顧樂飛站在父親身後，默然待他一曲終了。

今日來訪的二人已經離去，名義上只談風月，暗下裡卻還是忍不住道了一些現下的官場情況。將於年後施行的新稅法令官府不敢再苛捐雜稅，可稅法減了百姓的稅，每道應當上繳朝廷的稅卻一點不少。

而且河南道有一個特殊情況，便是許多管轄地區處於黃河下游，泥沙淤積，每年夏秋都擔心下雨導致黃河決堤。這兩年無事，朝廷便不撥銀子給他們修堤壩，可一旦出事，誰能擔得起這個責任？

「父親若真的放不下，年後稅法施行，親自去各地看看何妨？」又是一曲終罷，顧樂飛淡淡開口。「不求對得起誰，父親只要對得住心便可。」

顧延澤撫絃的手頓住。

他起身回頭，深深望了一眼自己唯一的兒子，忽而道：「今日他們二人來訪，你許久不對此類小聚感興趣，為何復又拾起？」

顧樂飛微微一笑，從容道：「如今兒子並非孑然一身，總得多考慮一些。」

訝然從顧延澤的面上一閃而逝。他從來都明白自己這個兒子主意大得很，心中想什麼連他也不知道。對顧樂飛的這個回答，他又深深看了兒子一眼，嘆道：「長公主果是奇女子，竟能讓你改變不少。」

顧樂飛微笑不語。

「不知何時，能讓長公主為我顧家傳宗接代？」

沒想到自己父親的思維跳躍還挺快的，顧樂飛的笑容瞬間出現僵硬徵兆。

「你也老大不小了，我顧家三兄弟就我如今還沒抱上孫子。你母親著急，每日給公主府送去補品的事我都知道，但我也不強求，關鍵是要長公主樂意。」在延續子嗣這種事情上，顧延澤終於找到了父親對兒子耳提面命的感覺。他拍拍顧樂飛的肩膀，掃了兩眼兒子「魁梧」的身材，輕嘆一聲，語重心長道：「實在不行……就忍忍，少吃點吧？」

連親生父親都覺得自己兒子這副身材，不可能獲得長公主的芳心，對外的「恩愛」形象，肯定有古怪。

雖然他知道兒子很有才華，但如今的女子亦重顏色，他當年家貧，是靠著一副好樣貌才娶到出自名門的崔氏。長公主縱橫沙場數年，見過的男人車載斗量，什麼種類都有，比閨閣女子難糊弄多了，兒子這麼胖墩墩的，怎麼能競爭呢……

顧延澤一時陷入做父親的為兒子婚姻操心的憂慮之中。

顧樂飛躲開父親放在自己肩上的手，僵笑道：「我與殿下挺好的，呵呵，兒子告辭。」眼見一貫不動如山的兒子難得變了臉色，幾乎是有些急迫地想要離開，顧延澤彎了彎唇角，沒說什麼阻攔的話，放他走了。

顧樂飛鬱悶地匆匆往府外去，半途卻被顧晚詞給攔住。

「哥哥，剛才齊三公子來過，見你許久不出來，他便讓我轉告你幾句話，自己先行離開。」顧晚詞一面說著，一面看顧樂飛臉上神情，總覺得他有點怪怪的，不知道父親和他說了什麼？

「何事？」

「是關於嫂嫂的。」顧晚詞說著踮起腳尖，小聲在顧樂飛耳邊轉述了齊熠的話。眼見哥哥瞇了瞇眼，神色不明，顧晚詞擔憂地問：「我也聽聞過鄭小公子的霸道名聲，如今他爹頗得帝寵，鋒頭正健，嫂嫂會不會有麻煩？」

「不足為懼。」顧樂飛回了四個字，便不再就此事說什麼。反倒回頭上下打量幾眼顧晚詞，眼神詭異，看得顧晚詞心裡發毛。「哥，你怎麼了？」

顧樂飛收回目光，淡淡道：「妳也老大不小了，莫要成天想著那不切實際的高大郎，早些選個良人出嫁，省得變成沒人要的老姑娘。」

顧晚詞臉色一白，氣道：「顧小白！你說什麼！誰是老姑娘！」

一生起氣來，她就喜歡直呼哥哥那丟臉的小名。

顧樂飛回她一個溫和無辜的笑容。「妳。」說完，抬腳走了。

連續幾日都來送點心的胖駙馬，給每日輪換在校場訓練的十六衛子弟留下深刻印象。有人開始琢磨，是不是應該趁這個死胖子在場的時候挑釁一下，好讓他在長公主面前丟個臉？可是天不遂人意，正當這群人摩拳擦掌想法子的時候，隔日的校場上，卻沒了胖駙馬的身影。

不僅隔日沒有，第二天、第三天……都沒有了。

「小白，你今天怎麼沒有來校場？」歸府後的長公主主動問道。

「最近臨近年末，府中事多，況且我也不好總是打攪妳練兵。」顧樂飛笑咪咪地一邊說著，一邊將火盆裡的烤紅薯扒拉出來，一時香味四溢，這種難以形容的香味比肉香味還要誘人。

他親自戴手套剝下皮，把香噴噴的紅心紅薯放在碟子上，又遞給她一支小銀勺。「嚐嚐，當心燙。」

司馬妧也被這種香氣誘惑，吃了一口，兩眼都亮了。「好甜呢！」

「喜歡就好。」顧樂飛笑呵呵道，望著她大快朵頤的模樣，他心覺十分滿足，並不想告訴她，自己之所以不去校場，是聽了那場衝突的過程後下的決定。

無論她怎麼覺得他胖胖的很好，旁人並不這樣看，她如今正是在南衙十六衛立威的關鍵時刻，他不願壞了她幾個月的努力。

而鄭易那邊，他已經把顧玩派了出去，再加上一些三教九流的朋友做眼線，時時盯著他的舉動。

至於他自己……

冬日的斜陽照進屋內，身邊的女子一臉愉悅地品嚐一個小小的紅薯，表情是純然的快樂。陽光打在她臉上，細細的茸毛泛著金光，無限美好。

顧樂飛低頭望向地上拉長的兩個影子，在斜陽的照射下，他的影子被拉長，看起來瘦了很多，只是依然比她的身體體積大了太多。

他有些酸澀地想，自己如今這副胖墩墩的模樣，是他在她跟前做任何事都暢通無阻的唯一憑仗。

如果真的沒了滿身肉，在她眼裡，他也就和其他人，沒有兩樣了。

又是一日，顧樂飛照例未去十六衛的校場，而是捏起顧玩送來的一個小紙包，疑惑道：「這是何物？」

「公子，鄭易近來除了請武師教他陣法外，確實沒有其他異動。」顧玩苦著一張臉。

「您讓我再探鄭家人的其他異常，我思來想去，也只有請王太醫這件事很奇怪了。」

「王太醫？」

「鄭易乃鄭青陽原配留下的小兒子，和繼室李氏的關係極差。可是昨日李氏動了胎氣，請來宮中太醫，鄭易居然主動噓寒問暖，在李氏屋中待了半個時辰有餘。」顧玩說完之後，面色更苦。「公子，這回小的真是以身犯險了，你知道要易容成一個蓬頭垢面的老婆子多難嗎？內宅陰私頗多，皆是捕風捉影，我好不容易才打聽出這條異常來。」

顧樂飛失笑。「日後恐怕還有做這種事的時候，如今多熟悉熟悉，也是為你好。」

「啊？以後還有？」顧玩的臉更苦，這種活真不是人幹的。

「吃喝玩樂」是顧延澤陪同前太子代帝巡視河東道蝗災的那年撿回來的棄兒，撿回來後才發現四人身上均帶著一本書冊，裡頭的文字十分古怪，偏偏這四個孩子都能認出。冊上畫著一個圓形徽記，顧延澤依稀記得這徽記彷彿和前朝的將門夏家有些干係，但更多的資訊卻是找不到了。

這冊子的內容彷彿是武林秘笈一般的存在，因為無人指導，吃喝玩樂練得磕磕絆絆，頗為辛苦，而且練成之後，顧樂飛就帶著他們吃喝玩樂，根本沒機會試一試這些技能好不好用。

「這個小紙包裡頭是什麼？」言歸正傳，顧樂飛捏著它繼續追問。

「貓食。」顧玩道，瞧見公子的眼睛不善地眯了起來，他立即補充道：「王太醫走後，我看見鄭易往鄭府養的一隻貓的食盆裡撒了什麼東西。我覺得有古怪，便趁人不注意取了一點，包在紙包裡送回來。」

顧樂飛瞥他一眼，忽然嗤地笑了一下。「喔？既然你發現貓食古怪，為何不在那裡等著，看看那隻貓吃了食物會有何反應？」

顧玩一呆。「啊？小的害怕被發現，急著出來，就、就……」

算了，不能指望一個初次出任務的人做得多完美，顧玩已經不錯了。

注視著手中的小紙包，顧樂飛沒有打開它，只揮了揮手，對顧玩道：「請許老頭來一趟。」

若他猜得不錯，貓食裡恐有某種藥物，鄭易要在貓身上一試，然後才敢用在人身上。只是不知道這是什麼藥物？又要下在誰身上？

顧樂飛思考了一會兒，抬頭發現顧玩居然還在旁邊，他眉梢一挑，顧玩立即道：「公子，那脾氣古怪的許老頭不肯來怎麼辦？」

「回趟顧府。」顧樂飛輕描淡寫。「在我院子下挖罈青梅酒給他送過去。」

就知道公子有辦法！顧玩高興地喊了一聲得令，立時出門去了。

顧樂飛盯著桌上的紙包，正思慮這裡頭究竟放著何種藥物，卻不知道此時的校場上，被激怒的鄭易不管不顧，決定提前發動他的陰謀。

第十七章

激怒鄭易的對象是司馬妧本人。

她的消息並不算十分靈通，前些日子鄭易詆毀她的事情，直到事情已經平息下來，她才從自己的衛兵口中聽說。

此事不大，卻正好觸犯了司馬妧的底線。

她可以允許士兵公開挑戰她，卻絕不允許手下的兵在背後詆毀上司，更何況是如此的污言穢語。鄭易不敬長官，沒有「將為大」的觀念，沒有服從意識，上了戰場必定是不聽指揮的老鼠屎，司馬妧最討厭的就是這種人。

「鄭易，站出來。」

一日的訓練本該到此結束，但是司馬妧今天並未命令解散，反而叫出一個人的名字。

她沙啞的嗓音在校場上響起時，鄭易愣了一秒，隨即在眾人的目光下昂首挺胸站出隊伍。「鄭易在此！」

他喜歡這種全場矚目的時刻，即便他不知道司馬妧叫住自己的原因，但只要能有機會挑釁這個娘們，他絕不會放過。

鄭易不爽她很久了，可他沒想到，當司馬妧負手立於校場的臺上，冷淡的視線在他身上停留時，他沒來由感到一絲不安。

她的目光裡沒有憤怒和厭惡，只是冷淡，好似根本不在意底下的這個人，彷彿已經放棄了他。

「鄭校尉，你曾詆毀本將與駙馬，可有此事？」

果然是為此。鄭易不屑說假話，大咧咧道：「確有此事，可是並非詆毀，只是認為顧二郎配不上殿下！不說別的，就說房中事，駙馬爺胖成那樣，吃不吃力啊？」

此言一出，在台下站成一列的二十來個西北邊兵，臉色唰地就變了。

沒想到此人這般沒臉沒皮，竟敢公然當著殿下的面說這種污言穢語。只聽「唰」的一聲，鄭易直覺一片寒光忽然閃了一下自己的眼，再睜開，便見符揚等人齊唰唰將腰間佩刀拔出半身來。

校場上響起一陣騷動。

有些人憤怒不已，有些人面無表情，有些人竊竊私語。面對有些失控的場面，司馬妧卻表現得十分平靜。「收刀。」

「那日和鄭校尉一道以本將為談笑者，也站出來。」

校場中有人面面相覷，卻沒有人動作。

鄭易拍拍胸脯，嚷道：「一人做事一人當，想懲罰就朝我一人來，雖然我也不知道我說的有什麼錯，大家說是不是啊？」他說完就哈哈大笑起來，尷尬的是在場的除了他以外，沒有一個人笑。

鄭易的大笑也因此變成乾笑。

「沒有其他人？」司馬妧環視一周，她的嗓音裡彷彿帶著冷笑。

「稟長公主，屬下只是在旁邊聽著，一句中傷殿下的話也未曾說過。」隊伍中有人突然舉起手來。「我可以對天發誓！」

「我也發誓！」

有好幾個人同時舉起手來急急辯解。

鄭易的臉色頓時變了。「你、你們……」他有義氣一力承擔責任，這些平日圍在他身邊拍馬屁的傢伙竟然連承認都不敢？

「本就如此，當時在場那麼多人，誰中傷殿下、誰沒說話，一清二楚……」有人面對鄭易鐵青的臉色小聲辯解道。

「說謊者，罰一百軍棍。」司馬妧淡淡道。

依然沒有人站出來。看來是真的了。

「如此。」司馬妧點了點頭，轉而對鄭易道：「鄭校尉，你可以走了。」

「什麼？」鄭易愣了一下，沒想到是這個結果，他失聲道：「就這麼簡單？妳讓我走？」

司馬妧頷首。「自然。以後本將的訓練，鄭校尉無須再來。」

她說什麼？鄭易怔住。

司馬妧淡淡道：「本將不帶無法之兵，你不必再來。」

她說他是「無法」，十六衛的子弟都是讀過書也習軍法的，明白雖然長公主只說了短短兩個字，卻是給鄭易蓋棺定論，道他不尊上級、不敬長官、不服從命令，帶不上戰場，當不得猛將。

「鄭易被長公主放棄了。」有人輕輕在下面說，很細微的聲音，卻還是鑽入了鄭易的耳朵裡。

他緊緊攥住拳頭，感受到一種莫大的屈辱。

「妳憑什麼驅逐我！」他吼道。

她若懲罰他，那正中他的下懷，正好秀一把自己的威武不屈。可是她竟然直接拒絕訓導，這是赤裸裸的羞辱！

「我無權罷去鄭校尉的職位，你仍是十六衛的人，想來這校場自然可以來，無人會攔，但我不會再教你。」

「妳站住！」鄭易猛地一聲大吼。「我要向妳挑戰！輸者滾出這裡，永遠不可再來！」

「不是任何人向我挑戰，我都會接受。」司馬妧目光淡淡地看了鄭易一眼，隨即越過他往外走去。

這是對他更大的侮辱，鄭易猛地轉身，朝她大吼。「難道殿下怕了嗎?!」

司馬妧連走路的節奏都沒有改變，更別說回答他，她完全無視了這個人的存在。

「呵……」

陸陸續續離開校場的十六衛們走過他的周圍，發出意味不明的笑聲。

如果讓司馬妧走出校場，恐怕這件事將是他此生的污點，他會永遠在鎬京的權貴子弟圈裡抬不起頭來！鄭易摸了一下腰間所攜的一個小小硬物，確認它在，然後氣沈丹田，怒吼一聲。「不許走！」

司馬妧感覺背後一道勁風襲來，身體比頭腦的反應更快，她往左一偏，鄭易一招撲空，很快又纏了上去。「今日鄭某便以八卦陣，向長公主討教一番！」

八卦陣？他不是只有一個人？

司馬妧微愣，便見鄭易鐵青著臉色斥道：「你們還愣著幹什麼，出來！」隨著他的話音落下，七個人面有難色地從人群中走出來，抱拳道：「殿下得罪。」然後紛紛擺開陣勢，將司馬妧一人圍在中央。

「喔，看來早有準備？」司馬妧掃了一眼他們各人所站的位置。「這是不許我走的架勢？」

鄭易冷笑一聲。「不錯！」他高聲道：「誰也不許插手，否則就是與我鄭家為敵！」說著，他揮起拳頭朝司馬妧衝了過去。

「這是公然欺負殿下！」齊熠怒了，他欲要上前幫忙，卻被符揚按住肩膀。「既然這群人不識好歹，便讓殿下親自給他們點顏色瞧瞧。」

回頭見符揚一臉鎮定，不光是他，司馬妧的衛兵都十分鎮定，齊熠愣住。「但是她如今處於下風啊！」

符揚冷笑。「誰說的？」只是試探一下此陣到底是個什麼玩意兒而已。

符揚面上冷笑還未收起，只聽陣中出現一聲脆響，有人慘叫一聲，被司馬妧一腳踢了出去，倒地呻吟。

陣破了。

「還來？」司馬妧冷冷道：「我已是手下留情。」

「變陣！」鄭易咬牙。「七煞陣！」

「啊？」其餘六人愣了一下，這個陣他們還沒練好呢！而且陣眼是鄭易，他就不怕自己也被長公主踢出去？

「愣著做什麼！」鄭易大吼。

看到這裡，還有誰不明白鄭易這是外強中乾，完全不是長公主的對手。有人在一旁涼涼道：「八卦陣、七煞陣，名字倒是取得很霸氣，只是這陣著實不咋地，想必是武俠話本看多了，把自己當成江湖高手了吧？」

眾人立即哈哈大笑起來。

這一次的破陣速度更快，像對待上一個人一樣，司馬妧捏住鄭易的拳頭，手腕用力，一個巧勁，喀嚓一聲手臂脫臼。

「還要再打？」望著鄭易慘白的臉色，她冷冷道。

就在此時，鄭易的唇邊忽然劃過一個詭異的微笑，司馬妧一驚，感覺有古怪，欲要鬆開他往後退去，可是鄭易另一隻手忽然朝她揮過來。他的速度很快，司馬妧只看見什麼亮亮的東西在他袖中一閃，直覺那是兵器，立時飛起一腳。

她的目的本是打落鄭易手中兵器，可是鄭易卻忽然收了動作，直直用胸口去接司馬妧的飛腳。

「不好，那小子故意的！」符揚臉色突變。

這電光石火間的突變，許多人還沒來得及看清楚，便見鄭易被長公主一腳踹飛，倒在地上，吐出一口鮮血來。

這是臟器損傷，可比剛才那個小子的重多了。

若非看他手中可能是兵器，司馬妧這一腳根本不會踢得這麼重。

「他故意讓殿下踢他！」符揚看得清清楚楚，可是並非所有人都看明白了，有的人還在愣神。「他幹麼自討苦吃？」沒有道理啊。

眼見鄭易根本爬不起來，司馬妧的眉頭在這個時候方才皺了起來。「符揚，請大夫去。」

十六衛們大多數沒見過這種場面，從小到大哪有人敢把他們踢出內傷？破個皮都有人心疼半天。看著鄭易倒在地上起不來，還吐了血，不由得都慌張起來，有人問：「殿下，他傷得重不重啊？」

幾個跟班紛紛驚慌失措地跑了過去。「鄭小公子，你沒事吧？」幾個人將鄭易圍住，齊熠走過去，也想看看他是不是傷得很重，卻見鄭易迅速灌了什麼東西吃下去，但是那個瞬間很短，又被人擋住，他懷疑自己眼花，或許不是在吃什麼東西，只是一個抹掉唇邊血的動作而已。

校場這邊亂起來的時候，顧樂飛還在公主府裡請許麻子看貓食。

許老頭來歷不詳，臉上坑坑窪窪，所以被人叫做「痲子」。他孤家寡人一個，平日就在嘉會坊前擺個小攤賣狗皮膏藥，少有人知道他的醫術精湛，不比太醫院的院判差。

許痲子仔細嗅了嗅貓食的味道，皺著眉頭從隨身攜帶的小竹盒裡抓出一隻活老鼠來。那貓食是鄭府人用剩的食物混合做的，老鼠也能吃，只見這小東西嗅了嗅，然後把紙包上的一點點食物都吃了個乾乾淨淨。但很快，牠吱吱叫了兩聲，倒了。

「有毒！」顧玩叫了出來。

許老頭卻將老鼠重新放回籃子裡去，道：「熱的，沒死。先在您府上放著，什麼時候活過來了，麻煩顧少給我送回去。小東西與我作伴好些日子了，我捨不得呢。」

「先生看出這是何物了？」顧樂飛倒也不在乎他和老鼠作伴的習氣，反而對他十分尊敬。

「這是一種讓人手足發冷、口唇發紺、心跳加快、意識模糊的藥，短時間內的症狀會讓人產生錯覺，以為這人快要不行了，其實藥勁緩過去，一點事也沒有。」許老頭抽了一口旱煙。「我年輕的時候倒是接觸過這種藥，一般只是拿來戲弄人。不過，聽說深宅大院裡的女人有拿它陷害人的。」

「此藥可有解？」

許老頭搖了搖頭。

「要什麼解藥？每天好吃好喝伺候著，過段時間自己就好了。這藥看劑量不同，持續時間長短也不同，但不可長期服用，不然對身體有損傷。」

「原來如此。」顧樂飛點了點頭，表情沒什麼變化，只對許老頭拱了拱手。「多謝許先生，顧玩，替我送一送許先生。」

許老頭離去後，顧樂飛看了一眼桌上放著老鼠的小竹籃和空紙包，眉頭微微擰起來。

他心中隱約有了猜測，只是這招數不像鄭易能想出來的，除非……鄭青陽也插手了此事。可是那隻老狐狸比高延謹小慎微得多，不會為了給兒子出口氣就得罪長公主，除非有好處。

能有什麼好處呢？顧樂飛的食指在桌面上敲了兩下，忽而道：「顧玩，去南衙的校場看看，問公主何時回來。」

「是。」

候在門外的顧玩得令離開，不多時就折返回來，只是回來的時候臉色不好看。「公子，校場那邊出事了！」

顧樂飛眼皮一跳。「何事？」

「聽說是鄭家五公子鄭易帶人挑釁長公主，結果被殿下踢傷臟腑，吐血之後昏迷不醒，人已經被送回鄭府。鄭右丞的繼室李氏拉著殿下不放，非要她給一個說法，還要叫人把鄭右丞喊回來，向聖上討公道。」

顧玩憂慮地問：「公子，怎麼辦？」

顧樂飛冷著臉回答。「備車，去鄭府。」

這招數著實陰損不入流，只是敢用在自己兒子身上，還結結實實真的挨了司馬妧一腳，不得不說鄭氏父子還是有些魄力的。若他猜得沒錯，鄭青陽很快就會進宮面聖，要求司馬誠主持公道。他要在那之前見到司馬妧，讓她頂住壓力，一直到鄭易醒來。

這件事現在比的就是誰快。

第十八章

顧樂飛趕到鄭府的時候，李氏正抓著司馬妧哭訴，好幾個太醫院的醫官都在鄭易床前診斷，紛紛搖頭，表示無能為力。

「我的兒啊！你的命好苦啊！」李氏出身隴西世家，大概也沒有像潑婦一樣鬧過，故而臺詞翻來覆去就那麼幾句，無奈在場的都是大男人，不好拉住她，司馬妧也對這種女人沒有辦法，只能沈聲安撫。「本公主會給鄭府一個交代。」

其實她此時心裡正在犯嘀咕，她下腳還是注意分寸的，雖然有內傷，可是絕不至於嚴重到要死掉。

「我的兒啊！」李氏不聽，還在哭，血暈妝被她哭花了一臉，顯得有些可怕。

顧樂飛看了眼院子裡的情況，馬上道：「符揚，把她拉開。長公主千金之軀，豈容一個婦人在她面前哭鬧！」

符揚等二十來個衛兵都是打打殺殺過來的，沒見過陷害是什麼樣子，跟著司馬妧來之後，殿下不發話，他們也不知道怎麼辦，如今顧樂飛一到，他們總算知道該做什麼了。

李氏被兩個衛兵強行拉開，顧樂飛乘機上前兩步，在司馬妧耳邊快速道：「是陷害，鄭易無事。」

他話音剛落，門外突然響起宦官尖利的聲音。「陛下有旨，宣定國長公主進宮面聖。」

來了，好快！

顧樂飛心中一驚，知曉司馬妧還不明白來龍去脈，可是沒有時間了，他只能快速道：「殿下信我，我在此看著，絕不會有事。無論陛下說什麼，殿下都要堅持自己無罪，是鄭易主動挑釁犯上之錯！」

司馬妧勾起唇角。「好，我信你。」

「朕把南衙十六衛交到妳手上，妳就是這樣回報朕的信任的？」天子的暴怒響徹殿中，伴隨著茶盞扔在司馬妧跪著的地磚前，噼啪碎裂開來，滾燙的茶水四濺，有幾滴落在她的手臂和臉頰上。

司馬妧靜靜地跪在地上，身形筆直，不卑不亢。「臣妹不知錯在何處。」

跪在一旁的鄭青陽埋首伏地，痛哭流涕。「還請陛下為老臣作主啊！臣最心疼的就是這個小兒子，他娘去世得早，是我親自一把屎一把尿把他拉扯大，現在躺在床上人事不省……」他哽咽得說不下去。

「臣妹不知錯在何處。」司馬妧還是這麼一句。

司馬誠的臉色沈了下來。

「妳這是暗示朕冤枉妳？」

殿中氣氛立時壓抑起來，天大地大，皇帝最大，皇帝是不會犯錯的。

可司馬妧偏偏梗著脖子道了一個字。「是。」

話音剛落，又一盞茶杯摔碎在她面前，熱茶和碎瓷片濺開，司馬妧的眼睛眨都沒眨。

「請陛下明察。」

鄭青陽乘機在旁邊哭訴。「臣以為，長公主德行有失，不該再訓導南衙十六衛，理應閉門思過！」

這是提議要把司馬妧禁足了。

司馬誠又多看了自己這個右丞相幾眼。話說到這裡，從陰謀中歷練出來的他自然也看出幾分古怪來。

最近司馬妧在禁軍中人氣見漲，他正愁如何找藉口削了她的權力，雖然不知道鄭易重傷是怎麼回事，但鄭青陽簡直是將發難的理由遞到他跟前，這做法簡直太合他心意了。

近來高延因為稅法改制的事情屢次上書，與他意見每每不合，如今看來，鄭青陽做事合他心意，很不錯。

在心中簡短思慮一番，司馬誠斟酌著開口道：「傳朕旨意，定國長公主因——」

「陛下！」司馬妧竟生生打斷他的下令，抬起頭來，目光灼灼。「把莫須有的罪名降於臣，臣不服！

「若鄭易果真喪命，臣願意擔責，在這之前，任何罪責臣都不認！」

這是要和司馬誠撕破臉的意思。

偏偏這時候還有人過來幫腔。「陛下，臣也認為倉促判罪，太過草率，不若等一切明瞭再說。」司馬妧目光一轉，見說話的竟然是今天恰好在大殿當值的韋愷。

這種事情本來就要圖一個「快」字，如今司馬妧一口咬定這事和她無關，不肯擔責，司馬誠考慮到她在南衙十六衛的影響，還真不敢下旨冤枉她。

「那便……等等看吧。」司馬誠陰著一張臉掃了眼鄭青陽，鄭青陽不由得背脊一寒。他這兒子無論如何，也不能為這點小事就真的死掉吧？

「司馬妧衝撞聖威，在鄭易甦醒之前，妳便在這殿中跪著吧，哪兒也不要去了。」司馬誠冷冷丟下這一句，越過她徑直往殿外去了。

「臣妹遵旨。」平靜的聲音在司馬誠的背後響起。他腳下一步也未停留，只有韋愷忍不住多看了那個跪得筆直的背影兩眼。

此時的鄭府遠比殿中的情形更亂，一群十六衛的傢伙，拍著胸脯說自己是鄭五公子的好友，橫刀立馬守在鄭易的院子裡，說這樣能把黑白無常嚇走，保證鄭易平安活下來。

這群人，不是某某國公的孫子就是某某侯爺的兒子，隨便拉一個出來都是出身顯赫的公卿子弟，趕也不能趕，拉也不敢拉，只好任他們在這裡待著。

聽聞宮中情況有變，李氏只能硬著頭皮，按照老爺的吩咐再去找王太醫要點那種藥，力保鄭易的昏迷天數能多一些。棘手的事情在後面，她拿到藥後卻送不進去，因為無論吃喝都要經過兩個太醫的兩道檢測，還有一群大少爺的虎視眈眈。

顧樂飛搬了一張椅子坐在院子中央，一頭盯著門前動靜，一頭望著屋內動向。注意到離開的李氏面色有異，似乎十分焦躁，他不由得瞇了瞇眼，手指微勾。

顧玩湊了過來。

「盯著李氏，莫讓她發現。」

「遵命。」顧玩苦著一張臉出門，估計是找地方喬裝好方便盯梢去了。

「你是不是想做什麼？」一個冷冷的聲音在背後響起。說話的人是趙岩，院子裡現在待著不肯走的這幫公子哥兒，就是他得了顧樂飛的口信後領來的。趙岩不知道顧樂飛想幹麼，也對這個胖子毫無好感，但為了長公主，他不得不聽顧樂飛一回。本來齊熠也想留下來幫忙，結果顧樂飛嫌棄他不夠分量，三言兩語把他打發了。

「鄭易也是我的朋友，如果他此次真的出事，我絕不會再站在殿下那邊。」對著顧樂飛，趙岩說話永遠冷冷的。

顧樂飛笑了笑。「最寶貝的兒子命都快沒了，老子卻在宮裡告御狀，好像一點也不擔心兒子隨時會掛掉，你不覺得奇怪？」

趙岩一怔。

顧樂飛又道：「還有那位鄭夫人，雖然憂心忡忡，可好像並不是為鄭五公子的命擔心喔？」

這個圓滾滾的死胖子端坐在椅子上，一臉和氣，可說出來的話句句見血。趙岩打量著顧家這個有名的紈袴，雙眼微瞇。「你……」

死胖子心思很細，主意也很大，不過只是這樣，還配不上殿下！趙岩冷哼一聲，握了握手中佩劍，頭一扭，朝屋子裡去了。

趙岩一走，顧樂飛臉上的笑容漸漸淡了下來。他坐在這裡已經超過四個時辰，可是司馬妧依然沒有回來，天色早已黯下來，不知道宮裡的情況如何？

「公子放心，顧喝已經去宮門前守著，有消息會及時稟報的。」顧吃在他耳邊低低道。

顧樂飛輕嘆一聲。「知道了。」

他本以為一切盡在自己的掌控之中，可當事情爆發的時候，他竟被打了一個措手不及，落得如此被動的境地，還是太自以為是了。

顧樂飛坐在那兒，望著天井外暮色沈沈，深感自己的力量渺小，一面期待司馬妧那邊有消息傳來，一面等待姓鄭的混蛋早點醒來。

卻不想，這一等就是三天。

由於事出倉促，鄭易把整整一瓶藥全灌了下去，結果足足昏迷三日。醒來第一眼見到的不是自己父親，也不是李氏，更不是自己的小妾們，而是顧樂飛那張放大的胖臉，笑咪咪瞅著自己。當時他就知道，壞了。

「你總算醒了，恰好來認一認，你這繼母何等歹毒。」鄭易還未反應過來是誰在和自己說話，便見站在一旁的趙岩以劍鞘將李氏往前一頂，從她手裡奪過一個小瓶子。

李氏臉色蒼白的癱軟在地。

隨著鄭易醒來，這場陷害迎刃而解。

那一腳所受的內傷和即將斃命相比實在微不足道，他一醒，司馬妧便無論如何也不該獲罪。

而且據趙岩證實，他發現李氏形跡鬼祟，並在她手中發現了可以使人暫時昏迷、造成彌留假象的藥物。

於是，這樁原本針對司馬妧的陰謀，不得不生硬地改換說辭，變成母子不和的內宅鬥爭，長公主只是被殃及的池魚。這場失敗的陰謀，李氏成了最終的替罪羊。至於她被冤枉一事，皇帝並未透露出任何要彌補她的意思。

顧樂飛熬了三日整整未曾合眼，眼裡全是血絲，眼神都有些陰鷙得可怕，簡直不像平日那個笑咪咪的胖子。

當他終於肯帶著那群權貴子弟離開鄭府的時候，鄭家人都鬆了口氣。

走出鄭府大門，顧樂飛抬頭望了一眼灰濛濛的天際，一片片輕薄的雪花打著旋兒從天而降，駙馬爺喃喃道了一句。「今年第一場雪……」

腳步聲由遠及近，路上有人急匆匆朝這邊快跑而來，是顧喝。他臉上的表情有幾分高興，又有幾分凝重。

「公子，長公主回府了。」

此話一出，顧樂飛身邊站著的衛兵和十六衛子弟們都舒了口氣，個個神情輕鬆起來。

顧樂飛回身朝眾人行禮道：「顧某代長公主，多謝各位仗義相助。」

大夥七嘴八舌哈哈道：「不必言謝，能為殿下洗刷冤屈，是我等應做之事。」眼見這件事已經圓滿解決，這群人紛紛哈欠連天，雖然回家之後少不了被父母一頓盤問甚至責罵，不過還是寧願硬著頭皮先回去睡一覺。

不少人紛紛告辭上了自家的馬車，可有些人卻站在原地沒有動作，譬如趙岩。

「趙三公子怎還不走？」顧樂飛攏著袖子，神情淡淡地問他。

「你家下人是否還有話沒說完？」趙岩冷冷道。「長公主果真平安？」

顧喝猶豫地看向自家公子。

顧樂飛淡淡道：「趙三公子也是關心我家殿下的安危。顧喝，還有什麼話，你都一併說了。」

「殿下……殿下是被抬著回來的。」

下雪前的天氣有多冷？

司馬妧在皇宮冷冰冰硬邦邦的地磚上整整跪了三天。

滴米未進，只有梅常侍看不下去，冒著觸犯聖怒的危險給她餵了幾次水。

寒氣入體，引發舊疾，最終司馬誠令她起身的時候，她根本站不起來。

看著一貫英姿颯爽的定國長公主竟然連站立也做不到，在場不少仰慕她的宮女都紛紛側了臉，不忍再看。

司馬誠也清楚這件事情上自己做得有些過，顯得刻薄寡恩，與他力求建立的形象不符，故而命人以御輦送司馬妧回府時派了幾個太醫隨行，以此表示安撫。

顧樂飛幾乎是一路狂奔回公主府。他拂去肩上的雪花，並不在乎浸濕衣裳的點點水漬，急急往內院而去。裡頭人來人往，有侍女正往裡端熱水，宮中的人還未離去，而得了消息的崔氏已急急帶著女兒來瞧情況。

一向平靜的公主府內院，此刻竟是忙作一團，人聲不絕。

而混亂的中心，司馬妧正安靜地躺在床上，腿上蓋著被子，認真聽崔氏嘮叨著些什麼，除了屋中散發出的淡淡藥味，幾乎看不出來她的身體出了事。

「殿下。」顧樂飛喘著粗氣從屋外衝進來，拉了拉過緊的衣領，急匆匆問道：「傷了哪兒？」

「小白回來啦？」司馬妧抬眼，習慣性捏了捏他胖乎乎的臉，卻發現手上滑滑的，原來是他臉上的汗，不由驚訝。「出了何事，如此著急？」

「妳是被抬回來的？」見她如此悠然，還能捏自己的臉，顧樂飛的心放下三分。「哪裡不舒服？」

「舊疾罷了。」司馬妧指了指自己的腿，輕輕道。

「啊！」站在門口的符揚發出驚訝又憤怒的叫喊。「不是說不會再發作了麼?!」

顧樂飛的面色頓時一凝。

他對跟隨同來的趙岩等人道：「你們先出去，這裡不方便。」

「讓我看看。」他一邊說一邊掀開被子。被中的藥味更濃，司馬妧的雙腿皆被塗上藥膏，除了膝蓋瘀青之外，看不到其他傷痕。

顧樂飛小心翼翼伸出手指頭，輕輕在她的小腿上按了一下，司馬妧禁不住「嘶」了一聲。

顧樂飛如同觸電一般收回手，頓時不敢再按。

看她身上那麼多傷口便知道，她該是一個很忍痛的人，如今連她都忍不住叫出來，想必是很痛。

顧樂飛收回來的手克制不住地抖起來，他也不知道是憤怒還是慌張，只是很有摔東西或者殺了某個人的衝動。

「傷在筋骨，原先養得不錯，只是受不得寒，這次便是在地上跪得太久了，故而引發舊疾。」這次送司馬妧回來的又是梅常侍，他見顧樂飛臉色陰沈的模樣，便安慰道：「好在太醫已經看過，上了藥，每日換藥，用藥水泡腳，殿下的身體又好，過段時日會恢復的。」

符揚捏了捏拳頭，憤憤不平道：「養回來有屁用，痛都痛過了。陳先生說過，殿下的舊疾發作起來痠麻脹痛，怕涼抽筋，給一點外部刺激就如敲骨吸髓一般疼痛鑽心，不是痛在你們身上，你們當然覺得——」

「符揚。」司馬妧打斷了他的抱怨，不願他透露太多自己的傷病。

趙岩聽了，眉頭緊緊皺起來。「殿下怎會有此舊疾？」

「那是八、九年前的事情了，為了伏擊北狄精銳，殿下帶著我們在凍得掉冰渣子的戈壁足足等了——」

「符揚，」司馬妧再次平靜地打斷他。「閉嘴，出去。」

「是，殿下。」符揚耷拉著腦袋不再說話。跟著他身後的二、三十個從鄭府回來的人也耷拉著腦袋。本來很高興把鄭府攪和了一番，可是看見躺在床上動不了的殿下，他們誰都高興不起來。

雖然符揚的話屢次被打斷，但是顧樂飛已聽得很明白。非常奇怪的是，他此刻心裡居然變得十分平靜，甚至可以禮貌地朝梅常侍拱拱手。「有勞梅常侍了。」然後客氣地將宮裡的人一一送走。

「公主需要休息，母親和妹妹也先回去吧。」

趙岩等人見狀，知道自己也不適合繼續打攪，便拱拱手道：「那麼我們也……」

「稍等，」顧樂飛卻道：「明日還要請你們幫忙做一件事。」

「我需要你們……」他說話的音量不大，不過趙岩和同伴們都能聽清楚，眾人臉上起先露出十分古怪的神色，隨後都快意地笑起來。「他不讓殿下好過，我們自然也不會讓他好過，這件事包在我等身上！」隨後便也告辭離去。

待眾人都走了，顧樂飛才冷下一張臉，吩咐道：「顧吃，去請許老頭。」

宮裡的太醫，他一個都信不過。

當他再次走進屋內的時候，司馬妧已經側躺在床上睡了過去。或許是藥中有安眠的成分，或許是足足三天不合眼令她疲憊異常，這一回，她是真的累了。

朦朦朧朧中，她感覺有一隻手輕輕撫過自己的臉頰、額頭和髮絲，那隻手上有厚厚的肉墊，是很熟悉的觸感。

「小白？」她迷糊地叫了一聲。

手頓了一下。「殿下醒了？天色還暗著，多睡一會兒吧。」顧樂飛的聲音本來就極低沈好聽，此時他刻意放緩壓低，更像催眠曲一般。

司馬妧的眼睛又合上。

顧樂飛以為她又睡了，可是她閉著眼睛，突然問了一句。「陛下是不是真的很恨我？

「我自認，並未做錯過什麼……」她未曾睜開眼，輕輕地呢喃道。

顧樂飛沈默不語，只是緩慢地撫摸著她的髮絲，如同安撫貓兒一樣安撫她入眠。

這個女子有孩童一般安靜單純的睡顏，亦有一顆赤子之心，他實在不該讓她獨自面對世間險惡。

自己無能。

司馬妧睡得並不安穩，眉頭輕皺，顧樂飛小心地為她撫平眉間褶皺，第一次清楚地意識到這一點，自己是無能的。

他太天真了，以為自己能夠看清背後的陰謀是何等聰敏，卻尷尬地發現，到頭來依然只能讓她獨自對抗那些險惡。

多麼希望跪在那裡三天的人是他。

凝視著司馬妧的臉，顧樂飛輕撫著她的髮絲，想要俯下身來親吻她光潔的額頭，但目光不知怎的一偏，突然看見自己放在她髮間的肥厚手掌，看上去是那樣笨拙可笑而醜陋。

那隻手因為自己的注視，居然禁不住微微顫抖起來。

彷彿它也知道，如果他膽敢親上去，簡直是對她的褻瀆。

怎麼配呢？一點也不相配啊……

可是，褻瀆也好、無能也罷，顧樂飛此生從未像現在這樣，急切地、堅定地想要保護一個人。

哪怕用命。

第十九章

晨光熹微，一夜的大雪染白了整座鎬京城，朦朧天光中的帝都寂靜得可怕。

公主府中的燈亮了一夜。

許老頭看完長公主的腿疾又仔細替她把脈，問了一些日常表徵，然後收起蓋在手上的絲帕，拱手道：「顧少，我們出去說吧，莫擾了殿下歇息。」

「很嚴重嗎？」司馬妧的嗓音嘶啞，是剛剛醒來的緣故。

許老頭彎腰拱手笑道：「殿下的舊疾之前養得不錯，此次復發不算太嚴重，只是老夫需要囑咐駙馬爺一些注意事項，以免日後再犯。」

「那便去書房說吧。」顧樂飛頷首，回頭又對司馬妧柔聲道：「我去去就回。」

司馬妧眨了眨眼，總覺得小白柔聲細語和自己說話的模樣，令人起雞皮疙瘩。

書房無人，顧樂飛進去之後便沈了面色。「實話實說，是否十分嚴重？」

「長公主的腿疾這麼多年以來一直注意著不受寒，殿下的身體又康健，舊疾復發之初確是疼痛難忍，不過按照太醫院的方子去做，再加上老夫特殊的按摩手法，很快便能行動自如。日後只要不是刻意磋磨那雙腿，大致無礙。」

顧樂飛神色不變。「如何按摩，教給我，不需你親自動手。」

許老頭促狹地看了顧樂飛一眼，沒說什麼，只道了一聲「好」。

「還有何事？」

許老頭的臉上浮現出欲言又止的神情，他猶豫片刻，上前兩步，小聲對顧樂飛道：「殿下的癸水不甚規律。」

啥？顧樂飛陰沈沈的表情瞬間消失無蹤，換之以茫然的神色，圓乎乎的臉蛋上寫滿了迷惑不解。許老頭剛剛說什麼？

「你說……癸水？」顧樂飛不甚確定地問。

「是啊。」許老頭點頭。「殿下月事稀少，恐對懷孕有影響，需要細加調理。」眼見顧樂飛一臉驚愕，彷彿第一次知道的樣子，許老頭奇怪地問：「顧少每日與殿下同床共枕，難道不知道嗎？」

這個……他還真的不知道，他又不碰她，怎麼可能清楚？

司馬妧也從未提過，估計自己也不是很在意，畢竟癸水會影響她的日常訓練。

想起崔氏時不時送來的那些催孕補品，顧樂飛的面色更加古怪，心道原以為母親這些補品是打了水漂，沒承想竟是誤打誤撞幫了長公主調理身子？

「這個……嚴重嗎？」顧樂飛的臉上難得露出尷尬。

許老頭自然發現了他的尷尬之色，心想可能這駙馬爺和長公主之間有什麼難以啟齒的私密之事，他一個糟老頭子當然不便過問，於是便如實回答。「倒也不是什麼大事，我開個方子，待殿下腿疾痊癒後再服用便可，只要悉心調理，於日後生育無礙。老夫之所以拉著顧少出來說，無非是怕殿下聽了，心裡多想。」

她估計不會多想。顧樂飛心情複雜地頷首道：「開方子吧，還有什麼需要注意的，一併寫下來。」

「駙馬這就急著走？」許老頭叫住他，目光銳利地在他熬得眼睛紅紅的臉上掃一圈。「幾日未眠了？不需老夫給你瞧瞧？」

「我皮糙肉厚扛得住，你悉心醫治長公主便可。」顧樂飛輕描淡寫。「不過你得記著，在這間書房裡談的所有話，都要保密。」

「老夫明白。」

今日的鎬京不會因為一場覆蓋全城的白雪而平靜。

南衙府前，清早便圍滿了人，黑壓壓的一片，全是來頭不小的公子哥兒們。這麼冷的天氣，幾十號人就站在南衙府前不走，要求右屯衛大將軍王騰把鄭易逐出南衙十六衛的隊伍。其中以惠榮侯家的三公子趙岩和睿成侯家的三公子齊熠叫得最大聲。「吾等恥於同此等敗類為伍！」

「恥於為伍！」眾人附和，均是一副有他沒我、有我沒他的樣子。

得了消息的王騰從暖和的被窩裡爬起來，急匆匆趕到，想要用緩兵之計先把這群大少爺勸回去。

「大將軍，鄭易前些日子以卑犯尊，帶著一群人對付長公主，這事你莫非不知道？」齊熠懶洋洋地笑著，語氣卻很堅決。「此等不守軍紀、目無上級之人，豈配留在天子禁軍之中？怕是若給他機會，連陛下的旨意也敢違反吧？」

這群人名義上是請求讓鄭易免職，實際上是打鄭家的臉，別說鄭易這次名聲掃地，就連他爹也會落得一個教子不嚴的奚落。

顧樂飛很懂得如何讓人難堪。

趙岩以為顧樂飛想要的只是給鄭家難堪，卻不知顧樂飛希望達成的是另一個目的——向整座帝都、向所有人，展現長公主的實力。

以權貴子弟為主的南衙十六衛雖然名義上是天子禁軍，卻已在心中偏向司馬妧，並紛紛以行動支持她。

日後無論誰想要動一動長公主，首先得掂量一下自己有幾斤幾兩。

至於鄭易，顧樂飛從來不覺得把他趕出十六衛算是懲罰。

約莫一個月之後，正值正月新春，鄭府舉行的某場宴飲中，喝醉的鄭五公子腳下一滑，一不留神摔入後院的一口水井中。這院子偏僻，不知道他是怎麼過去的，反正當時四下無人，到了散宴才發現鄭易不在，找了很久也找不到。

寒風凜冽，鄭五公子足足在這口井裡待了整整一夜，第二天才被掃地的僕人發現。

鄭易被救上來的時候，兩條腿被不深的井水凍到烏青發紫，太醫說若不好好保養，日後恐怕會影響行走。

想到一月前長公主腿疾復發的事情，鄭青陽不得不懷疑自己的兒子是被長公主蓄意報復。可鄭易卻說當時腦子暈暈乎乎，莫名其妙就自己掉下去了，沒有人推他。

既然連兒子都這麼說，鄭青陽只能自認倒楣。

當這個消息傳到顧樂飛耳朵裡時，他正在研究適合自家公主的藥膳。聞言，他非但不覺開心，反而十分惋惜地嘆了口氣。「竟然只是凍傷了腿，沒有癱掉嗎？」

此事已是後話了，在司馬妧舊疾復發的好長一段時間裡，顧樂飛的生活重心都是她。

「按摩的穴位一定要找準，力度可以根據情況變化，初期肯定是有點痛……」

因為公主府的人手更替，暫代公主府管家一職的顧晚詞指揮侍女將膳食擺上後，聽見裡面的許老頭正在認真講解按摩穴道的手法和先後順序，不由得好奇地朝裡張望了一下。

這一看，差點沒笑出聲來。可笑的不是許老頭，而是她親愛的哥哥。

許老頭挺不容易的，不僅手上戴著布套，還要隔著一層褲子給嫂嫂的腿部做穴位按摩，一邊找穴一邊講解。嫂嫂一聲不吭地坐在床前，也不說到底痛不痛，只是雙臂環著陪在她旁邊的顧樂飛。她不是抱著他的脖子，而是環住他身上肥肉堆積最多的肚子，每次許老頭的力道重了，或是她覺得痛了，便下意識使勁箍住旁邊人的身體，只見肉肉抖動幾下，她哥哥那圓滾滾的肚子立即被掐出一個環形來。

她一直不知道原來哥哥的肚子還有這等妙用。顧晚詞捂著嘴偷笑。

「交代妳的事情辦完了？」顧樂飛好像背後長了眼睛似的，突然回過頭來，冷冷道：「沒辦完就莫要在這裡發愣，辦完了便早日回去。」

自覺窺見嫂嫂和哥哥相處的日常後，顧晚詞突然覺得哥哥在她面前僅存的一點威嚴已徹底掃地，也不怕他，坦坦蕩蕩答道：「午膳已備好，庫房已清點過且寫了單子，帳本也過目了一遍，待哥哥有空去檢查一下便是。還有些需要置辦的年貨，我一會兒寫下來讓符揚他們去幫忙。」

司馬妧朝她看過來，琥珀色的眸子裡帶著些微的笑意，並不因疼痛和舊疾而感到沮喪煩悶。「煩勞晚詞。」

「不麻煩的，嫂嫂。」顧晚詞瞥一眼顧樂飛，掩袖輕笑。「嫂嫂儘管好好利用哥哥的肥肉吧。」說完便一溜煙地跑了。

「啊，」司馬妧後知後覺地發現自己正在幹什麼，立即關心地問：「小白，我捏得你痛嗎？」

怎麼可能不痛？不過，現在的情況是打死顧樂飛，他也決計不會把心裡話說出來。一個痛字都不肯叫，他寧願她捏得自己痛一點，也希望能夠轉移她的注意力，不要因為許老頭的穴位按摩而疼痛難忍。

所以他回給司馬妧一個純潔又真摯的笑容。「無事，完全不痛。殿下繼續。」

這邊，顧晚詞剛剛出了後院，打算往前院去瞧瞧還差些什麼東西，自己的丫鬟突然匆匆跑了過來。「小姐，那個人、那個人在公主府外！」

顧晚詞的心咯噔一跳。她當然清楚，丫鬟口裡所指的「那個人」，只可能是「那個人」——高家大公子，高崢。

公主府前停著一輛漆光閃亮的兩駕馬車，青年從車上下來，因天上還在往下飄著些許雪花，立在一旁的小廝為他撐起油紙傘。

「請轉告長公主，太僕寺主簿高崢前來拜謁，聽聞長公主舊疾復發，特來送藥。」柔和低沈的男音，帶著一種不疾不徐的優美。青年白色的長袍外披著一件厚重的黑色大氅，烏髮如子夜，皮膚白皙，長眉入鬢，站在雪地之上，黑白兩色的對比更加鮮明，他站在那兒，便真如同一幅水墨畫一般。

公主府的門房也是兩個西北大兵，他們互相對望一眼，兩人只知道鄭右丞和自家殿下不對付，卻不清楚高相和長公主有何淵源。眼前這小子有股子仙人氣質，不像是壞人，而且又是來送藥的，兩個大兵猶豫一會兒，接過高崢親自遞上的謁帖，道：「大人請在此稍等。」說著便進去稟報了。

結果還未走入內院，便在前院碰到顧晚詞。

「這是高崢高大人的謁帖？」顧晚詞望著帖子上清麗優美的字跡，心裡一動。她認得高崢的字，這帖子是他親自寫的。「把帖子給我吧，我去見見他。」

此時高崢正立在門前，望著「定國長公主府」這幾個字的匾出神。司馬妧在南衙十六衛的一舉一動，他都從街頭巷尾聽說了，她一定不知道現在的她在鎬京百姓中多麼出名。

他今早進宮向姊姊求了萬象國進貢來的奇藥，宮中也僅有兩瓶，舒筋活絡，對因寒氣造成的腿疾十分有效。高嫻君受寵，兩瓶全在她那兒，高崢本來擔心她不肯給，誰知道她一聽是給長公主送藥，竟然爽快得很。

「長公主這舊疾算來也是為國征戰導致的，你便替本宮將兩瓶藥都送去，聊表心意。」

高嫻君把僅有的兩瓶全部賜給他，手筆之大方令他驚訝。

不過高崢不是顧樂飛，向來不會想得太複雜，高嫻君這麼說，他便真的信了。他並不知道在自己離宮之後，父親也進宮見了姊姊。

「這個傻弟弟啊……」高嫻君嘆氣。她多麼希望自己能和高崢性別對調，若她生為男兒，何止是今天的貴妃之尊，必是高延仕途的一大助力。

「父親，我想著長公主不比從前，讓弟弟和她多些接觸也好，便依了他的要求，如今估計他已到公主府了。」

高延立在一旁，謹守外臣和宮中內眷的距離，頷首道：「妳做得對，我們高家，從來不把雞蛋放在一個筐裡。」

高嫻君擔憂道：「但若是上頭那人要摔碎全部的雞蛋，也是輕而易舉啊。」

高延淡淡道：「事情還未到這一步。妳不需擔心，只要早日誕下子嗣。」

高嫻君摸了摸自己依然沒有動靜的肚子，垂眸不語。她早年喝了太多的避子湯，如今能不能懷上，她根本沒有信心。

「父親，我們向長公主示好，真的有必要嗎？」

高延沒有說話，只笑了一下。該擔憂的不是他，而是司馬誠。

南衙十六衛幾千號人聚在南衙府前，請求將鄭易逐出南衙十六衛的事情已經在一個上午傳遍鎬京，驚動天子。高延之所以這個時辰進宮，便是因為司馬誠剛剛把他叫去臭罵一頓，怪他給自己出了一個餿主意。

怪他？高延在心中冷笑，當時可是司馬誠自己想要折騰司馬妧，他不過是順水推舟而已，把罪過全怪在他頭上，未免小肚雞腸。

滿懷欣喜與不安站在公主府門前的高崢，並不知道他被允許前來的背後，竟然是這樣一個原因。

「高公子？」他等了一會兒，沒有等來剛才那個士兵，卻聽見一道驚訝的女音。

顧延澤和崔氏年輕時的相貌都是極好的，顧晚詞延續了父母的優良傳統，白膚細眉瓜子臉，五官精緻，此時驚訝地瞅著高崢，紅唇微張，看起來頗為惹人憐愛。

高崢努力想了一下，簡單行了個禮道：「顧小姐。」

「你特地來給我嫂嫂送藥？」顧晚詞神情奇異地望著他，她並未錯過高崢剛才望著公主府門匾時愉悅的笑，記起之前曾聽聞的高崢與嫂嫂的幼時婚約一事，她的神情不由更為複雜。

「是的，我聽說她的腿疾犯了，這藥乃是萬象國進貢的貢品，鎬京也僅此兩瓶，希望她能用得上。」

此時，跑去請示長公主的門房也來了。「高大人，我們殿下請大人進去。」

高崢臉上的笑立即顯而易見了。他沒注意到門房的面色頗為糾結，其實這位士兵接到兩個命令，一個是來自駙馬爺「藥留下，人有多遠滾多遠」的命令，一個則是長公主「這麼冷的天跑一趟也不容易，讓他進來」的命令。門房士兵糾結片刻，最終決定一切都聽殿下的，駙馬的話，可以無視。

於是高峥才能順利進來。

「我陪大人一道去吧。」顧晚詞不會放過這個與心上人密切接觸的機會。她有些緊張激動，又有些好奇地打量著高峥。「高大人很期待見到嫂嫂？」

「自然，我們兒時還是玩伴，二十餘年不見，自她回京之後，我很少能見到她，即便見到，她也待我與旁人無異……」高峥說起往事頗為落寞。

顧晚詞抿了抿唇，進一步探問。「高大人幼時便心慕長公主嗎？」

或許是今天十分高興的緣故，高峥沒有顧及太多，頷首承認道：「自我落水被她所救，我心裡便一直有她。」

「可是……」顧晚詞很羨慕能被高峥這樣喜歡的皇嫂，可她又覺得哪裡不對。「可是大人為何之後沒有等她，反而娶妻？」

高峥娶妻那年，鎬京城中多少閨閣女子哭濕枕巾、淚灑裙衫。

此言一出，高峥的臉色猛地一變，愉快的神情從他的臉上迅速消失，轉為低落和悲哀。

「父親的話，我不得不聽。其實慧兒她也是很好很好的，只是紅顏薄命，離開我太早。」

慧兒是高峥已去世妻子的閨名。

顧晚詞注視著他不似作偽的低落神情，忽而長嘆一聲，幽幽道：「我嫂嫂喜歡的人不是你，大約是一樁幸事。」

不然離京二十年，回來後發現心上人已娶妻生子，雖然口中說始終掛念著她，成親是抵抗不了父親的命令，其實心中同樣掛念著自己去世的妻子，令人情何以堪？

就這剎那間，顧晚詞忽然覺得，高崢並非良人。

顧晚詞說完這句話，竟不管高崢還在，賭氣一般朝內院快步走去。

高崢愣了愣神，根本不明白她為何如此。

「高大公子，稀客稀客，不知特地前來，有何貴幹？」十分令人討厭的熟悉男聲從廊下傳來，只見那個從來和高崢看不對眼的顧胖子，抄著手站在門前，似笑非笑地望著他。

越過顧樂飛肥碩的身軀，他能看見那個身上圍著薄毯、靜靜坐在窗前的女子，忽然扭頭向他望來，琥珀色的眼睛裡是一如既往的沈靜。

那顯得有些淡漠的沈靜，令高崢的心撲通撲通狂跳起來。

「阿甜。」

第二十章

「阿甜。」

高崢彷彿被蠱惑一般，情不自禁叫出她的乳名，令顧樂飛和顧晚詞雙雙變了臉色。

顧樂飛如今都只稱司馬妧「殿下」，高崢竟敢當著他的面喚她「阿甜」，他當場砍了高崢的心都有。

顧晚詞則是驚訝於高崢的不顧場合，如此喚她也不怕引人誤會嗎？

相比之下，司馬妧倒是最淡定的。「高大人如此稱呼我，於禮不合。」

「是高某逾矩了。」高崢的臉微微紅了，拱手吶吶道：「是我的錯，提起了殿下的傷心事……」

見他一副情意綿綿的模樣，顧樂飛的牙都要酸倒了。「高大郎，你是來送什麼藥？快些拿出來別耽誤時間。」

高崢抿了抿唇。「天氣寒冷，高某能否進去說話？」他也不傻，恐怕顧樂飛拿了藥之後就會立即趕人。

顧樂飛瞇著眼睛望著他笑，若是平時倒有點彌勒佛的味道，可是如今他四天未合眼，眼有血絲，眼下有青影，對人笑的時候竟帶出幾分陰冷之感，讓人感覺背後涼颼颼的。

「此藥是你從端貴妃處求來？」顧樂飛忽然問。

「不錯，這藥乃是萬象國——」

顧樂飛打斷他的滔滔不絕。「端貴妃如此大方，竟把兩瓶全都給了你？」

「當然。」高崢不由自主地看向司馬妧的方向，連聲音也放柔了。「姊姊說長公主的舊疾乃是為國征戰所致，便是把全部的藥都給妳，也是應當的。」

喔？顧樂飛的臉色浮現出幾許興味的笑。

和面前的小天真不同，高家父女都是無利不起早的人物，此次竟把如此珍貴稀少的藥送做人情，與長公主結好的意願不言自明。

南衙十六衛這麼一鬧，看來極有效果呢。

「不必。」司馬妧忽然道。「我很感謝高主簿贈藥之情，不過我的舊疾並不嚴重，無須如此珍貴的藥。」

高崢的失落之情溢於言表，情不自禁地上前。「可是、可是我想看看妳好不好……」

司馬妧無奈扶額。她不想欠高家的人情，卻也覺得自己直接拒絕高崢太過殘酷，不知道拿這個人怎麼辦才好。

「殿下……我……」高崢看她並不愉快的神色，不由得心中惴惴，急切地想要解釋他沒有求回報的意圖，只要她好便好了，可是一緊張起來，竟然不知道怎麼措辭才好。

「哥哥……」顧晚詞輕輕拉了拉顧樂飛的衣角，卻沒說什麼，只是表情有點發愁——高家大郎如此貌美又如此深情，哥哥能是他的對手嗎？

「妧妧剛才接受了大夫的按摩，此刻累得很。」顧樂飛面無表情道。「高大公子若是以自己的名義送藥，妧妧當然不會接受。其實你居然有臉來見她，我一直覺得很詫異呢。」

高崢瞪著顧樂飛，白淨的一張臉幾乎要憋成豬肝色。

「不過，」顧樂飛話鋒一轉。「若是以高府的名義，看在高相的面子上，妧妧自然不能不接受。」

承高延的情和承高崢的情，是完全不同的兩種性質。

高崢沒想太多，覺得只要這藥對她好，以高府的名義相送也沒什麼。

只有司馬妧轉過頭來，目光奇異地盯著顧樂飛看。

他剛剛一口一個「妧妧」，聽得她渾身起雞皮疙瘩，真是好不習慣。

高崢臨到走前也沒能進屋去看司馬妧，反倒是目睹了她靠在顧樂飛身上，他扶著她一步步往臥床去的親密舉動，傷心離開。

顧樂飛吩咐顧玩去追還沒走遠的許老頭，把高崢送來的藥拿去給許老頭鑑定一下，然後對司馬妧笑道：「殿下對待高崢的態度真是不近人情。」語氣聽不出絲毫譴責，反而十分高興。

司馬妧眨了眨眼，不回答，反而問他。「你適才喚我妧妧，莫不是故意為了說給高崢聽？」

「喔？怎見得？」顧樂飛微笑，圓乎乎的臉顯得無辜極了。「殿下不喜歡我如此？」

「有些奇怪，卻說不上哪裡奇怪。」

顧樂飛雙眼微瞇，不動聲色。「若是高崢這樣喊妳，妳也覺得奇怪嗎？」

「自然奇怪，這是逾矩。他看上去……」司馬妧想起高崢注視自己的目光，眉頭又皺了皺。「若是男女之情，那最麻煩不過。」

枉自己與她朝夕相處數月，竟然還是淪落到跟高崢同個層次。

顧樂飛心中不悅至極，臉上倒掩飾得很好，笑容純然。「可我是殿下的駙馬，如何不能喚妳一聲妧妧？難道只許殿下叫我小白？」

司馬妧愣了一愣。「似乎……確實……」她好像只把小白當抱枕了，忘記他還有個駙馬的頭銜，真是很抱歉。

趁著她犯迷糊，顧樂飛又追問：「前些日子妳拉著我晨練，望我身體康健，可曾想過我如高崢一般瘦的樣子？」

小白瘦下來？身上沒有肉？司馬妧完全怔住。「我……從未想過……」

她一臉「小白瘦下來簡直是滅頂之災」的慌亂表情，顧樂飛的眼睛一眨不眨盯著她，眸光不易察覺地沈了沈。

果然，在她心裡，他只是有很多肉肉的「小白」，不是駙馬，更不是她的男人，只是一個她很喜歡的玩物一般的存在吧。

即便知道如此，他也心甘情願，並不怪她。

只是現在情況有了變化，他所索求的更多了些。

凝視著面前女子在病中依然十分英氣堅毅的面容，顧樂飛內心鬱鬱，腦海中不由自主浮現出剛剛高崢和司馬妧說話的一幕。他極厭惡多餘的高崢，卻不得不承認那一刻的畫面確實賞心悅目，和他站在司馬妧身邊那種強烈的違和感相比，或許只有這樣才能配得上她。

但是……如此一來，她便能喜歡自己？未必。

顧樂飛在冒風險賭一把和繼續做她心頭好的小白之間，猶豫不決，越想越覺煩躁。

眼見顧樂飛的臉色陰晴不定，司馬妧伸出手來，在他肉嘟嘟的臉蛋上輕輕拍了一拍，目光擔憂。「小白，你不高興嗎？是不是幾天沒有歇息很累？」

好吧，她還是很關心自己的，就是手上老繭太多，自己以後得好好嬌養她。

不管怎樣，高崢可享受不到這份待遇。

顧樂飛彎了彎唇角，神色柔和下來，正想乘機摸一摸她的手，再說兩句好聽的，卻聽到外頭傳來咋咋呼呼的喊聲。「妧妧！我的妧妧啊，妳在哪兒呢？讓外祖看看，怎麼又犯了腿疾？這、這聖上苛責皇妹，老夫要上摺子！」

「老頭子你別在這裡瞎嚷嚷，萬一妧妧在歇息，被你吵醒了怎麼辦？」

樓重和樓老夫人也來探病了，顧樂飛將被子給司馬妧蓋上，囑咐道：「老實坐著，我去接兩位老人家進來。」

顧樂飛萬萬沒料到探病的風潮居然持續好幾天，遠近親疏的皇族，還有大小官員的夫人，人來了一波又一波。可是長公主又不是廟裡的菩薩，想見就能見，連身為駙馬好友的單大公子也只能待上一盞茶時間。

除了樓家、韋家，還有此次事情中出了大力的十六衛子弟之外，其他人都被笑咪咪的駙馬爺一一打發走了。

即使是這樣，公主府前的馬車亦絡繹不絕，直到暮色西沈。

公主府的人口簡單，侍女僕從也少，指望西北來的邊兵們招待客人是指望不上的，顧晚詞也只有臨危受命，在後院指揮下人以做好後勤。

門前鞍馬終於稀少下來，人聲漸寂的時候，顧晚詞總算舒了口氣。公主府中的下人多半是端貴妃在為司馬妧準備婚禮時派來的，這些人似乎對手上的活不感興趣，反而對今日來了哪些人更感興趣，看來哥哥請她暫代管家一職並給她裁撤僕人的權力，是很有遠見的做法。

顧晚詞一邊往後院走，一邊在心中思考還有哪些人需要換掉，卻聽得齊家三公子高亢的音量，正眉飛色舞地向顧樂飛講述昨日南衙府前鬧事的精彩過程。

顧晚詞撇了撇嘴，對這位齊三郎邀功的姿態頗不以為然，腳步一轉，扭身看她嫂嫂去了。

齊熠遠遠看見顧家小姐似乎要朝這個方向來，可是中途不知道為何改主意，突然轉身走了，他覺得奇怪，就多嘴問顧樂飛。「那是你妹妹吧？她這是在幹什麼呢？」

「可能是覺得這裡有隻麻雀聒噪得很，不想過來招惹吧。」對於這位主動邀功的好友，顧樂飛沒給他什麼面子，嘴上一點不客氣。

齊熠撓了撓頭，倒也不生氣。「那個……我是不是該走了？」

顧樂飛似笑非笑地瞅他一眼。「莫非你還想留下來蹭一頓公主府的晚膳？」

齊熠訕訕一笑，明白顧樂飛這是不耐煩想要趕人，倒也知趣，老老實實告辭。看著這幾日幾乎沒有合過眼的好友，他知道自己確實應當走了。

等他回府，還得向自己父親覆命。他在睿成侯心裡一貫是扶不上牆的爛泥，要不是嫡母把他當親子一樣看待，處處護著他，齊三公子早被睿成侯的家法打得皮開肉綻。此次去南衙府鬧事，是他瞞著父親做的，不過父親竟然沒責怪他，還囑咐他以睿成侯府的名義去看望長公主。

好像一天之內，他就從父親心中的爛泥變成了文武雙全的好兒子。

「小白，鄭易那邊……」齊熠走前想起正窩在鄭府沒臉出門的鄭易，見左右無人，他便壓低音量湊近顧樂飛，揮了揮拳頭。「要不要我找人……」再狠狠教訓他一頓。

「不必。」顧樂飛淡淡道：「此事我自有主張。」駙馬爺的「主張」，就是一個月之後鄭五公子的失足落井，不過，齊熠現在還不知道。

他只是上下打量了一下顧樂飛，嘀咕道：「怎麼覺得你有點不一樣……」

顧樂飛笑容不變。「喔？何處不一樣？」

若說以前的笑是和善親切，如今的笑更像是笑裡藏刀。

齊熠看人或許不是很準，但是對這個相處多年的好友，他自認還是有些瞭解的。能讓顧樂飛有此改變，一定是長公主的事情給了他莫大的刺激。

他沒有揭穿，只是拍了拍好友的肩膀。「堪輿，若有事我能幫上忙的，儘管來找我，無須客氣。」

顧樂飛低笑一聲。「多謝。」

用過晚膳，對於許老頭教的按摩手法，顧樂飛躍躍欲試。一方面是他確實想要實踐一下學習成果，另一方面則是對於能夠親手摸到長公主修長雙腿的雀躍之情。

顧樂飛懷著激動的心情撫上司馬妧的小腿，她的腿部勻稱且全是肌肉，有力得很，只覺手感不錯，但幾道淺淺的傷痕有些破壞美感，便笑道：「高家送來的那藥似乎還有去疤作用，改日為妳抹上，看看效果如何。」

司馬妧乖乖地點頭，猶豫片刻，又遲疑著問他。「那麼多疤……果然很不好看吧？」

顧樂飛搖頭笑道：「殿下的一切自然都是最好的。」

這幾乎已能算得上情話，可惜長公主遲鈍非常，只以為他是在好心安慰自己。

輕鬆的前奏過去，接下來的按摩則是痛苦非常。司馬妧是很能忍痛的，顧樂飛的手法生澀，力道輕重不一，她便死死抱緊棉被一言不發，空氣中充滿濃烈的藥味。穴位按完一輪下來，司馬妧疼得滿頭大汗，顧樂飛亦是滿頭大汗。

「小白，辛苦你了。有件事我想同你說一聲。」司馬妧緩了緩神，感覺好了許多，方才開口道：「我覺得比武之後，該向陛下辭去十六衛的訓導之職。」

顧樂飛一愣，沒有說話，而是將雙手放進煮過藥汁的熱水中，試了試溫度，小心將司馬妧的雙腿浸入水中，然後慢慢地回答她。「妳若喜歡做這件事，一直做下去也無妨。」

他不希望她不開心。

「我之所圖，並非這些人能支持我，不過是希望十六衛應當有天子禁軍的樣子，不讓地方軍府看輕了去。如今十六衛個個精神昂揚，我想要的禁軍模樣已經出來，日後只要他們堅持訓練，和北門四軍齊肩並非難事。辭去此職，免了陛下的忌諱，又是好事一樁，我為何不做？」

司馬妧的語氣很果決。其實當她說出這個想法的時候，就已經作好了決定，不過是通知顧樂飛一聲而已。

顧樂飛拿帕子細細擦了手，側頭往她的方向看去，見她表情堅決，只是目光中的落寞掩飾不了。辭去訓導之職，她也不知道自己日後還能做些什麼。

事情總會有轉機的。顧樂飛在心中默想，卻覺得這話拿出來安慰她太過蒼白，他想了想，忽而道：「妧妧可看過胡旋舞？」

這種由西域康居傳來的舞蹈因為輕盈的動作中有急速旋轉，因而顯得極為好看，在整個大靖都十分盛行。

司馬妧長居河西走廊多年，自然看過無數次，她點了點頭。

顧樂飛嘻嘻一笑，從櫃中抽出一條女子的帔帛來，只見他往自己的臂間一搭，腳尖一點，做出一個胡旋舞的起式動作。「噹噹，小生便來給長公主跳上一段胡、旋、舞！」

司馬妧噗哧笑了。

胡旋舞多數節奏明快，風格剛勁，旋轉和踢踏的動作極多，身材纖細的女子身著胡裙帔帛，舞起來美麗動人，宛如仙子。可是身材圓潤的駙馬爺舞起來嘛……

見過大白蘿蔔扭腰擺臀嗎？見過不停旋轉的糯米糰子嗎？

說好聽點，是憨態可掬；說實在點，就是滑稽可笑。

此舉真是拚了老命，饒是平素不愛笑的司馬妧，也被他逗得前仰後合。

「小白，夠了，停下吧。」見他剛剛擦完汗不久，現在又是一頭汗珠，司馬妧笑著朝他招招手，聲音是自己也沒料到的柔和。「過來歇息一下。」

謝天謝地，拚了這條小命，他終於把寶貝公主逗樂了，親娘啊累死小爺了！

顧樂飛喘著粗氣坐在榻上。鑑於自己如今體力太糟，他開始鄭重地考慮減肉的問題，卻不料剛想了個開頭，旁邊的女子便抱了過來，十分愉悅地在他厚實鬆軟的肩膀上蹭了又蹭。

「小白，你真好。」

第二十一章

司馬妧的腿好一些後，樓寧正式接到外調的命令，隨江南道的官員一塊兒離京。

樓寧走前的踐行宴，來的都是熟悉的親朋好友，還有即將去劍南道赴任的韓一安。席間，顧樂飛送給樓寧一件離別之禮，乃是一枝已經乾枯的稻穗，雖然枯了，但依然可見其果實碩碩。

北方多食麥粟等為主糧，樓寧注視著這枝他不認識的植物，想了半天，才猶豫著猜測。「莫非是水稻？」當時南方所種水稻的品質不好，產量極低，雖然煮出來的米十分香甜晶瑩，時人喚作「水晶飯」，但也只有極少的達官貴人和皇族吃過。

「這是占城稻，若種植得法，產量或許比如今的南方水稻高出幾倍。囿嘉到了江南，不妨以此為契機，試上一試。」顧樂飛叫著樓寧的字，一年前兩人的關係還是拔劍相向的緊張地步，如今竟能以各自的字親密相稱，真是神奇。

韓一安也即將外調，他忍不住也好奇地拿過來瞧了瞧，問：「這稻可否也在蜀中試種？」

「蜀中溫暖濕潤，不妨一試。」

「此稻來自占城？竟如此遙遠？」樓寧十分驚異。「堪輿從何處得來？」占城，即占婆補羅，位於中南半島，如今是隸屬大靖的一個藩屬國，占城與鎬京，相隔何止萬里，顧樂飛人在鎬京，卻拿著占城的稻穗，這自然不能不令樓寧驚異。

顧樂飛淡淡笑道：「巧合罷了。我與一個喜愛遠行的友人所通書信中，恰好他附上這枝稻穗。」

喜愛遠行的友人？樓寧也不知道他說的是真是假，他與顧樂飛不多的幾次接觸中，此人給他的感覺是深不可測，故而顧樂飛不願多說，他也不再追問。

但他畢竟要走了，最放心不下的人除了決定留在京城的妻兒與爺爺奶奶，便是司馬妧。所以他猶豫片刻，終是開口。「堪輿，妧妧她是個很純粹的女子，望你莫要辜負。」莫要欺騙，莫要背叛，哪怕只有一次，都會傷害到她。而辜負信任的人，她也永遠不會再給機會彌補。

「我明白。」顧樂飛道。

他並沒有對樓寧說實話，占城稻穗不是來自他的朋友，而是來自隨從「美味」、「佳餚」。此二人也是顧樂飛的僕人，他們往南尋找別具一格的吃食，而另外二人「玉盤」、「珍饈」則一路往北而去。

能發現占城稻，可見美味佳餚二人已往南走得夠遠。

此次長公主差點被鄭家陷害的事情，給顧樂飛敲了一記警鐘。他謀劃著在原本的基礎上，構建一張消息更靈通的情報網，吃喝玩樂通通被他派出去做這件事情，並將美味佳餚從南邊召回來，然後問題來了——

沒有白幹活不拿錢的手下，要這些人足夠專業，駙馬爺就必須拿錢養著他們，這筆花銷可不小。

顧延澤靠著先帝賞賜的幾千畝地，吃喝不愁，可是如果手下幾百個人等著發錢養家，那可比顧樂飛一人吃吃吃要費錢多了。

於是顧樂飛打起了饕餮閣的主意。

吃喝玩樂四人中，顧樂與自家公子的名同字不同音，通常主人家根本不會給下人起同字的名，也只有顧樂飛不避諱這種事情，方才如此。

顧樂很少露面，因為他負責經營饕餮閣。饕餮閣的菜餚樣式新穎獨特，乃是由於廚子不一般，而這些廚子，便是常年在外跑腿的南北四人組為顧樂飛搜集的。

顧樂飛下定決心，要將很多年沒挪窩的饕餮閣多開上幾家，能賺錢，又能打聽消息。可是……本金從哪裡來？

「殿下，有件事我想請妳幫忙……」

最終，駙馬爺神情赧然地坐到了長公主的面前，難為情地開口。「能不能借我些銀錢？」

從來不缺銀子花的長公主殿下，對於顧樂飛羞答答的借錢請求，想都沒想，直接大手一揮。

「府中的帳不是你一直在管嗎？無須問我，你自行定奪。」

這種想要多少自己拿的豪氣，這種彷彿被公主殿下包養的感覺，顧樂飛不由失笑。

其實司馬妧根本不清楚自己有多少錢，她信得過顧樂飛，便信得過他能管好府中的人不私吞，也信得過他不會拿錢亂花。

她輕鬆寫意的一句「你自行定奪」，將顧樂飛吃得死死的。

偏偏他還心甘情願，樂意為她鞍前馬後、做牛做馬。

繼第一場大雪過後，鎬京又陸續下了幾場小雪。許老頭教的按摩手法很有效，休養一段時日，司馬妧的腿很快便不疼了。

雖然還需要靜養，但是她已迫不及待想要去南衙十六衛的校場，看看那些在她手下操練過的十六衛們。

雪花落在每一個士兵的肩頭，沒有人分心去拂掉它們，每一個人都在專心努力。她缺席的時候，符揚依然盡職盡責帶來邊兵們指導十六衛的訓練，如此寒冷的天氣下，竟有人赤著膀子，滿背的汗珠，哈著白氣，聚精會神地對著樁子打拳。

司馬妧很喜歡他們現在的樣子，那種蓬勃的朝氣，令她感覺這些男兒真正成長起來了。

「快看，是殿下！」

「屬下參見長公主！」激動興奮的喊聲響成一片，望著場中齊唰唰跪倒一片的身影，司馬妧的心中亦湧出無限感慨。

「開春後與北門四軍的比武，便全看各位的了。」她沙啞的嗓音在校場上空響起，立時激起十六衛們必勝的各種口號和決心。

司馬妧覺得很滿意。她沒有說自己比武之後將卸下十六衛訓導一職的事情，雖然昨日她已經入宮親自當面遞摺子，並和司馬誠說了此事，司馬誠欣然應允，不過她覺得沒有必要現在就告訴他們。

從校場歸來後，司馬妧便接到某位公主的帖子去赴宴，如今她在鎬京的地位不可小覷，名目繁多的各種邀帖也隨之而來。

從宴會歸來，剛入公主府，便有侍女一路小跑過來，輕聲細語稟告司馬妧，已經準備好熱水沐浴。

自從公主府的僕人悄無聲息地換了一批又一批後，留下的這些人工作起來都異常積極。換作以前，司馬妧不發話，侍女是不會提前準備的。

說起來奢侈，每日她沐浴的熱水都是用馬車從京郊溫泉一桶桶運來，用的是可以保持溫度恆久不變的特製容器。之所以如此麻煩，只因為駙馬爺堅持溫泉水對她的健康和肌膚狀態最好。

而且沐浴之時，必有侍女在一旁備好茵樨香煮成的湯為她沐髮，據說這樣可以使髮絲更加柔順有光澤。熱水沐浴容易口乾舌燥，另有侍女端著溫好的蒺藜茶，隨時可以飲用。蒺藜茶是用研磨好的刺蒺藜粉和沸水沖泡，加蓋燜五分鐘後才能喝，顧樂飛說每日飲用此茶可以使肌膚煥發光澤，不易衰老。

侍女為她洗髮之時，會有另外的侍女不斷測試水溫，添加新的熱水。洗完頭髮之後，侍女還會將研磨成末的桃花和冬仁各取一半，和蜂蜜一起塗在她的臉上，待沐浴完之後洗去。

這還沒有結束，擦乾身體後，侍女會奉上一種由甘松、山奈、香薷、白芨、白芷、防風、蒿本等許多草藥，分不同比例熬製而成的膏狀物體塗於她的身體各部位，至於臉上部則是使用珍珠粉和羊奶製作而成的面脂細細塗勻。

這全套的保養做下來，足足得要一個時辰，司馬妧每次都在侍女不停的搗弄中昏昏欲睡，當她在侍女們輕手輕腳又無比漫長的動作中淺眠的時候，又會被腿部的輕微疼痛弄醒。並非是舊疾未癒，而是顧樂飛堅持每天都要按照許老頭的手法替她按摩，即便她的腿已經好了，他也要做下去。

司馬妧覺得自從腿疾復發後，顧樂飛簡直將自己當作珍奇寶貝，照顧無微不至，好像務必要使她的日常生活奢侈又舒適，精細得無以復加，最好比所有公主的日子過得都精緻上乘。

顧樂飛的按摩力道掌握得越來越好，司馬妧又開始昏昏欲睡，她勉強撐開眼皮看著他，迷迷糊糊道：「小白，你歇一會兒吧。」

「我不累。」顧樂飛的語氣中帶著笑意，十分欣然為她服務的樣子，不過司馬妧分明從他的面上看到幾絲倦色。

他最近一直在忙，目前他著手所建的消息網，是把原有的那些為他提供資訊的人徹底組織化。

而且有了長公主的銀子，饕餮閣的攤子一時間在除了鎬京以外的數個大城同時鋪開，顧樂一人分身乏術，人手的安排調配必須經過他的親自篩選。

「今天就到這裡好了，小白，你需要休息。」

司馬妧拉拉他的胳膊，看起來並沒有用力，不過顧樂飛卻覺得眼前一花，下一秒就被公主殿下拽到床上，強行要他歇息。

司馬妧習慣性地順手抱了抱他，然後竟皺起了眉頭。「你瘦了。」

顧樂飛的心頭又驚又喜，一半是心花怒放，另一半則是提心吊膽。

他小心翼翼地探問：「大概是最近太忙的緣故，莫非……影響手感？」

自然影響，故而她隨便一摸就摸了出來。司馬妧沈吟片刻，沒有說實話，反而道：「原本你時常打鼾，於身體不利，瘦一些也好。只是如果因為操勞緣故才減下來，亦不是好事，需要注意歇息。」

顧樂飛和自家公主肩並肩地躺在軟乎乎的大床上，感覺十分溫馨，不由得心情有點小激動，隨後又聽見司馬妧不反對他減肉，徹底心花怒放。「殿下，允我瘦一些的話可是妳說的，將來莫要不認帳。」

司馬妧奇怪。「我為什麼要不認帳？」

顧樂飛笑而不語。

這個「瘦一些」的「一些」到底是瘦多少，標準可是由他自己制定，既然她許他減肉，若真到了抱起來完全沒有肉感的地步，那時候他就有理由讓她不能怪他，更不許把他趕下床。

顧樂飛心裡打著自己的小九九，並不知道很快公主府將迎來一個聰慧狡黠不輸於他的對手。

陰陽相交的黃昏，鎬京百姓紛紛收拾東西歸家，鎬京城門將閉，而一個青衫文士卻懷揣著一張蓋著節度使大印的通關文牒，笑容滿面地給守城的監門衛看。他的文牒特殊，監門衛看著文牒下方的「威遠大將軍印」咂舌不已，對他恭敬有加，禮貌放行。

文士道過謝後，小心翼翼地收起文牒。仔細看他的動作，會發現他的左手總是古怪地蜷曲著，似乎天生殘疾。

他瞧了瞧滿大街漸漸亮起的昏黃燈光，還有巡視街道的天子禁軍，露出一個和氣的笑，望了一眼鎬京的東方，然後迅速融入鎬京百姓的人流之中，消失不見。

殘冬過後，春回大地，因為司馬誠堅決而鐵腕的手段，兩稅制的施行在大靖全境都還順利，而雲南都督府的太守張鶴為，則在這時候向司馬誠接連呈送了兩份摺子。

其中簡略彙報了南詔永順王皮獨羅去世前後的情況，稟報南詔新王羅邏閣的繼任，由於新王上任的威信不夠，故而羅邏閣向大靖皇帝進獻貢品，送來王女，以求大靖的西南邊兵給予他相對的武力支持。

遠從南詔而來的這位王女羅眉，乃是羅邏閣的親妹妹，天生麗質、能歌善舞，據說出生的時候有神鳥在空中長鳴，南詔都城大和城中的鮮花一日之內全部盛開。

雲南和鎬京相隔很遠，但是南詔的穩定關係到西南地區以及蜀中的安定，司馬誠沈思片刻之後，決定接受羅邏閣的進獻，卻不動一兵一卒，只在文書上表現大靖對南詔新王的支援。這是靜觀其變的聰明應對，不過對他的後宮而言，司馬誠的決定意義完全不一樣。

「聽說那個南詔王女，會唱會跳，眼睛能勾男人的魂魄……」高嫻君坐在珠簾之後，聲音陰冷，塗著蔻丹的指甲用力掐進掌心。

坐在外面的是她被召進宮的父親高延。

「為今之計，還是要妳的肚子爭氣，趕快誕下皇子。」高延最近的精氣神也不是很好，他輕嘆一聲。「這個雲南太守張鶴為和鄭青陽乃是同年的進士，兩人曾同在涼州為官。」

言下之意，鄭家雖然沒有女兒，卻和張鶴為勾搭在一塊兒，進獻美人以挑戰高嫻君在後宮的地位，甚至希冀以此扳倒高嫻君。張鶴為急著搭上鄭青陽這條線，希冀平步青雲，根本沒有意識到羅邏閣根本不願意將他最愛的妹妹遠嫁，完全是被逼的。

顧樂飛得知摺子的事情，是在南詔王女美如仙女的傳聞跑遍鎬京大街小巷的時候，那時候司馬誠已經發出聖旨，此事不算秘密了。

他幾乎是第一時間聯想到雲南太守和鄭家的關係，緊接著便想到了高嫻君膝下無子，如坐針氈的情況。

「許老頭，若有女子多年服食避子湯，可否還能有孕？」

面對他的問題，許老頭想了想。「要看個人體質，長期服用必定宮寒，如果年輕，倒或許有希望，具體情況需要把脈才能確認。怎麼，駙馬認識哪個女人長期用避子湯？」

顧樂飛笑了笑。「隨口一問。」

許老頭世代杏林，為避禍才到隱姓埋名、孤身獨居的地步，他既然說有辦法，那必定是有辦法的。

只是這個人情，他憑什麼要白白賣給高家？等等看吧，等高家沈不住氣，那時候才有意思。

顧樂飛摸了摸下巴，笑容不變。

第二十二章

隨著南詔王女的故事在鎬京傳開來，南北禁軍大比武的時間也到了。

這次大規模的比試被分為兩部分，一是篩選過後的兩軍精銳在司馬誠面前進行各項比試，二是剩下來的士兵們由兩軍將領組織比試，只需給司馬誠呈遞一個結果。

這樣安排的後果便是，幾乎所有人都卯足了勁想要進入「精銳」之中，如此便導致了司馬妧的壓力增大，這群人常常想出各種法子攔住她毛遂自薦。

「殿下，我的膀子這麼粗，力氣可大！」

「我眼睛好使，殿下記得我的射箭成績吧，每次都是前三甲！」

「看我啊殿下，看我看我，我的刀法一等一的好！」

面對一雙雙亮晶晶、充滿無限期待的目光，司馬妧真的很為難。對此，她家駙馬酸溜溜地評價道：「他們就是想在妳跟前多露臉而已。」

規模浩大的南北禁軍比武定在四月初一。

往年禁軍檢閱大半都在皇家獵場或京郊校場，南北禁軍分開進行，比武項目不多，火藥味也沒有這麼濃。雖然今年的禁軍精銳也在皇家獵場，可是還剩下那麼多士兵要在京郊搞大比武，那志在必得的氣勢、那劍拔弩張的氣氛，嘖嘖，對鎬京百姓來說真可謂一場精彩至極的熱鬧。

此外長公主的名字也一同列入人們的討論之中。比起上位者，鎬京百姓對南衙十六衛中的紈袴到底多討嫌，有十分深刻的親身體驗。如今看十六衛平日值崗不摸魚不搗蛋，和北門四軍比起武來本領居然也不差，還真像正經的天子禁軍。

至於南北禁軍最終誰勝誰負，其實並不重要，即便為了二軍日後能和睦相處，皇帝陛下也不能厚此薄彼，兩軍都能拿到獎勵是肯定的。司馬誠辦這場比試的目的，便是希望無論南衙的表現好與壞，都能找藉口削去司馬妧的訓導一職。可是早在比武之前，司馬妧就十分識相地遞了摺子，請求在檢閱比武之後辭去該職。

這一舉動正中司馬誠的下懷。

有了這個前提，司馬誠看起禁軍比試來，更為投入暢快，完全不用顧及太多。他並未料到，這場盛大的檢閱之後，一聽長公主不再負責十六衛的訓導，趙岩第一個不幹。他如上次一樣，糾集了一批小夥伴去南衙府前請命。

在宮中的司馬誠快被這群人給氣死了，手段強硬地命令北門四軍出動，將鬧事的十六衛子弟抓起來通通杖責一百軍棍。

這一招若在手無縛雞之力的文臣那兒使，或許好用，可是十六衛這幫人如今練出了身手，誰也不樂意束手就擒吃軍棍，頓時和北門四軍的人在大街上打了起來。

眼看事情就要鬧大，打算安安分分工作的高相被王騰、韋尚德兩個禁軍頭頭三催四請，老大不樂意地進了一趟宮，對皇帝陛下曉之以理、循循善誘，終於得了司馬誠的鬆口。日後准許長公主每月初一對南衙十六衛進行一次講武，若逢休沐，則當月講武取消。這已經是司馬誠所能做的最底線的讓步。

得到這個結果之後，趙岩等人其實還不甚滿意，不過也知道什麼叫見好就收。

於是這次鬧事便順利解決了，司馬妧坐在家中都有人為她爭取，一點虧沒有吃，十六衛們除了和北門四軍起衝突受了點輕傷，大致也沒事。最倒楣的只有右屯衛大將軍王騰，司馬誠遷怒他治軍無方，提前讓他告老還鄉，換了左千牛衛將軍林荃暫代右屯衛大將軍一職。

「沒想到十六衛的那些小子還挺有用。」顧樂飛對剛從南衙府歸來的長公主如此道，順便笑咪咪地問她。「殿下日後賦閒在家，想吃點什麼？」

「什麼都可以，小白挑的廚子手藝都很好。」司馬妧手裡拿著一張拜謁所用的名刺，正低頭認真看著，對於顧樂飛的問題隨口敷衍一句。

駙馬爺頓時有點不高興。「誰的名刺？剛剛送來的？」

「嗯，回府的時候恰好符揚交給了我。」司馬妧揚了揚那種簡單到只有一個人名的名刺，眼中居然有笑意。「我沒有想到，居然是陳先生的。」

陳先生？是誰？

陽光透過京郊半山的茂盛樹林，照進崇聖寺內的一間佛舍中。

窗櫺邊，青袍文士端坐蒲團之上，以木杓挑起一杓以茶餅碾碎的茶末，置於茶盞之中，以剛煎好的山泉水調和茶末，使其成黏稠的膏狀。隨即以點茶的方式將沸水注入茶膏，水從壺嘴中成柱狀噴薄而出，均勻而不間斷，以成調適和諧的茶湯。

小小的佛舍內茶香四溢，清新宜人。

這時候門外傳來腳步聲，有人輕輕敲了敲佛舍的門。「居士，有客來訪。」

文士的嘴角泛起一抹微笑。「請進。」幾乎與此同時，他將以第一道水洗淨的兩只青瓷茶盞在案上擺開，往裡注入剛剛完成的茶湯。

時間本是卡得正好，可是當文士回頭的時候，卻微微愣了一下，然後笑道：「幸而我還準備了第三只茶盞。」

見到室中男子側頭望來的熟悉容顏，司馬妧欣喜非常，快走兩步上前去。「陳先生何時來帝都的？」

陳庭笑著做出一個請的手勢，道：「殿下請上座。」

他起身離開蒲團，拂袍屈膝，雙腿下跪，對著司馬妧深深地磕了一個頭。「稚一未能給殿下大婚送上賀禮，來鎬京三月卻遲遲不告知殿下，又令殿下親自前往佛寺見我，還請殿下恕罪。」

稚一是陳庭的字。二人一年多時間不見，陳庭一見面便行此大禮，司馬妧不由失笑。「先生千里迢迢趕來鎬京，原來僅是為了給我磕頭來的？」

「去年本該隨殿下入京，長伴左右為殿下出謀劃策，也不至於令殿下舊疾復發，如今多給殿下磕幾個頭也是應該的。」

司馬妧笑道：「那磕幾個頭才最好？還是快快請起吧。」

司馬妧一發話，陳庭沒有推辭，就勢站起身來。

立在一旁不發言的顧樂飛冷眼旁觀。經剛才一事，主臣二人一年多未見所產生的些微隔閡就在陳庭的一跪一叩中消失無蹤，此人倒是會做人。

當顧樂飛暗自對長公主的昔日謀士品評之時，陳庭亦轉過頭來，一眼不錯地打量起顧樂飛來。「這位便是殿下的駙馬，關內侯顧樂飛顧侯爺了？」

這關內侯的爵位純粹是為了能配上司馬妧才封的，不過司馬妧名氣太大，大家通常提起顧樂飛都是「定國長公主的駙馬」，所以當陳庭對他以爵位相稱的時候，他不由得瞇了瞇眼。「早聞陳先生大名，久仰久仰。」

純粹睜著眼睛說瞎話，在昨日司馬妧拿來名刺之前，他壓根兒不知道符揚等人口中偶爾提起的「陳先生」到底是何方神聖。

陳庭亦拱手回禮。「早聞顧侯爺大名，今日得見，果然名不虛傳。」

「喔？我以前的名聲可不怎麼好，這個爵位也是沾了妧妧的光。顧某表字堪輿，陳先生既得妧妧敬重，喚我一聲堪輿，也是顧某榮幸。」

妧妧？陳庭心中玩味了一番這個稱呼，隨即笑道：「早在我為長公主分析誰會是駙馬人選之時，殿下便已看中了侯爺，怎麼能說名聲不好？」

顧樂飛的嘴角微微一抽。他仔細瞧了陳庭兩眼，確定在司馬妧麾下這位天生殘疾的謀士臉上，看到了一抹促狹的神色。

不用說，他什麼都明白了。

這傢伙一定知道長公主對人肉團子的獨特偏好，眼前這位大叔看來在妧妧那兒地位挺高啊……

面對陳庭的話中有話，顧樂飛笑容滿面，做出他一貫的純然真摯。「殿下能喜歡我，三生有幸，幸之又幸。」

這是真話，同樣腸子九轉十八彎的陳庭能聽得出來。

雖然眼前這人利用自己白白胖胖的模樣偽裝出親切無害的形象，可是就剛剛打的那幾句機鋒，還有他三、四個月以來打聽到的各種鎬京消息來看，此人心機頗深，不可小覷。

可當他說能被長公主偏愛是自己的榮幸時，他的目光沒有說謊時的下意識躲閃，反而看向司馬妧的方向，更難得的是，長公主竟回了他一個笑容。

此人或許真的對長公主死心塌地？不然會見自己的要事，殿下怎會帶著他一道？

實話說，顧樂飛跟在長公主身後進來的時候，那龐大的體積差點把他嚇了一跳。沒料到長公主對男人的品味居然真的是「圓、滾、滾」。雖然圓滾滾的駙馬爺現在已經瘦不少了。

這時，茶湯上升起嫋嫋白氣，陳庭對顧樂飛亦做了一個請的手勢，微笑道：「茶已沏好，駙馬爺也請上座。」

司馬妧守著絲綢之路的關隘多年，西域的茶交易又很多，故而她喝過形形色色的茶。此次一品，便覺微訝。「茶湯碧清微黃、滋味鮮爽，陳先生，我竟說不出來這是什麼茶？」

「雅州蒙頂茶。」於吃喝一道大有研究的顧樂飛喝了出來。

「駙馬爺見多識廣。不錯，此乃川西雅州蒙頂山的茶葉。」陳庭微微一笑。「自殿下走後，我便去了劍南、河北、江南等地遊歷一番，此茶便是我入蜀後偶得。」

司馬妧聽出來陳庭話中有話。「莫非先生去看望了故友？」

陳庭頷首微笑。「不錯。故友們的情況，我正要和殿下說一說。」

陳庭一面娓娓道來，一面又給司馬妧和顧樂飛倒了一道茶。端坐蒲團上，他的上半身活動時，那隻始終攏在袖中蜷曲的左手變得十分明顯，顧樂飛只瞥了一眼，也明白在文才和樣貌同樣重要的科舉之中，陳庭的才華再卓著，這隻殘疾的左手也必定會阻礙他走上仕途。

遇見司馬妧之前，此人估計是懷才不遇的典型。

「西北久無戰事，聖上有意削減軍費開支，哥舒那其將樓家原有的重騎兵和殿下一手打造的輕騎部隊中的部分士兵去了軍籍，讓他們領錢歸田。裁兵換帥之後，西北邊兵的戰鬥力自然不能和殿下在的時候相比，不過皇帝選的這個人不算糟，如今沒了北狄，哥舒那其的實力要鎮住西域十六國沒有問題。

「之後我先去了河北道，田大雷在河北道的軍府混得很開，他講義氣會說話，人緣很好，長官也很賞識他的才幹。他好酒好肉招待了我七天，我走前他還問我，什麼時候去看殿下，我沒告訴他實話，因為我不想幫他帶書信，太丟人。」

司馬妧不由失笑。「大雷的字……還是鬼畫符一樣不能見人？」

「倒是比以前好一些。不過我若幫他帶，估計他要寫上二、三十封厚厚的書信，最後揹到累死的豈非是我？」

司馬妧極力忍笑。「陳先生的決定是正確的。」

「之後我走水路去了江南道，姜朔祖的性子殿下清楚，沈穩憨厚，和上下關係都處得不錯。只是從西北到江南，他難以適應，一度水土不服臥床不起，好在我去的時候他已經好了。他還嫌我在江南待得太久，催我快點啟程好來鎬京幫助殿下。」

透過陳庭的描述，司馬妧能想像到最愛憂心忡忡的姜朔祖那副千叮萬囑的模樣，不由得有些想笑，又很是感動。

這些舊部，也不知道今生還有沒有機會再見。

她剛剛如此想，旁邊的顧樂飛便悄悄握住她的手，笑咪咪地側頭道：「日後必有機會能再見見他們。」

陳庭權當什麼也沒看見，低頭喝了一口茶，慢悠悠繼續道：「我最後去了劍南道看周奇，他……」

「周奇如何？」這個沈默寡言的昔日遊俠，比較不合群，司馬妧最不放心的就是他。

「他問我能不能給他出個主意，幹掉他的長官，讓他來當。」

此言一出，饒是見過大風大浪的長公主殿下，也不由得愣了一愣。「那……然後呢？」

「他既然都請教到了我的頭上，如何能不幫忙？」

周奇調往劍南道，負責鎮守川西門戶，川西地理位置緊要，上接西藏的雅隆部族，下接朝廷在雲南所設的羈縻府州，再過去一點就是南詔國，不過因為久無戰事，上司也懶得日日訓兵，倒是和地方長官沆瀣一氣，吃嫖受賄，一個不落。

周奇最看不慣的就是這種人，而他看不順眼的人，一定要搞掉。

「先生……真幫他弄死了長官？」司馬妧好奇地問。

顧樂飛也是一臉的興趣盎然。

「自然……不會。」

「那……」

「我幫他提了一門親。」

陳庭露出一個十分得意的狐狸笑容來。「劍南道經略使范陽的嫡次女對他傾慕非常，難得周奇也不討厭人家，我便做個順水人情，以他義兄的名義上門提親。」

大靖十道以監察御史為最高長官，司監督執法之職，而經略使或者節度使則為地方軍事長官。監察御史烏行雲、經略使范陽，此一文一武，都是管著劍南道的最高級。周奇做了經略使大人的乘龍快婿，自己又很有本事，他踢掉頂頭上司自己來做，不過遲早的事。

司馬妧笑起來。「原來先生還做了一回媒人啊。以周奇的性子，他說不討厭的女子，那大約就是喜歡的了。他成親了怎麼也不通知我一聲？」

「他不好意思，便託我入京見殿下的時候告知一聲。殿下杯中的蒙頂茶湯，乃是周奇親自爬上七百丈高的蒙頂山頂為殿下採摘而來，此外他還讓我帶給殿下一件神兵。」

陳庭將置於身旁一個細長條的紫檀木盒奉給她。司馬妧還未打開盒蓋，便覺寒氣逼人，木盒中放著一柄長約一尺的短劍，魚皮劍鞘包裹，取出的一剎那竟然晃眼，劍鋒則在陽光下發出閃閃藍光，劍柄上刻著兩個小字「藏鋒」。

「好劍。」司馬妧的眼中盛滿笑意。劍光如雪，她的肌膚亦白如雪，兩相映襯，饒是鎮定如陳庭也不由一時恍神，心中奇怪鎬京的水土難道那麼好，竟把長公主殿下的肌膚養成了羊脂白玉般的色澤。

司馬妧並未察覺他目光有異，笑問道：「此劍從何而來？」

陳庭回神，連忙解釋道：「此劍是周奇成親時，當地官員所贈禮物，他道殿下肯定喜歡，鎬京城中風雲詭譎，殿下隨身帶著此短劍防身，那是再好不過。」

「我回去便修書一封謝他此禮。」司馬妧欣喜道。拿到好兵器，她禁不住想試上一試，可是左看右看，佛舍中空空蕩蕩，竟沒什麼好拿來試劍的東西。

見她一臉的迫不及待，陳庭失笑。「殿下要試劍，回去盡可試個痛快，卻不能毀壞這屋中任何一物，不然崇聖寺的僧侶怕是要立即把我掃地出門。」

「先生打算在崇聖寺住到何時？莫非要一直住下去？」

「我這不是已經住得厭煩，想來投奔殿下了嗎？」陳庭微笑。「殿下倒也不用悉心安置我，只需上一封摺子給皇帝，推薦屬下做個小小的京官如何？」

司馬妧立即笑起來。「你終於想通了？小白，你不知道，好多年前我就覺得陳先生待在我身邊太屈才，想要親自寫摺子推薦他去朝中任職，可是他死活不願，如今可算讓我等到先生自己想明白的一天！

「可是……」司馬妧突然想起什麼，笑容淡了下去。「可是我若推薦你，陛下肯定不會重用你，不若我託其他公卿為你寫？」

「不必。我的目的就是要以長公主舊部的身分入朝為官。」陳庭抬起頭來，極為認真地注視著司馬妧的眼睛。「殿下如今在京中地位大漲，可是朝中無人。駙馬爺消息靈通，可是在朝中也並無相熟官員，辦起事情來，總有礙手礙腳的地方。陳庭沒想過要做一番大成就來，能成為殿下在朝中埋下的一顆釘子，陳庭便已很滿足。」

司馬妧皺起眉頭。「釘子？以先生之才，怎能甘為一介小官？」

陳庭笑著和司馬妧耍賴皮。「就這麼定了，若是殿下不答應親自為我寫這封摺子，我就窩在崇聖寺一直住到老死。」

「先生是認真的？」

「可賭咒發誓。」

司馬妧瞪他半天，陳庭便任她瞪，面色不改。最後司馬妧先敗下陣來，她嘆了口氣。「那好吧。小白，煩你替我擬封陛下會看得比較舒服的奏摺，好給陳先生派個不算差的官職。」

陳庭今天第二次聽到「小白」這個稱呼從司馬妧口中說出。

佛舍一共三人，他當然不會以為長公主在喊自己。

沒聽說顧家二郎有這種外號，所以這是愛稱？連奏摺也讓面前這個胖子幫忙寫，看來此人在長公主心中的地位果然不低。

於是，陳庭向顧樂飛露出一個似笑非笑的表情來，意味深長道：「駙馬與我們殿下的關係，看來十分之好啊。」

我們殿下？顧樂飛亦微笑道：「我家公主，自然與我關係親密。」

第二十三章

司馬誠最不喜歡在自己的案頭看見司馬妧的摺子。

上一次，她的摺子是自請辭去十六衛訓導的職務，結果換來南衙十六衛的集體抗議。

那麼這一次呢……

司馬誠懷著不情願的心情翻開了她的奏摺。

神奇地，文章措辭拋棄以往的謙恭謹慎，行文華麗流暢、辭藻優美，用典頗多。司馬誠懷疑背後有人替她操刀，不過這並非重點。

重點是她這一次上疏請求的不是什麼棘手的事情，只是想要幫她以前的一個舊部謀個官職。

此人姓陳，以前不過是一個鄉間教書先生，因為左手小臂天生萎縮而只考取了秀才，再往上一級的科舉便從未中第過。不過司馬妧在文中將此人誇得天上有地下無，博古通今，上知天文下知地理。

司馬誠的唇角泛起一抹譏笑。

即便此人真的如她所說這麼厲害，跟了她許久的舊部，他能夠放心使用？司馬妧一貫聰明，連他的南衙十六衛都對她服服貼貼，怎麼輪到自己熟人的頭上，反而糊塗了？

這個官職給不給？給！為何不給？

可是給什麼官職呢？司馬妧不是說此人懂得天文地理？那便去司天臺做靈台郎，掌天象觀測好了。

司馬誠飛快在摺子上寫下朱批，為自己這個決定暗自得意。靈台郎為皇家掌日月星氣，聽起來十分厲害，卻只是一個正七品的小官，而且少有晉升之途。司馬妧的這個舊部既然科舉屢試不中，必定懷才不遇，或許抱著能藉長公主的推薦一步登天的幻想，結果卻只得了靈台郎這麼一個小官，不知道會不會因此怨恨司馬妧？

如果真是那樣，那就太好了。

司馬誠並不知道摺子上那些對於陳庭的大肆誇讚，都是顧樂飛有意為之，故意引導司馬誠賜個小官給陳庭，讓鎬京官員對這個被長公主誇得前無古人卻只被皇帝任命微末官職的人產生好奇。

陳庭想要做他家公主的一顆釘子，當然就得以這種方式迅速出名，讓誰都知道他是司馬妧的人，日後的官場交際才可有得放矢。

同時，這樣一封摺子，也能徹底杜絕陳庭想要改換門庭、另投他人的可能。

不過司馬誠會給陳庭什麼職位，這是他無法操控的。

當得知居然是靈台郎的時候，顧樂飛不由得有些哭笑不得。這個職位……實在很接近一個純靠耍嘴皮子的神棍角色。

今日恰好司馬妧又被端貴妃請去宮中赴宴，不在府中，顧樂飛思慮片刻，決定獨自去一趟崇聖寺，告知陳庭這個消息，順便單獨會一會他。

上一次的見面，他總覺得陳庭有話藏在肚中，並未說盡。

出乎意料，陳庭得知自己即將被任命為靈台郎一職後，居然十分滿意。

顧樂飛不解，試探著問道：「陳先生似乎很滿意靈台郎一職？」

「呵呵，」陳庭笑了兩聲。「太平時期此職自然無用，若是恰逢動亂，是蠱惑人心還是安定人心，便全看司天臺的靈台郎幾張嘴皮子。駙馬爺說說，這職位是好還是不好？」

動亂？蠱惑人心？他想說什麼？

顧樂飛的眼皮莫名其妙跳了兩下。「先生有話為何不一次說完？」

陳庭微笑道：「駙馬對我提防得很，我又何必要對你掏心掏肺？」

「陳先生的確是聰明人，看得清長公主現在處境微妙，隨時可能招致司馬誠的暗箭，我絕不能容許她身邊出現任何叛徒，哪怕是搖擺不定的牆頭草也不可以。」

他毫不在乎地直呼當今皇帝的名諱，同時雙眼緊盯著陳庭的表情變化。要知道即便是私下裡直呼司馬誠其名，被人告密，也是可以判罪甚至抄斬的。

可是，陳庭根本沒有因為聽到司馬誠的全名而變臉色，恰恰相反，他的臉上竟緩緩露出一個古怪的笑容。

「原來顧公子與陳某，算得上同道中人啊……」

陳庭莫名其妙的一句感慨，倒讓顧樂飛有些不明白。他想要喝口茶為自己匀出點思考時間，卻發現案桌上只有一個空茶壺，司馬妧不在，陳庭連水都懶得給他喝。

顧樂飛只得皺起眉頭問道：「此話怎說？」

「你既將我的能力大大誇讚一番，卻只換來司馬誠賜予一個靈台郎的小職位，原因不過因為我是殿下舊部。依你之見，以司馬誠此人的心胸，難道能坐得穩天子之位？」

陳庭亦是一口一個「司馬誠」，和顧樂飛一樣大膽直呼皇帝名諱。從某種意義上來說，這能算是「投名狀」了。

顧樂飛卻沒有接腔。

他隱隱預感面前這個青袍文士不僅僅是對司馬誠不敬，他還想要透過直呼司馬誠的名字，徹底顛覆那個人的無上權威。

想到這一層，顧樂飛的心不受控制地狂跳起來。

陳庭察覺到了眼前這個人的面色變化，緊張中帶著忐忑，猶豫中帶著期待和興奮。他顯然預見到自己接下來要說的話，只是在等他親口點破而已。

若不點破，他便可頂著這一張胖乎乎的臉，純然無害地裝傻充愣。

此人狡黠圓滑，若為敵人，當十分棘手，好在他是長公主的人。

若不是因為顧樂飛的家世背景，還有司馬妧目前的局勢的確不容樂觀，陳庭並不想那麼快和他說破一切。

他定了定神，斟酌了一會兒措辭，方才道：「顧樂飛，你觀長公主之能，可是僅侷限於訓練一個南衙十六衛而已？古人都云功高震主，可是當今陛下，恐怕連功高的機會都不想給長公主，更遑論……」

「噼啪！」

巨大的響聲，擺在案桌上的紫砂茶壺被顧樂飛失手摔落在地，碎成一片。

這完全是失神之後未能預計到的突發狀況，顧樂飛被這一聲巨響拉回神智，發現不知道何時，自己的雙手居然在不可遏止地顫抖。

他當然猜到了陳庭後面要說的話！司馬誠當個君者並不合格，因為根本容不下比他強的臣下，雖然如今局勢尚可，但兩人爆發衝突只是早晚的事情。

顧樂飛腦中一時思緒紛亂。他冷眼旁觀鎬京朝堂鬥爭多年，心灰意懶，若非因為司馬妧，他根本不會重拾鬥志建立情報網，可是……可是僅僅這樣就足夠了嗎？

「顧公子，你以為憑你一己之能，可以從皇帝的手中永遠保護住殿下的安全？天子所代表的，可不僅僅是一個人。」

陳庭彷彿知道他心中所想，一針見血，準確指出他目前所做一切的致命漏洞。

是的，沒有錯。如果司馬誠不管不顧，非要置司馬妧於死地，他其實根本一點辦法也沒有。

而這正是顧樂飛一直以來都不願、也不敢深思的一件事。

明明是暮春時節，天氣涼爽，可他卻感覺汗珠從他額頭上緩緩淌下。顧樂飛心中掀起劇烈翻騰的滔天巨浪，注視著自己的雙手，努力控制著左右手交握在一起，漸漸地，它們終於不抖了。

「陳先生……果然胸懷大志。是顧某小看你了。」顧樂飛慢慢抬起頭來，始終緊盯著陳庭的眼睛，目光中是他極少展現出來的壓迫感，一字一頓地緩緩說道。

陳庭面上的微笑亦消失不見，同樣報之以鄭重的神情。「我之所謀，無非為殿下未雨綢繆。」

「未雨綢繆。」顧樂飛反覆喃喃唸著這個他也很喜歡用的詞，臉上忽而浮起淺淺的譏笑。「還望陳先生永遠記得這句話，你之所圖，只為司馬妧，而非自己。」

「也盼駙馬爺同樣能不忘初心。」陳庭從容道。「若能成就殿下，陳庭死而無憾。」

顧樂飛回府後，獨自將自己關在書房枯坐半日。並非是陳庭的話給他的震撼過大，而是如果目標改變，他如今的佈置也要有所變更，而且未來要籌謀的事情更多。

他需要想想，仔細想想。

從日中坐到日落，顧樂飛在紙上勾勾畫畫、塗塗抹抹，沈思之時，他根本感受不到時間的流逝，不知道自己竟然坐了這麼久，直到美味過來敲他的門。「公子，長公主回來了。」

「知道了。」顧樂飛道，又在書房裡靜靜坐了一會兒。通常司馬妧回府之後，侍女會伺候她沐浴以及塗抹各種他吩咐配製的美容聖品，需要一點時間。

而且最近司馬妧又多了一樣事，那便是喝藥——許老頭的方子熬出來的藥。

顧樂飛來的時候，司馬妧正對著藥碗發呆，見顧樂飛進門，她側頭問他。「小白，我的腿不是已經好了？為何又要讓我喝藥？」

顧樂飛面色一僵，本能地想要說些假話糊弄過去，可是司馬妧那雙琥珀色的眼睛直直盯著他，不放過他臉上任何一絲表情，擺明不想聽到任何欺騙。

唉，好吧。顧樂飛垂著腦袋，對下人們揮了揮手。「你們下去。」

「這是治月事不調的補藥，喝了於妳身體大有裨益，」顧樂飛如實回答。「許老頭上次來看診，看出妳月事紊亂，故而開下此方，叮囑我要待妳腿疾痊癒後才可喝此藥調養身子。」實話他只說了一半，關於她有孕困難的症狀半字不提。

可今天真是見了鬼了——自家公主殿下聞言頷首，隨即開口問道：「會影響生孩子嗎？」

「咳咳！」顧樂飛生生被口水嗆到。

「小白，你怎麼了？」司馬妧很關切地替他拍拍背，拍的時候手頓了一下，覺得肉感沒有以前厚實，不過她沒有說出口，顧樂飛也沒有察覺。

「我……沒事……」顧樂飛艱難地回答。這個問題實在不像司馬妧會提出來的，事實上，她居然記得自己有生孩子這項功能，已令他覺得驚異。

莫非……莫非她提起這事，是看自己表現上佳，終於想要和他圓房了？可是……可是自己現在還沒準備好呢，這滿身肥肉怎好脫了給她看？

顧樂飛的思緒情不自禁地發散開來，內心一時處於激動和緊張的糾結之中。

「小白，你可好些了？怎不回答我的問題？」

司馬妧的聲音將他拉回現實，顧樂飛輕咳一聲，老實回答道：「許老頭說妳的身體很好，只要喝這藥調養一段時間，以後不會有任何問題。」

「這樣啊，許老頭醫術很好嗎？」司馬妧的雙眼亮閃閃。「能讓許老頭給端貴妃瞧瞧嗎？她今日總是覺得我府上有名醫，不停暗示我讓名醫給她看看診，很煩人啊。」下次高嫻君再辦宴飲，她一點也不想再去了。

「高嫻君？她怎會認為妳請了名醫？」顧樂飛眉頭一皺。難道公主府裡有內奸？如此一來，長公主難以有孕的消息會不會已經走漏了風聲？

「她說，聽聞我現在只洗京郊的溫泉，又配了許多美容方子，效果顯著。不知道是何方名醫如此駐顏有術，她近日身體不適，也很想請名醫看看。」

原來如此，難怪沒事要辦宴會請他家公主，八成是南詔王女快要入京，她心中急迫，想要更加美貌一些好留住司馬誠的心。

「都是我的法子，許老頭除了給妳開藥方，其餘沒有半點派上用場，妧妧和她實話實說便是，我大可以將那些駐顏配方盡數寫下來奉送給端貴妃。」這些外敷的法子不甚要緊，倒是令女人早日懷有龍種的辦法，許老頭大概是有的，可他絕不會輕易給高家。

他猜高嫻君知道這些方子都出於自己手中的時候，心情一定很複雜。

原先顧樂飛並沒有想到應該向高家索要什麼樣的籌碼，可是和陳庭一席話畢，他的思路開闊許多，目的亦十分明確。他突然想到，如果高嫻君有了皇子，甚至藉此成為皇后，那高家支持的還會是司馬誠這個皇帝嗎？

高延現在過得可是很憋屈呢……

這樣一想，顧樂飛的嘴角不由自主勾出一抹玩味的笑。司馬妧見他如此，伸出手指頭來戳了他的臉蛋兩下。「小白，今天你似乎一直在想事情？」

顧樂飛避而不答，笑咪咪地拉過她戳自己臉的手。「我仔細看了看，妧妧的皮膚比起以前好了許多，又細又滑，只是因妳每日練武，掌中老繭怕是去不掉。」

「原來她們說的是真的？」司馬妧驚訝地摸了摸自己的臉。「我以前總是不在意這些，仔細對比一下，好像的確細滑很多。」

「世人皆重顏色，無論男女，陳庭不也因為左手殘疾無法出仕？殿下一直有旁人無法效仿的驚豔，我所做的，不過只是讓殿下更出彩一點而已。」顧樂飛趁著司馬妧發呆，猥瑣地將他的鹹豬手摸上她變得又細又滑的小臉蛋，面上的笑容十分純潔。「殿下若肌膚粗糙，我會心疼的。」

他心想，按照司馬妧的一貫反應，他都這麼情真意切了，她肯定會撲過來抱緊他，暖呼呼地稱讚「小白你真好」。

結果並沒有，因為他剛才好死不死提起了另一個人的名字。

「啊，我都忘了問，陳先生的任命狀是否已下來？我聽佳餚說你今日去了一趟崇聖寺，聖上賜他何職、幾時赴任？我派符揚去給陳先生找住宅，如今還未找到合適的呢。」比起美不美這種問題，司馬妧更關心正事，關心她的舊部。

即便今天，顧樂飛和陳庭就某個驚天大陰謀一拍即合，但是他不得不說，自己果然還是很討厭陳庭！

第二十四章

如顧樂飛所料，當高嫻君得知自己處心積慮從司馬妧處得來的養顏秘方，竟然是顧樂飛的手筆，不由得面色微妙。

她看了司馬妧半天，忽而冒出一句。「顧二郎早年流連青樓的功夫原來沒白花呢。」

高嫻君說這句話，純粹是想給司馬妧添堵，甚至不管話中意思有對自己的暗諷——說不定這些方子是青樓女子弄出來的，堂堂貴妃竟然也用，成何體統？

可惜她遇到的是司馬妧，聞言，司馬妧並未變臉色，反而驚訝地瞪大了眼。「我以為說小……顧樂飛吃喝嫖賭皆精只是傳言而已。」

高嫻君輕笑一聲。「那是確有其事。十年前的顧二郎，那也是唇紅齒白的翩翩美少年呢，不知多少花魁名妓傾心於他。」

其實實際情況她根本不清楚，只是道聽塗說，想當然的以為既然男人混跡青樓，自然不可能什麼都不做，於是便這麼一說，好給司馬妧錯誤的暗示。

高嫻君就是看不慣如今顧樂飛對司馬妧呵護備至的做派。

她嫉妒。她不是嫉妒司馬妧得到了顧樂飛，顧樂飛那胖得和球一樣的模樣她不稀罕，她嫉妒的是司馬妧得到的那份關心、呵護，或者說寵愛，只對一人，一心一意。

當她踏入皇宮的那一刻，她就清楚自己已經與這種寵愛無緣。可是當比她更出色的女子得到這樣的愛時，她還是會忍不住妒忌。憑什麼她能如此幸運，而我還要在韶華漸逝的時候擔心有人分去我的寵愛、我的權力和地位？

所以她絲毫不在乎上一秒接過司馬妧的方子，下一秒就離間他們夫妻二人的和睦。

只可惜她誤解了長公主和她駙馬之間的關係，當聽到顧樂飛曾經很好看，還有很多女人喜歡時，她的第一反應是——努力想像小白瘦下來的樣子。

然後發現……自己完全無法想像。

「好難啊！」司馬妧嘆了口氣，說出這句讓高嫻君覺得莫名其妙的話，隨即告辭。

所以，到底她是生氣還是不生氣？高嫻君心裡好奇，但是又不好意思叫住她問個清楚。

「小白，端貴妃說你以前有很多女子喜歡，是青樓的常客，長得很好看，我仔細想了想，竟然沒有辦法想像呢！」

長公主府內，府邸的主人捏著她家駙馬渾身上下的肉肉，企圖捏出一個瘦子的形狀來，可是目前駙馬的減肥成績不夠出色，肥肉過剩，她怎麼也捏不出來。

倒是高嫻君應該後悔，因為她的多嘴，本來正在考慮之中的顧樂飛，心下立即決定將許老頭的醫術繼續掩藏下去。

「殿下莫聽端貴妃胡說，那時候太子剛出事，顧家身分敏感，我若不做出一副頹廢模樣，恐怕有人不會放過顧家。」顧樂飛努力地在她捏自己的時候做出一副笑臉，只期望以自己一如既往的無辜模樣能麻痺她，讓她相信他那都是逼不得已。

「我知道，你之前過得並不容易。」司馬妧嘆氣，恰恰就吃顧樂飛這一套。見他努力笑給她看的樣子，可愛又可憐，心裡頓時軟乎乎的，張開雙臂給他一個大大的擁抱。「以後我會保護小白的。」

他並不覺得高興是為什麼？她怎麼不吃醋呢？

被長公主摟在懷裡的駙馬爺心情低落。

不管高嫻君樂不樂意，南詔王女進宮勢不可擋，不過是早晚的問題。

五月，陰雨連綿，而那個被傳得美若天仙的南詔王女羅眉，終於入京了。

趙岩恰好在負責這一日的鎬京防務人員之列，有幸近距離目睹了王女羅眉的真容。

她的確很美，身形窈窕，穿著極具異族特色、花花綠綠的南詔服飾，身上戴著五顏六色的首飾，露出小半截又修長又結實的小腿線條，腳上還繫著兩個小小的金鈴，只要她一動，就會叮鈴鈴地響。

然而帝都從來不缺美人，在南詔被吹得天花亂墜的王女，在見多了漂亮女子的趙岩看來，也不過是一般。

不過她有一雙極具侵略性的眼睛，那是趙岩很少在女子身上見到的。當她看著你的時候，眼梢天然上挑，目光專注，彷彿在探究你，又彷彿對你不屑一顧。

令人覺得這個女人如此桀驁不馴，反而產生想要馴服她的衝動。

趙岩家裡有個嬌蠻的嫂嫂明月公主，可是羅眉和司馬彤不一樣。司馬彤的傲慢蠻橫令人心生懼意、避之不及，而羅眉的驕傲卻是在引誘男人征服她。

司馬誠封她為「麗妃」。羅眉進宮的當晚，司馬誠便宿在她的寢宮，出人意料的是，她竟然咬傷司馬誠，拒不同房。

「除非你能贏過我。」這個王女微揚起下巴，拿起她帶來的長弓，高傲地向司馬誠發出挑戰。

「喔？」司馬誠很顯然被她挑起興趣，並不介意她咬了自己一口。「僅僅是比射箭而已？」

「以此證明你比我強，我羅眉不嫁弱腳雞。」她勾了勾唇，眼波流轉間別有一番嫵媚，聲音亦是如黃鸝般動聽。「陛下若想征服一個女人，便要讓她從心到身徹底臣服，莫非不是？」

那時候高嫻君就知道，事情棘手。

羅眉是和她完全不同的類型，高嫻君可以使小性子，卻永遠不會過度，她懂得司馬誠的底線在哪裡，而她扮演的角色，始終是司馬誠的賢內助、解語花，因為她要的就是皇后之位。

而羅眉……她只想要司馬誠的寵愛，並且選擇最冒險的一種方式。

司馬誠還年輕，他還很有血性，這樣桀驁如野獸的女子，當然能夠激起他的征服慾。

羅眉受寵的消息很快傳出宮外，顧樂飛想著高嫻君現在的臉色想必很難看，用多少養顏秘方都沒用。恰好這時候，顧吃從外頭遞了一條陳庭約見的口信，顧樂飛摸了摸下巴，想了一會兒，吩咐美味佳餚備車，去了一趟寧和坊。

寧和坊在東市附近，距離達官貴人扎堆的三、四個坊不遠，如今陳庭暫住在此。自崇聖寺那次密談之後，兩人還有過幾次司馬妧在場的公開會面，可是都沒有就那個話題深入談下去。

兩人似乎達成了默契，在大勢所趨之前，他們不打算讓司馬妧本人知道，因為他們都料定她不會同意。

「你有意與高家結盟？」聽顧樂飛說完後，陳庭攏著袖子思慮片刻。「為時尚早，端貴妃的問題不過是後宮的問題，如果高相出了事，那才是大事，我們需要再等等。」

顧樂飛頷首。「我也是這麼想，而且……南詔派來的這個王女，我總覺得她不懷好意。」

「那是皇帝陛下和高相需要擔心的事情。」陳庭望了一眼停在外頭的公主府馬車，眉頭微皺。「你這樣過來一趟，會不會太顯眼？若讓殿下知道，她問起你，你如何說？」

「這也正是我覺得麻煩的地方，不若以後要會面的時候遞消息吧，我最愛去的地方是饕餮閣，京中人人都知道。」顧樂飛頓了頓，補充道：「饕餮閣是我的人開的，盡可放心。」

「駙馬的產業看來不少，不過瞞著殿下的事情多了，小心她察覺。若是她以為你在欺騙她，後果可是很嚴重啊！」陳庭抱著看熱鬧不嫌事大的心態，不懷好意地提醒顧樂飛。

顧樂飛輕描淡寫。「不勞陳先生操心。不知先生找我今日前來，所為何事？」

「雖然我如今在司天臺任職，不過卻藉著機會認識了幾個太史局的人，他們允我去翻看史料，記錄史料中所提到的星象。」頓了頓，陳庭朝對面的人微微笑了一下。「我有幸翻到一部未修纂過的前朝史冊，竟然從中發現一些很有意思的事情。」

「喔？」

「先帝冊封殿下為長公主時，將她的食邑定在太原府，你知道是為什麼？」

顧樂飛眉梢一挑，不動聲色。

「我去翻前朝秘史，本意想從昭陽女皇的得位經歷中找到可借鑑之處，畢竟我們要做的事情，在大靖還是頭一遭。」

「可有發現？」

「確有一件很有趣的事情。」陳庭微微一笑，以指尖沾茶，在桌面寫下六個字——「合葬墓近太原」。

顧樂飛的眼睛瞇了起來，抬起頭一眼不瞬地盯著陳庭看。「是那二位的？」

「正是。」陳庭接著道：「昭陽女皇在位期間政通人和，唯有與太監夏鼎丞的情感遭人詬病。她死後，有不少人企圖尋找此墓，好將與她合葬的夏鼎丞挖出分屍，認為他不配死後也陪在女皇身邊。

「他們二人死前或許早已想到這一點，故而設計的時候因山為陵、以山為塚，不設任何地面建築。天長日久，陵墓入口以及其他建造痕跡被植被遮蓋後，後人很難能夠找到，連史書中的記載也十分模糊。我先在司天臺找到對應年分的太原府氣候、水文、地理等等記載，然後和史書中隻言片語的敘述做比較，發現十有八九吻合，故而如此猜測。」

顧樂飛瞇了瞇眼。「我記得太原乃大靖太祖發跡之地，太祖之陵也在太原。莫非……司馬家曾是夏氏家將的傳聞，竟是真的？」

事情到了這裡就能連起來了——既然夏鼎丞害怕被人盜墓掘屍，除了因山為陵靠植被保護之外，他會不會命令最可靠的家將們帶人看守陵墓，直到這座大山最終和別的山沒有兩樣，不會再有人發現它的特別為止？

大靖太祖舉兵起義之時還是無名小卒，可是身邊已經有許多得力將領跟隨，這些是不是都是夏氏家將的後代？那些追溯太祖起義的家將後人，在太祖死後又去了哪裡？

顧樂飛皺起眉頭。「可是先皇把那座墓囊括在妧妧的封地之內，到底代表意思？」

「此事我也想不明白，不過有一個人或許知道。」

「誰？」

「十二王爺，司馬無易。」陳庭袖中攏著雙手，意味深長地望著顧樂飛。「這位王爺守陵多年，會不會是為了保守秘密？」

「比如假設……或許先皇早就發現前太子的死亡有異，故而在此處留下後手，也未可知。」

顧樂飛的眉心一跳。怎麼又牽扯到前太子司馬博了？

他緊緊盯著陳庭的臉，緩緩道：「看來陳先生這一年不只是訪友而已。」還查到了不少東西啊。

十多年前的「申酉驚變」發生之時，陳庭就在張掖，可以算是當事人。他和顧樂飛一樣，從不符合邏輯的種種蛛絲馬跡中，發現了前太子死亡背後的陰謀。

不過由於司馬妧和司馬博的關係並不親密，那時候又忙於抵禦入侵，對司馬博死亡真相的調查便擱置下來；而且隨著北狄滅亡、呼延博身死，這件案子的凶手沒了，留下的痕跡和線索也幾乎消失殆盡，很難追查。

直到現在舊事重提，乃是因為陳庭認為，按照司馬博死亡後的最大受益人為司馬誠這一點來看，此案說不定確實為當今皇上謀劃。

而司馬誠一旦失去繼承皇位的合法性，長公主想要更進一步，豈非容易許多？

面對陳庭給出的美好願景，顧樂飛的反應十分冷淡。「陳先生想得很好，可是追查真相，談何容易？」

陳庭搖著頭笑了笑。「我們不是要追查真相，只是得找到一些司馬誠和此案有關的證據，然後在關鍵時刻……」推波助瀾，甚至誇大其辭、火上澆油。無論此事是不是司馬誠謀劃，都把這盆髒水扣到他頭上，為長公主掃平道路，讓反對者無話可說。

他們不是要為司馬博平反，而是為了把如今皇位上坐著的那人拉下馬，才翻出死去多年的前太子來增加己方籌碼罷了。

想明白這一層的顧樂飛，終於緩緩露出一個詭異的微笑。他起身朝陳庭長長作了一揖。「看來論朝堂之事，堪輿尚且火候不夠，還需陳先生多加指導。」

「駙馬爺過謙，你不是想不到，只是還不夠狠。」陳庭口裡雖然如此說，但實際上卻受了顧樂飛的這一禮，然後轉而道：「不過此事還需從長計議。」

「如何從長計議？」

「當今尚書右丞鄭青陽鄭大人，申酉驚變之時乃是涼州刺史，當時有攜家潛逃的劣跡，可是此事過後卻平步青雲，著實令人豔羨啊！」

陳庭沒頭沒腦的這一句感慨，顧樂飛卻聽明白了。涼州在河西走廊硤口關以南，是當年北狄未能入侵到的地方，但它距離事發的張掖並不遙遠。他不知道鄭青陽曾經逃跑過，這種密事在任何卷宗中都不可能查到，官府一定會遮掩甚至銷毀有關記載，可是涼州當地知道此事的人卻無法一一滅口，仔細去查，還是能查出蛛絲馬跡。

然而尚書右丞鄭大人和他家公主殿下，可是因鄭易一事結下梁子的死對頭，絕對不可能幫忙的死對頭啊。

顧樂飛淡淡一笑。「確需從長計議。」

第二十五章

顧樂飛在書房拆開父親的信，信紙上有幾處被水滴打濕後墨跡暈染，然後又乾掉的痕跡。顧延澤在信中提及，五月初的河北道許多地方大雨連綿，道路泥濘得十分難走，連他的行程也受到阻礙。

「大雨連綿？」顧樂飛低聲重複這兩個字，皺了皺眉。五月的雨勢過旺並非好事，如果持續時間太長，非但農作物的長勢和成熟受阻，還有可能導致水澇，甚至黃河決堤。

顧樂飛仔細思慮片刻，提筆寫下自己的擔憂，提醒父親萬事小心。

「許大夫，我還要喝多久的藥？」

他聽見不遠處的廂房傳來司馬妧的聲音。

許老頭回答道：「那要看長公主的恢復狀況。依目前來看，呵呵，最多半年，殿下便可斷藥懷子了。」

「懷子？」司馬妧重複了一遍這兩個字，語氣中有顯而易見的疑惑。

顧樂飛一個激靈從椅子上蹦起來，以迅雷不及掩耳之勢推開書房大門吼道：「啊啊！許麻子你何時過來，怎麼不知會我一聲？」

沒料到顧樂飛會從書房裡突然跳出來，許老頭愣了愣。「老夫只是來給長公主看診換藥方……」不過尋常複診，這也需要提前通知顧公子？

「那個，咳咳，我最近有點不舒服，你先別走，也給我瞧瞧。」顧樂飛裝出一副很認真嚴肅的表情，朝許老頭微微點了一下頭。

許老頭精明得很，立即猜出顧樂飛是有話要和他說，而且不想讓旁邊的長公主知道。他笑咪咪彎了一下腰。「成，我這邊給殿下開完方子，回頭就給駙馬也瞧瞧。」

司馬妧卻當了真，關心地問他。「小白，你何處不舒服？是不是最近晨練太過，傷了身體？」

「顧少晨練？」許老頭瞪大眼睛，稀奇不已。他認識顧樂飛七、八年，這位公子從來都是能坐著絕不站著，能躺著絕不坐著，怎麼舒服怎麼來，實在不像會主動折磨自己，早早起來搞鍛鍊的人。

顧樂飛知道許老頭在想什麼，不理會這人，只朝司馬妧露出一個憨憨的笑。「不礙事，只是腸胃有些不適而已，吃兩副藥便好了。」

「如此。」司馬妧頷首，轉頭對許老頭囑咐道：「許大夫，既然要幫小白看診，一併也看看他晚上打鼾的毛病能不能治，我知道長期如此對身體有損，卻不知如何治療。」

妧妧真是關心我呢！顧樂飛心情飛揚地想，不過許老頭卻很不客氣地說：「依老夫看，只要駙馬天天堅持晨練，注意飲食，這打鼾的壞毛病自會不藥而癒。」言下之意，都是太胖惹的禍。

為了貫徹自己的診斷，許老頭還真的大筆一揮，給顧樂飛開了一張方子，據稱此方能不傷身體助人減肉。

「顧少日後與長公主子孫滿堂，莫要忘了小老兒我的功勞。」許老頭得意洋洋，毫不謙虛。

顧樂飛卻臉色陰沈地瞅了一眼許老頭。「許麻子，我之前是如何叮囑你的？若是讓公主知道她目前所喝湯藥乃是有助婦人懷孕之物，你乾脆別在鎬京城待著了，收拾收拾回鄉下守你家人的墳好了。」

生孩子是好事啊，為啥要藏著掖著不讓長公主知道？這對夫妻也是古怪。許老頭委屈巴巴地回話。「知道了。」

顧樂飛在這邊小心翼翼瞞著司馬妧，不讓她知道這藥的全部功效時，皇宮裡的端貴妃正在遍尋名醫尋找能懷子的藥方。

羅眉太囂張了。

她從來沒有見過敢在皇宮裡如此囂張的女人，即便司馬誠下了朝之後來她的宮中，羅眉也能以親自下廚烹調南詔美味的名頭，把司馬誠從她的宮裡生生拉過去。

在羅眉入京前，大靖已派川軍壓上雲南邊線，雖然沒有打仗也未進入洱海地區，卻以實際行動肯定了現任南詔王羅邏閣的合法性，幫助羅邏閣穩固了他的位置，而羅邏閣也投桃報李，又送了一大批玉器、茶葉和當地特產的名貴藥草上貢進京。

西南安定的未來遠景，當然讓司馬誠更覺舒心，連帶著也看重羅眉、容忍羅眉。這是給南詔王的另一個信號——我寵愛你的妹妹，乃是因為大靖和南詔關係融洽，並且大靖有意讓這種融洽延續下去。

有了這樣的政治背景，高嫻君當然不敢擅自動羅眉。她在等待時機，可是這個時機何時到來，她心裡也沒有底。

這時候，她的父親卻安慰她。「放心，不會太久，那位新任的南詔王和雲南太守之間必有衝突。」一個是土生土長的地方政權，一個是鎬京派來的封疆大吏，天然不可調和的矛盾，偏偏現任雲南太守還不是個會圓滑處事的人，爆發矛盾，不過遲早的事情。

巧的是，司馬妧從邊軍布防的角度，也看到了南詔對大靖潛在的威脅。

「他們統一六詔，有自己的語言文字、官員和軍隊體系，雖然名義上承認對大靖的從屬地位，實則自成一國，可竟然能容忍自己的地盤有中原來的官兵，大靖的體系和南詔的體系在此相互衝突，還要和睦相處，這不是很奇怪的事情嗎？雖然南詔和四川之間隔著一片大靖管轄的羈縻府州，可是那裡兵力少、補給線長，而且百姓多為異族少漢人，要管理很困難，要失守卻很容易。而一旦失守，被南詔攻下四川，上可襲擊關內道甚至王畿地區，下可順江而下佔領兩湖甚至江南。」

司馬妧說這話的時候當然不可能是在朝堂，只是在自家府邸內的小書房對著簡略的地形圖指點江山而已，聽者也只有顧樂飛一人。

顧樂飛實在很喜歡看她如此認真投入的神情，越看越好看。他看得入神，亦不忘接兩句好讓她繼續說下去。「如果是妧妧，該當如何？」

「如果是我，便任憑新任南詔王和其他各部族鬥來鬥去，最好兵力消耗殆盡，然後由我大靖將領全權接管南詔兵防，只給南詔王一個虛位的頭銜以安定民心便可。」司馬妧惋惜不已。「多好的掌控西南地區的機會啊，就這樣被陛下錯過了。」

顧樂飛笑了笑。「其實司馬誠這樣做也沒錯。」

「喔？為何？」

「妳只考慮到待南詔上層內耗完畢，可由大靖將領乘機接管軍務，卻沒考慮到派誰去做這件事的問題。縱觀大靖現在的高級武將，除了守著西北的哥舒那其，我們皇帝陛下還敢用誰？」

和樓家沾邊的，或者和司馬妧沾邊的，他都不敢用，按照這個標準，放眼望去，哪裡還能有上過沙場、鎮得住場面的好將可用？

既然沒有可堪大用的武官，那便只好和現任南詔王打好關係，求著人家安安分分過日子，不要來騷擾大靖了。

然而誰也沒有料到，南詔的威脅尚未暴露出來，黃河的夏季汛期已至。這一次，華北平原普遍而大量的降雨帶來了麻煩，幾年未加固的堤壩擋不住來勢洶洶的黃河之水，天上雨下著，地上的人眼睜睜看著河水面越漲越高，附近的百姓想撤都來不及撤。

七月，黃河決溢，內河氾濫，舟行陸地，人畜漂流。

司馬誠急令司天臺挑選吉日，鴻臚寺準備祭典，由他親上天壇向上蒼祈晴。

祈晴儀式似乎有那麼一點效果，大雨果然停了數日未下。可是一入七月，雨勢再次氣勢洶洶襲來，這一次，黃河下游的堤壩再也擋不住，數處決堤。

河南道肥沃的平原是大靖最主要的產糧區之一，還差幾天，夏糧就要豐收了，偏偏在這個節骨眼上出事，無疑雪上加霜。

坊間傳聞，說老天爺不給皇帝的新稅制面子，這是在以洪水懲罰皇帝的一意孤行。

高延身為尚書令、宰相之首，面對如此重大的災難和對皇帝不利的謠言，他難辭其咎，公開上書承認自己在任期間有所失職，以致老天降罪於民，請求皇帝罷相以平息上天憤怒。

「高相這一招以退為進，著實高明。」不管外界對高延的褒貶如何，顧樂飛對這隻老狐狸的審時度勢很是讚許。「第一，他替司馬誠擔了罵名；第二，新稅制才起便出了這等大事，如何應對是個麻煩，高延乾脆退位將這燙手山芋讓與他人。我敢打賭，此事過後，高延必將重新被啟用。」

陳庭望著佛舍外淅淅瀝瀝的小雨，淡淡笑了一下。比起河北、河南兩道的大雨磅礴，鎬京這點連綿小雨著實算不上什麼，只是想必望著這雨，皇宮內的天子心情一定很差吧？

「此事難辦，莫讓殿下強出頭。」陳庭道。

顧樂飛頷首。「她不善河工，也未曾接觸過決堤後賑災之事，此時司馬誠因為那個降罪天子的謠言正心裡敏感著，她的確不宜主動請命觸霉頭。不過……如果有人想要把這個燙手山芋丟給妧妧呢？」

雖然兩人已見面密謀好幾次，可是每次聽面前的胖子稱呼殿下為「妧妧」，陳庭都禁不住老心臟一抖。

真是不習慣這傢伙的駙馬地位，就他這副肉嘟嘟的模樣，長公主怎麼能壓得下去呢？

「如果躲不了，殿下也不是怕事的人。」陳庭倒是看得開。「此事若辦得漂亮，亦於殿下日後有益。」

當這二人在崇聖寺推測未來之事時，高府裡早已炸開了鍋。

高延主動請求罷相一事突然至極，沒和任何人打招呼，包括家裡人。

不但司馬誠和文武百官被他打了個措手不及，家中妻兒也都懵了。

高夫人呆呆坐在丈夫身邊，一副不知如何是好的模樣。「那咱家以後……不是宰相之家了？崢兒在朝中也沒人照應了？」當了幾年宰相夫人，再讓她回去，她真不適應。

高崢倒是很實誠，沒覺得父親這樣做不對。「父親必有父親的道理，孩兒在太僕寺也無甚麻煩，可以照顧自己。」

高延慢悠悠喝了口茶，瞥了一眼和高崢同父異母的高巒、高峰。這兄弟倆都站在一旁不說話，估計對父親這決定心懷不滿。高延看在眼裡，心下嘆息一聲。他這兩個庶子雖有能力，可是利慾薰心，恐難走遠。

想到這裡，高延看向高崢的目光不由得又和藹幾分。「這兩天有空，你進宮見一見你姊姊，告訴她我此舉乃是順應帝心，罷相不過一時，讓她莫要擔心。」

是了，比起還能聚在一起商量對策的高家眾人，獨自一人待在宮中的高嫻君最為心急如焚。她在宮中消息自然不暢，一聽父親被罷黜尚書令，頓時覺得孤立無援、前途無光。最強而有力的後盾倒了，她還怎麼拿下皇后一位？

她枯坐宮中，聽著屋簷下不停滴落的雨滴聲，心中從煩悶到漸漸冷靜。

考慮再三，她咬了咬牙，吩咐身邊大宮女。「叮囑我宮中人近日做事小心些，布在羅眉那裡的眼線暫時也不要回來報告了，將六司的人和後宮有品級的妃嬪都召集來。」

大宮女頷首應了，然後多問一句。「娘娘準備做什麼？」

高嫻君微微一笑，眸子滿是自信光彩。「當然是削減宮中一切用度，日日祈佛抄經，為兩道受災百姓祈福。」

越是到了這種時候，她越不能自亂陣腳，反而要擺出一副母儀天下的姿態來，從容做事，誰也別想鬥倒她！

以天藍為彩畫背景的宮殿裝飾和皇宮其他建築不大一樣，房屋偏矮，連建築風格也有所不同，這裡是司馬誠特地為麗妃羅眉建造的南詔殿。

殿外有宮女接了來自端貴妃宮中的命令，沿著迴廊快步向羅眉的寢宮走去，她輕輕敲了敲門，小聲道：「娘娘，端貴妃讓全體宮妃去她宮中，說有要事要宣佈呢。」

羅眉懶懶地仰躺在床上，綢緞睡袍從她絲滑般柔嫩的肌膚上滑落，露出遍布吻痕的修長雙腿。昨夜司馬誠陰沈著臉闖進來找她發洩，動作粗魯得很，估計是遇到了煩心的事情，不過羅眉懶得問。

聽見宮女的稟報，羅眉懶洋洋翻了個身，偏頭望了一眼打開的窗子，見窗外有細細的雨絲飄進來，不由得煩悶地又翻了個身，把頭埋進軟被之中，悶聲道：「告訴端貴妃，本宮身體不舒服，不去。」

宮女遲疑了一下。「可是……端貴妃的宮中人說是很重要的事情……」

「不去。」羅眉的語氣堅決。她一點也不喜歡這座牢籠樣的皇宮，更不喜歡那個笑面虎似的端貴妃，還有寵愛她的漢人皇帝，她也壓根兒不喜歡。

她想念南詔，想念哥哥。

羅眉拔下頭上一支鑲玉鏤空金簪，一頭青絲如瀑瀉下。她解開金簪上一只花瓣形狀的卡扣，鏤空的外殼「啪嗒」一下打開，露出嚴絲合縫的內膽中所盛的烏黑膠狀物質。

羅眉注視著這古怪的東西片刻，復又將簪子外殼合上，賭氣一般將這簪子往窗邊一扔，任憑飄入的細細雨絲落在它身上。

她討厭下雨。

南詔的七月豔陽高照、乾燥清爽、不冷不熱，不像鎬京，一連下了多日的雨也不見停息，聽說最近還有些地方因此遭洪水了，弄得皇帝和官員都焦頭爛額的。雖然聽說了這些事情，可是羅眉並不關心，這裡不是她的故土，這些人都與她無關。

她只關心哥哥什麼時候兌現承諾，在穩固王位之後就來接她回家。

第二十六章

短短數日，備受壓力的司馬誠嘴角起了一圈泡，連下幾道軍令，責令兩道府兵出動救災，並且緊急徵調洛口倉和含嘉倉的大量糧食運往兩道災地，下旨要求其他各道積極收留流民，不能讓他們流入鎬京。

同時任命英國公單雲為河北、河南兩道黜陟使，總領此次天災的全部事宜。

黜陟使是一個臨時官職，通常在非常時期才任命，顧名思義，「黜」是貶斥、廢除之意，「陟」則指晉升。黜陟使的權力極大，代皇帝巡視各地，他可以不上報直接處置一些違法官員，把他們罷官、入獄甚至可以直接處決。

以司馬誠一向小氣巴拉的個性，竟然願將這等重要權力交付單雲，可見此次他對單雲的期望多大。

雖然朝野上下，總有一些胡亂蹦躂的小跳蚤，不識時務地吆喝著要讓長公主代帝巡視、慰問難民，以讓天下明白天子的愛民之心，司馬誠全當他們在放屁。

難得這一次司馬妧乖順，沒有主動請命來惹他煩心，他才不會傻不拉幾地把這等招撫民心的好機會留給司馬妧。

英國公單雲此人，雖然脾氣就像茅坑裡的石頭又臭又硬，可他清楚此人耿直忠誠，而且資歷老地位高，重要時刻可靠又鎮得住場，不派他去，還能派誰？

這道旨意一下，英國公府頓時熱鬧起來，單雲要打點行裝以及確定同行大臣，同時奉命調走一隊幾百人的禁軍隊伍隨行，另外還要接見打著各種主意來拜訪的「有心人」——包括新上任的尚書令鄭青陽鄭大人。

「不見！不見！無論是誰，老夫一概不見！」單雲煩都煩死了，氣得吹鬍子瞪眼，不管不顧下達了逐客令。

可再怎麼逐客，宰相之首不能不見，於是鄭青陽成了唯一見到單雲的大臣。他的來意也很簡單，就是來暗示一下單雲，通常賑濟錢糧總有官員要貪污，他想好心提醒單雲多留意一下這種人。

當然，他給出的這份名單，自然都是前任丞相高延一手提拔或為其門生之人，屬於「高系」。

既然高延都退了下去，那麼就安心養老，乾脆以後也別惦記著尚書令的位置。單雲是越老越精，掃一眼名單就知道鄭相打的什麼主意，對這種在人命關天之際還不忘排除異己的傢伙，他是深惡痛絕。

他將名單一抖，碰到桌邊燭火，雪白的名單立即燃了起來，燒成灰燼。

鄭青陽先是一愣，隨即笑了。「單老國公做事不留痕跡，鄭某佩服、佩服。」

單雲懶得和他解釋，冷著臉點了點頭。「如果鄭相沒事，老夫這裡還忙著，就不送客了。」

鄭青陽的面色微微一僵，暗在心中腹誹一句——「這老匹夫給臉不要臉！」不過面上還是笑咪咪的，從容告辭。

巧的是，在英國公府門前，他看到一輛徽記特別扎眼的馬車——定國長公主府的馬車。

仇人見面，分外眼紅。

鄭青陽最寶貝的小兒子鄭易丟了官又凍廢了腿，至今還在家裡躺著，成了徹徹底底的閒漢一枚，每天不是和小妾耳鬢廝磨就是怨天怨地。

鄭青陽起初還心疼兒子，後來越看越煩，連帶對鄭易的寵愛也少了許多。

而這一切歸根結柢都是司馬妧的錯。雖然鄭易說是自己不小心掉下井然後凍了一夜，可鄭青陽堅持認為天下沒有這麼巧的事情，一定和司馬妧有關係。

如今他新任尚書令，身為宰相之首，腰桿硬了，氣也足了，負手站在英國公府門前，氣定神閒地微笑。「長公主居然也來湊這份熱鬧？恐怕要吃閉門羹喔。」

就算暫時不能拿這女人怎麼樣，下下她的面子也好。

司馬妧剛下馬車便得了鄭青陽兩句不善的搭話，覺得莫名其妙，倒也不氣，朝他微微點頭，叫了一聲「鄭大人」算是打過招呼。

然後她轉身朝馬車內伸出手，道：「小白，下來吧，小心路滑。」早上剛下過一場小雨，青石板路面還濕著，很滑溜，雖然小白肉那麼多，估計就算失足摔下來也摔不疼，可他最近瘦了一點，還是當心些好。

眼睜睜看著司馬妧體貼地伸手，把車裡滾出來的那個圓球接下車，死胖子還對她笑得很開心，分不清兩百斤和一百九十斤有啥區別的鄭青陽只感覺到十分受挫，因為堂堂宰相之首的挑釁竟然完全被忽視了。

「英國公忙著呢，除我之外他不再見客。」鄭青陽硬邦邦地道。「長公主要是拿熱臉貼了人家冷屁股，可別怪老夫沒有提醒。」

本來，又被自家公主殿下照顧了一把的駙馬爺正又高興又辛酸地想，妧妧關心自己是好事，可是她完全角色顛倒，沒有半點為人妻的自覺，這似乎不是好事。

該怎麼辦呢？剛糾結了一小會兒，就被鄭青陽打斷。

顧樂飛偏頭，越過司馬妧的肩膀看到了氣勢十足站在那兒的鄭青陽，不由得笑開來。

「喲，今天我顧某何其有幸，居然遇上了鄭相。」

鄭青陽哼了一聲，淡淡瞥他一眼，好像不屑於和他說話，腳下一轉，徑直朝自己的馬車走去。

「您等等，我還沒給鄭相行禮呢。」顧樂飛屁顛屁顛跑過去，還真的鄭重其事地拱手彎腰給鄭青陽行了一禮。鄭青陽臉色稍霽，剛想諷刺一句駙馬爺不必如此諂媚，誰知道顧樂飛突然一拍腦門，彷彿恍然大悟一般道：「這……我給鄭相行了禮，鄭相是不是忘了一件事？」

鄭青陽冷冷道：「何事？」

顧樂飛淡淡笑了笑，朝司馬妧的方向偏了偏頭，道：「定國長公主在此，鄭相就這麼大搖大擺地走了，於禮不合吧？」

鄭青陽一噎。尚書令是文官正一品，公主是外命婦正一品，二者屬於兩個不同的體系，單論品級而言，兩者確實是平級，可司馬妧長公主的「長」字，代表的可是超一品的尊榮，縱是宰相之首，那也得恭恭敬敬給她行禮問安。

本來還想下她面子順便蒙混過關的鄭青陽，被顧樂飛這麼逮住，真是一口老血梗在喉頭，不情不願行了禮。「老臣不敢，老臣參見長公主。」

說完之後他不願在這裡多待，可是胸中憋悶，終究沒忍住在走前丟下一句。「老夫說過，英國公未必願意見客。」口氣裡全是幸災樂禍。

「不勞鄭相費心，我和殿下並非來見英國公，只是訪友而已。」顧樂飛淡淡回答。英國公不好見，他的長孫單奕清難道也不好見？

鄭青陽走後，顧樂飛報上他們夫妻二人的名字，很順利便進了英國公府，小廝將他們一路引向單奕清的致知院。

顧樂飛覺得奇怪，被火蒺藜炸毀的璿璣樓早已重修完畢，如今天色還亮著，單亦清居然不在璿璣樓搗鼓他的各種奇怪玩意兒，反而安安分分待在自己的院子裡？

一入致知院，他就知道自己想錯了，因為此時的致知院亂作一團，單奕清皺著眉頭站在院中，指揮僕人搬這搬那，看樣子竟然是要打點行裝出遠門。

「飛卿要去何處？」顧樂飛開口問道。

「祖父允、允我隨行。」多日不見，單奕清的身形還是那樣清瘦，口吃的毛病也不見好轉，他笑容靦覥地撓了撓後腦勺。「堪輿，你向來最、最聰明，可有何建議能、能給我、我的？」

顧樂飛訝然。「你要隨英國公一道去治水賑災？」

「是。我、我每日待在家裡，沈迷自己、自己的愛好，都不知道兩道百姓正受、受苦。」單奕清把一直放在袖中的幾卷水文河道圖給顧樂飛看。「這些圖紙簡陋，不知道是多少、多少年前繪製的，你知道我愛看雜、雜書，早年研究過水利農事，只是沒有用武之地，很快被、被我擱置。我想，自己懂些河工，也通機關器械，還、還能幫助繪製新圖……我還是挺、挺有用的吧？」單奕清不甚自信地詢問顧樂飛，無意識地又抓了抓頭髮，令自己本來就亂糟糟的頭髮變得更亂了。

顧樂飛默了片刻，隨即問：「是英國公要求你同行，還是你主動要求的？」

「是祖父、祖父找我的，還為我在工、工部掛了一個職。」

看來英國公是不想自己這個長孫在府中虛度年華，抓住長孫心地善良的特點，以這種辦法引誘他出仕。

顧樂飛笑了笑，也很高興看到好友能將一身本事施展出來，造福於民，故而笑道：「我沒什麼好說的，踏實做事，聽英國公的話，就這兩點。以飛卿之能，此行必定一鳴驚人。」

單奕清常年待在家裡以致蒼白的臉，被顧樂飛的兩句誇讚弄得紅通通的。「堪輿……堪輿莫誇我了，我哪有這種能耐。」

「莫妄自菲薄，不試一試，誰能知道最後能成什麼樣？」司馬妧微微笑了一下。這句話她最有資格說，畢竟她當年夜襲北狄呼延博的時候，誰也沒能想到她能以一介女子之身平定西北邊境。

不過……司馬妧瞥了一眼單大公子那風一吹就能倒的竹竿小身板，搖了搖頭。「聽說黃河決口之時，那些負責堵口的河工和府兵們都幾日不眠不休，甚至親自跳到河裡以身軀堵河，你這樣的，估計一天都挺不住。」

單奕清呆住。他想說自己琢磨火蒺藜的時候，也是好幾天不眠不休呢，他熬得住！可是轉念一想，那是在家中，有人好吃好喝供著，風吹不著雨淋不到，能和澇災現場比嗎？

單奕清頓時有些灰心喪氣，卻又不願臨時打退堂鼓，便鼓起勇氣小心翼翼地問司馬妧。「那、那長公主有何快些強身健體的法子？我、我天天多吃肉和蛋成不成？」

司馬妧被他可憐巴巴的眼神逗笑了，頷首道：「我教你便是。」

不過見面一會兒，短短時間居然對著姓單的榆木疙瘩笑了兩次，顧樂飛數得清清楚楚，心裡頓時有些不是滋味。

他很想留在這裡盯著單奕清，雖然知道他對自家公主沒意思，可他就是不放心。偏偏他不能，因為他今天是帶著目的來英國公府的，司馬妧不在，他正好單獨去面見單雲，談一些事情。

顧樂飛嘆了口氣，無奈道：「飛卿，此事別著急，先向你祖父引見一下我，我想見英國公一面。」頓了頓，他又解釋道：「我父親在河北道，洪澇一起，尚不知他如今安危。」

顧樂飛沒有騙單奕清，他見單雲，第一件事確實是要他留心顧延澤的安危。單雲十年前和顧延澤同朝為官，兩人的交情不算特別好，但也不差，單雲很佩服顧延澤的學問，既然顧延澤唯一的兒子親自上門請求此事，他當然要認真應允下來。

不過……單雲瞇了瞇眼，打量著這個鎬京城中有名的大胖子，覺得傳言和本人有很大出入，起碼以他所見，此人進退有度，而且頗有城府。

「駙馬撇下長公主，特地來見老夫，只是為了此事？」單雲不疾不徐地問。心下其實正在罵自己孫子不懂禮數，長公主是什麼人，他可以不見姓鄭的老滑頭，能不見長公主嗎？居然不告訴他長公主親自來了，還要求長公主教他什麼強身健體的拳術？

一會兒聊完了，他得親自去給長公主賠不是才行。

顧樂飛不知道對面老頭子的思維已經跑偏到了天邊，他親自為單雲斟了一杯茶，笑道：「父親安危，自是最大的事，不過……確實還有一件事情想說。」

單雲動了動他白花花的眉毛，微笑喝了一口茶，道：「喔？」

「晚輩知道英國公既不喜歡鄭系也不喜歡高系，更討厭結黨營私之輩，陛下此次任命您老為黜陟使，掌官員生殺大權，想必正合英國公的心意。」

此言一出，單雲的臉色頓時一變，當即將茶盞重重拍在桌上，冷哼一聲。「原來你與鄭相一樣心思！」

喔，看來鄭青陽來這裡的目的，是想讓單雲乘機搞倒高延的人了？

顧樂飛心思一轉，隨即微笑。「英國公勿要動怒，晚輩並非誰的說客。賑災錢糧巨大，有人貪污，殺雞儆猴，確能引起警示作用，不過如果趁著此次機會把那些尸位素餐的人撤下，豈非更是大大有利於百姓？」

顧樂飛比鄭青陽要狠多了。

鄭相只是想搞掉幾個貪污犯，顧樂飛則是想把那些拿錢不幹事或者沒能力的官員全部擼下來，至於這些屬於哪派哪系，他完全不關心，反正都是不屬於司馬妧的人，沒用處，撤下甚至幹掉都無所謂。

他就是想乘機把兩道的官場水攪渾，重新洗牌，以單雲眼裡不揉沙子的品性，選上來的人很可能是踏實幹事的中立派，這樣最好，既能噁心鄭青陽，又能噁心高延。

見單雲沈默不語，顧樂飛進一步道：「晚輩不關心誰是哪一派，只關心誰能為百姓做實事。英國公一直致力於清吏治、正風氣，此次正是最好時機。」

單雲抬頭，老而彌精的目光在顧樂飛臉上掃來掃去，無奈面前這胖子臉上的肉太多，他分析不出他的表情和心思。

「說得輕巧。」單雲冷哼一聲。「撤了他們，人心惶惶，誰來幹活?!」

顧樂飛笑了。「英國公此言差矣。既然是尸位素餐之人，沒有幹過實事，這種關鍵時刻，又怎能指望他們靠譜？」

單雲摸著鬍鬚思慮片刻，回了一個字。「可。」

得到單雲這一個肯定的字眼，顧樂飛今日的目的便算達成了，他惦記著還在單奕清那兒的自家公主殿下，便起身向單雲告辭。

「且慢，老夫好奇一件事。」單雲叫住他，精光四射的眼神又在他身上掃來掃去。「駙馬建議此事，對駙馬可有任何好處？」

「有些事未必要對自己有好處。」顧樂飛從容微笑，睜著眼睛說瞎話。「只要利國利民，便問心無愧。」

離開英國公府後，在馬車上，司馬妧覺得小白老盯著自己瞧。她側頭看他一眼，發現不是自己的錯覺，他果然兩眼一眨不眨地注視著她。

「小白，你看我做甚？」司馬妧一邊疑惑地問，一邊習慣性伸出手來在他臉上捏來揉去。

顧樂飛無奈。「妧妧，仄樣……唔沒法嗦話。」被她揉得口齒都不清楚了。

司馬妧點點頭，然後雙手向下轉移陣地，轉而捏起他肉乎乎的胳膊來，一邊享受綿軟的肉感一邊感嘆。「小白，你最近果然瘦了呢。」

一個胖子減掉一、二十斤的肉依然改變不了他是胖子的事實，可是別人看不出，司馬妧還能不知道？她只要兩隻手一捏，顧樂飛哪兒瘦了，她清清楚楚。

顧樂飛自己也明白這一點，沒啥好說的，唯有無奈一笑。「也有殿下的功勞。」她天天這麼捏他，總歸有點效果吧。

司馬妧彎唇一笑。「不要太瘦了才好。」只要睡覺不打鼾，他就不需要再減了。

長公主並不知道自己的駙馬爺有一個野心勃勃的減肉計劃，不回到十年前的身材是不會善罷甘休的，故而對司馬妧的囑咐，顧樂飛沒有回應，轉移話題道：「我先前盯著妳瞧，是覺得有件事令我不解。」

「何事？」

「為何妳不奇怪，我單獨面見英國公都和他談了什麼？」

「不是公公的事情嗎？」

顧樂飛一窒，有種搬起石頭砸自己腳的感覺，今天來英國公府他找的就是這個藉口，可如果只是談父親的事情，他沒有必要支開司馬妧，單獨面見單雲，她就不感到奇怪嗎？

司馬妧似乎看出他的糾結，便道：「我說過，我相信小白，若你想和我說，我聽著，不便說的事情，我也不計較。」

這種話無論聽多少遍，顧樂飛都覺得舒坦。他很在乎司馬妧，自己又很難相信人，因此特別看重她對自己的信任，他美滋滋地在心裡想，幸虧妧妧遇上的是他，萬一換了某個心思歪邪的傢伙，說不定就把她賣了。

「並沒有什麼不可說，我只是勸誡英國公此次治災，應當嚴懲那些尸位素餐的官吏，講效率，正風氣。」

司馬妧眨了眨眼。「洗牌嗎？確實可以，但於你有何好處？」

她一語中的，顧樂飛頓時想起自己和陳庭密談的時候，陳庭說過好幾次「莫小看殿下」，他以為陳庭說的是司馬妧的領兵能力，沒想到其實還包括她的政治直覺。

論權謀鬥爭，她不擅長，但是她一直擁有很好的直覺，知人善任，不是這樣，也不會有如今富庶強大的河西走廊。

顧樂飛並不打算在她面前說謊，便露出一個狡黠的笑容來。「這外放官員幾年一換，撈夠油水孝敬上級，以便換個好地方繼續撈油水，或者升至鎬京做個三品以上的高官。不管怎樣，一句話，朝中有人好辦事。無論是高延還是鄭青陽，手底下都有這麼一幫知情識趣的小弟。」

在顧樂飛的描述中，前尚書令和現任尚書令全成了黑道老大，養著一群分佈在天下四處欺男霸女的爪牙，最上頭那位管著黑幫老大的頭頭，也就是皇帝陛下，花錢替他的宰相們養小弟而不自知。

司馬妧忍不住噗哧一笑。「朝中人抱團乃常情。」就如歷代黨爭，禁不掉。

顧樂飛嘿嘿陰笑。「這我不管，只盼英國公手段厲害點，把兩道官場攪上幾攪，噁心噁心鎬京那幾個高官們。」

司馬妧笑了一下，並不介意顧樂飛以澇災為由攪渾官場的陰謀，因為她知道面前這個半生衣食無憂的可愛團子，大概對什麼是赤地千里，什麼是易子而食，都沒有真正的體驗。

不是顧樂飛冷血無情，而是他無法對那些災民的處境感同身受。

司馬妧呢？這一輩子她雖沒有經歷過澇災，上一世卻是見過的。她知道那種慘狀，洪水退去之後，滿地全是泡脹發白的屍體，夏日天氣炎熱，這些屍體將會散發出令人作嘔的惡臭，如果沒有及時防治，很快會發生瘟疫。

更糟糕的是，很多人不是死於黃河氾濫，而是死於災後的飢餓、疾病和欺辱、掠奪。

這些她都知道，可是她無能為力，也不願說出來讓小白跟著一起擔憂。

和司馬妧所料一樣，單雲的隊伍還沒有走到河北道，在河東道內就看見了不少流民，越往東走，所見場面越發觸目驚心。

白髮蒼蒼的英國公嘆了口氣。他沒有去河北道的經略使府邸，隊伍依然走到重災區就停了下來，選擇在黃河決堤的最前線指揮調度，同時隨行的以賑災遷民和疏浚河道為主要任務的京官們也迅速展開行動。

伴隨著英國公單雲的坐鎮，兩道那慌張又亂成一團的數百府州縣官府很快穩定下來，有條不紊地按照上頭下達的命令實施救災。

而在鎬京城中，嘴上起泡還得堅持批閱奏摺的司馬誠，很明顯地發現奏摺的稟報從「黃河氾濫，哀鴻遍野」到「堤口堵住，水患已除」，雖然知道這些外地官員報喜的時候喜歡誇大其辭，不過情況明顯是好轉了，他也能好好睡上一覺。

司馬誠不知道，當他準備休息的時候，單雲正在面臨更大的困難。

畢竟鎬京和兩道相隔距離遠，消息不及時，對單雲而言治水的問題只是第一步，堵住了黃河決堤口不代表萬事大吉，後頭的賑災和安置流民才是頂頂繁瑣又困難的工作。

賑災錢糧一發，中飽私囊的官吏馬上就會出現。畢竟單雲只有一個人，他帶的人也有限，禁軍全加起來也才幾百來個，兩道的地方那麼大，不可能每個府州縣都派人監督。

於是他思慮片刻後，毫不遲疑地選擇了殺雞儆猴，先查幾個犯罪的典型官員，殺了示眾再說。

也活該賦閒在家的高延倒楣，英國公砍下的第一刀，殺的乃是滑州刺史洪營南，貪墨救災糧千石、銀兩數萬，而此人恰好是他的門生。

「總算等到那老傢伙的自己人栽跟頭了，這麼好的機會不能輕易放過！」

鄭府之內，新任尚書令鄭青陽在自己的書房裡興奮搓掌，激動地走來走去。

其實，一個外地官員的貪墨案，尚不足以動搖到高延的根基，可是鄭青陽太急於保住自己宰相之首的位置，他擔心澇災之後皇上就會把自己換下來，讓高延重新上位，故而他不願放過任何一個可以給高延抹黑的機會。

「來人。」在書房踱步半個時辰後，鄭青陽終於出聲喚人。

「老爺，有何吩咐？」

「給宮裡的麗妃娘娘送一封信。」如此說著，鄭青陽的眼中劃過一絲狠戾。

羅眉不是最近正受寵？他不過是以她想知道的消息，換取一點小幫忙而已。

——未完，待續，請看文創風409《我的駙馬很腹黑》下

2016年5月出版

我的駙馬很腹黑

文創風 408～409

她，當朝皇帝的嫡長公主，自從來到邊關、憑女兒身立下戰功，
大靖朝無人不知這位威名赫赫的女戰神，她無心朝政但功高震主，
新帝一旨下來，她莫名被指婚，還指給一個無用的胖子?!

愛情變調 真心不移
詼諧機智的愛情角力 意料不到的精采對決／柳色

司馬妧，本是大靖朝最尊貴的嫡長公主，只是父皇不疼、母后早逝，
她幼時便自請跟隨外祖父樓大將軍常駐邊關，
雖是女兒身，卻能立下戰功，成了赫赫有名的邊關女戰神；
不過，平靜的日子在她那位不親的太子皇兄遇難之後便沒了，
新帝登基，最忌憚這身分尊貴、外家顯赫又把持軍權的長公主，
於是一道指婚下來，命她速速回京成親——
下屬、家人都為她抱不平，只有司馬妧對於婚事心如止水，
人嘛，成個親有什麼了不起？橫豎她又不會被丈夫欺負，
只是換個地方過日子，有何關係？
況且新帝為她百般挑選的對象，據說吃喝嫖賭無一不精，
家世良好卻不學無術，最重要的是——胖得不忍卒睹！
天哪～～這位顧家公子簡直是老天賜給她的大禮，
因為她雖然貴為公主，卻自小有個不能說、只能忍的祕密，
而未婚夫君恰恰能滿足她的癖好，令她愛不釋「手」呀……

霸氣說愛 威風有理／花月薰

2016年4月出版

旺宅好媳婦

嫁錯人不如不嫁人！前世命殞的慘痛教訓讓她明白——
後宅求生大不易，靠男人還不如靠自己呢！

文創風 401 **1**

想起死不瞑目的前世，薛宸心頭的恨意便熊熊燃燒，
今生報仇的時機到了，可正當她忙著執行宅門大計時，
俊美無儔的衛國公世子婁慶雲居然成了她家的座上客，
還不時逗逗她，再送上高深莫測的微笑，讓薛宸非常疑惑——
他家乃京城第一公府，而她爹不過區區小官，他倆應該沒交集不是？
為何這腹黑世子對她生出興趣了？她怎麼想都覺得不妙啊……

文創風 402 **2**

整頓好自家後宅，薛宸終於可以喘口氣，過起愜意的少女生活，
唯一的煩惱就是——一天到晚私闖她閨房的婁慶雲！
雖然知道他視規矩如浮雲，但以美男之姿投懷送抱實在太犯規，
她的心防再怎麼堅不可摧，總有被攻陷的一天……
這還沒煩惱完呢，老天爺竟又對她開了大玩笑——
前世渣夫再次盯上她，面對侯府強聘卻無力反擊，她該如何是好？

文創風 403 **3**

今生得遇良人，辦了得體的婚禮，薛宸歡喜嫁入衛國公府，
不過掌家真難啊，婆母鎮不了人，後宅簡直亂成一鍋粥了！
儘管挑戰當前，可薛宸跟婁慶雲的感情依然好得蜜裡調油，
他為她請封一品誥命，還把私房錢全交給她管，
喝醉酒也不讓別的女人靠近，樂得當個妻管嚴。
有夫如此，夫復何求？鎮宅之路雖任重而道遠，她也沒在怕的！

文創風 404 **4**

國公府的媳婦果然難為，除了努力做人，還得關心朝堂。
捲入奪嫡之爭是皇族宿命，但二皇子跟右相的手實在伸得太長，
人想作死果然攔不住，婁家人不是想捏就能捏的軟柿子，
這筆帳她記著了，絕對要加倍奉還給他們！
當她這一品夫人是瞎了還傻了，想跟她比後宅心計簡直自尋死路，
誰要了誰的命，不到最後還不知道呢～～

文創風 405 **5** 完

為了勤王保家，薛宸與婁慶雲聯手幫助太子奪嫡，
夫君在外圖謀大計，她就負責在敵人的後宅煽風點火，
明的不行來暗的，說起這些豪門，誰家沒有點齷齪事，
女人不必當君子，能讓對手雞飛狗跳、無心正事的都是好招！
但正值成敗的關鍵時刻，婁慶雲卻闖下大禍，只得連夜潛逃，
夫妻有難要同當，她堅持愛相隨，不管天南地北，她都跟定他了！

2016年4月出版

暖心小閨女

文創風 398～400

「五哥，我只恨不是男兒身，不能回報你一二。」

唉，幸好妳不是男兒身呢！

這傻丫頭，究竟啥時才能開竅啊？

兒女情長 豪情壯闊／釀風微醉

從鬼門關前走了一遭，姚姒重新回到九歲那一年，
這一年母親遭人陷害葬身火窟，她因而被祖母幽禁長達數年，
唯一的姊姊抑鬱寡歡以終，最終她也心如死灰，遁入空門……
所幸重生一回，而今禍事尚未發生，母親仍然活著，
偏偏府裡各懷鬼胎的親戚、包藏禍心的下人依舊存在，
唯有提前布局，才能護著母親、姊姊一世平安，
豈料當她揭開層層謎團後，這才發現——
原來前世母親的死，竟牽扯上龐大的朝堂陰謀，
憑她一個閨閣女兒想要力挽狂瀾，無疑是螳臂擋車！
然而都死過一回了，她還有什麼好害怕的？
只要能帶著母親逃出生天，哪怕墜入地獄也在所不惜！

為流浪貓狗加油 和貓寶貝 狗寶貝

廝守終生(一定要終生喔！)的幸福機會

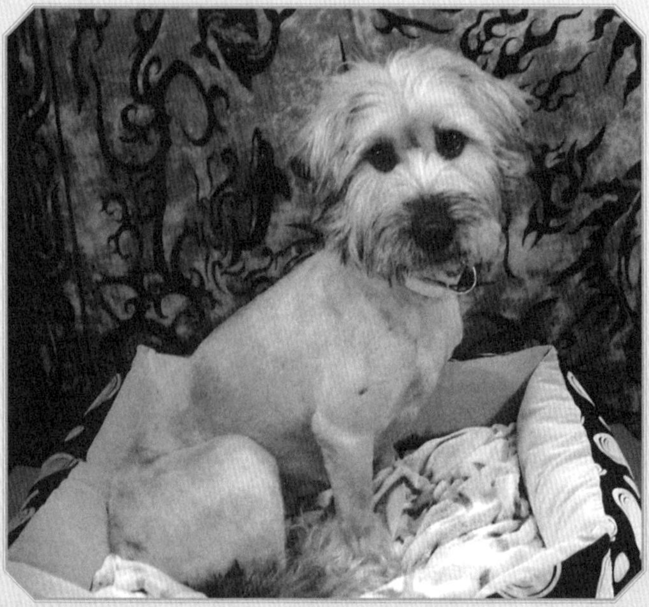

對人來說，貓寶貝狗寶貝只是生活的一部分，但妳（你）對牠們來說，卻是生活的全部，領養前請一定要考慮清楚——

▲ 我不凶，其實我很乖的Countess

性　　別：女生
品　　種：混種，可能混古代牧羊犬或拉薩犬
年　　紀：2歲多
個　　性：親人、親狗、親貓，愛撒嬌，非常友善
健康狀況：血檢正常，已施打狂犬、十合一疫苗，
　　　　　已點蚤不到除蟲
目前住所：新北市新莊區

本期資料來源：台灣認養地圖

『Countess』的故事：

與Countess的第一次相遇是在彰化員林的收容所，Countess是一隻混種的中大型㹴犬，一開始看到牠時，由於牠巨大的體型，大家認為是混古代牧羊犬，後來經過志工們再次判定，認為混拉薩犬的機率比較高。

Countess的外型雖很巨大，但個性卻與牠的外表截然不同，十分害羞膽小，完全不會凶而且非常喜歡撒嬌，看得出來曾經被人類飼養過，卻因不明原因被主人狠心地遺棄在山上。

Countess喜歡外出散步上廁所，牠很乖巧，拉著繩子牽牠散步時不會亂衝亂跑。目前新莊的志工正在訓練Countess也能在室內大小便，讓未來寵愛牠的新主人可以避免下雨天的窘境。

Countess吃飯時有一個有趣的習慣，牠常常一邊吃著碗裡的食物，一邊盯著其他同伴吃飯，非常不專心，可能Countess覺得同伴的食物比較好吃吧！

Countess在個性上算是慢熟型，初到新環境若聲響太大會嚇到躲在桌子下，非常膽小，但害怕之餘還是會偷偷觀察大家在做什麼，經過自己幾天的觀察後，就會主動靠近人和同伴，甚至會用頭去頂人討摸摸呢！

如果你/妳正在找一隻外型「大男人」但內心卻「小女人」的寵物作伴，請給Countess一個機會，相信你/妳絕對不會失望。歡迎來信carolliao3@hotmail.com(Carol 咪寶麻)，主旨註明「我想認養Countess」。

編註：不要猶豫，趕快來看看！更多Countess的生活照就在這裡！
https://www.facebook.com/liao.carol.3/media_set?set=a.10205457223702769.1615840763&type=3

認養資格：

1. 認養者須年滿25歲，有獨立經濟能力，並獲得家人、同住室友或房東的同意。
2. 認養前須填寫問卷，評估是否適合認養。
3. 須同意簽認養寵物切結書。
4. 同意送養人日後之追蹤探訪，對待Countess不離不棄。

來信請說明：

a. 個人基本資料：姓名、性別、年齡、家庭狀況、職業與經濟來源等。
b. 想認養Countess的理由。
c. 過去養寵物的經驗，及簡介一下您的飼養環境。
d. 若未來有當兵、結婚、懷孕、畢業、出國或搬家等計劃，將如何安置Countess？

文創風

408

我的駙馬很腹黑 上

國家圖書館出版品預行編目資料

我的駙馬很腹黑 / 柳色著. --
初版. -- 臺北市 : 狗屋, 2016.05
冊 ; 公分. --（文創風）
ISBN 978-986-328-589-2（上冊：平裝）. --

857.7　　105003845

著作者	柳色
編輯	張蕙芸
校對	黃亭蓁　周貝桂
發行所	狗屋出版社有限公司
地址	台北市104中山區龍江路71巷15號1樓
電話	02-2776-5889～0
發行字號	局版台業字845號
法律顧問	蕭雄淋律師
總經銷	知遠文化事業有限公司
電話	02-2664-8800
初版	105年5月
國際書碼	ISBN-13　978-986-328-589-2
原著書名	**《驸马倾城》**，由北京晉江原創網絡科技有限公司授權出版

定價250元

狗屋劃撥帳號：19001626

網址：love.doghouse.com.tw　E-mail：love@doghouse.com.tw